Knaus
K

Simon Pasternak

TOTE ZONEN

Roman

Aus dem Dänischen
von Ulrich Sonnenberg

Knaus

Die Originalausgabe erschien 2013 unter dem Titel
»Dødszoner« bei Gyldendal, Kopenhagen.

Die Arbeit des Übersetzers am vorliegenden Text wurde
vom Deutschen Übersetzerfonds gefördert.

MIX
Papier aus verantwortungsvollen Quellen
FSC® C014496
FSC
www.fsc.org

Verlagsgruppe Random House FSC® N001967
Das für dieses Buch verwendete FSC®-zertifizierte Papier
Munken Premium liefert Arctic Paper Munkedals AB, Schweden.

1. Auflage

Satz: Uhl + Massopust, Aalen
Druck und Bindung: CPI – Ebner & Spiegel, Ulm
ISBN 978-3-8135-0646-4
Printed in Germany

www.knaus-verlag.de

Tote Zonen spielt im Sommer 1943 in dem Gebiet, das heute Weißrussland oder Belarus heißt – im Laufe des 20. Jahrhunderts hatte es allerdings fließende Grenzen und viele Namen: Mit unterschiedlichen Grenzverläufen war es ein Teil des zaristischen Russland (bis 1917), des deutschen Kaiserreichs (1917–18), der Sowjetunion (1918–20), Polens (1920–39) und wieder der Sowjetunion unter dem Namen SSR Belarus (1939–41 und 1944–91). Während der deutschen Besatzung (1941–44) war Weißrussland geteilt in ein Gebiet mit einer Zivilverwaltung, dem Generalkommissariat Weißruthenien, und dem Rückwärtigen Heeresgebiet Mitte, das der Wehrmacht unterstellt war. Der Roman *Tote Zonen* ist Fiktion, viele Ereignisse haben so nicht stattgefunden, einige allerdings schon. Ein Teil der Personen hat existiert. Eine Übersicht dazu am Ende des Buches.

Für Mikael, meinen Großvater

»In dem evakuierten Raum sind die Menschen in Zukunft Freiwild.«

Curt von Gottberg,
SS- und Polizeiführer in Weißrussland,
1. August 1943

STEINER

Briefe

Lida, 4. Juli 1943
Brief 7

Liebe Eline,

danke für den Honig! Hast Du ihn von unserer geheimen Stelle in der Heide, den verlassenen Bienenstöcken in der Mulde an den Windschutzhecken ganz unten an der Alster, die wir in der letzten Nacht gefunden haben? Ich möchte es gern glauben… »Und dennoch sagt der viel, der ›Abend‹ sagt, Ein Wort, daraus Tiefsinn und Trauer rinnt. Wie schwerer Honig aus den hohlen Waben.« Stell Dir vor, es ist jetzt elf Monate her, dass wir am Bahnhof Abschied nahmen und Manfred und ich aufbrachen, dem Unbekannten entgegen… Weißrussland…

Das Glas steht auf meinem Schreibtisch, versteckt zwischen Akten und Generalstabskarten. Es soll unser kleines Geheimnis bleiben, unberührt von dem großen Krieg. Manchmal nehme ich es in die Hand, schraube den Deckel ab, lasse den Duft heraus, ~~duftend nach fließendem Sommer,~~ und der Geruch ~~, zwischendurch rieche ich den fließenden, summenden Sommer~~ gaukelt mir vor, dass ich den fließenden, summenden Sommer rieche. Ich bilde mir ein, ~~dass es nach deinem blonden Haar riecht… es duftet…~~

Ich lege den Füllfederhalter auf den Schreibtisch und lese die letzten Zeilen noch einmal. Das Glas mit Honig steht neben der Schreibmaschine, auf der Akte mit dem Material über den Mord an dem Juden Feigl. Meine Arbeit, mein Problem: der Hickhack zwischen den SS-Männern Heinz Breker und Sigmund Kindler.

Ich schraube den Deckel vom Glas und schnuppere an dem geronnenen Wachs, dem weißen Schaum auf der Oberfläche. Es riecht nach nichts. Ich stecke den Finger hinein, lasse ihn kreisen und lecke ihn ab. Es schmeckt nach Honig, weder nach Sommer, noch nach Elines Haar.

Ich werfe den Brief in den Papierkorb, stelle die Schreibmaschine vor mich und drehe das Papier mit meinem offiziellen Briefkopf in die Walze:

Heinrich Hoffmann
Oberleutnant der Polizei
GK Weißruthenien

Aktenzeichen LZ 512-A, - GHETTO LIDA/A. Feigl, Zusammenfassung

Kopie an: Hptstführer S. Kindler
Hptstführer H. Breker

Die von SS-Hauptsturmführer Sigmund Kindler veranlasste Untersuchung der tot aufgefundenen Person, identifiziert als der Jude Jozef Feigl …

Ich habe mir eine Zigarette angezündet, sie liegt im Aschenbecher und qualmt vor sich hin.

Nach längerem Zögern schreibe ich schließlich:

Es kann daher festgestellt werden, dass die tödlichen Schüsse auf den Juden Jozef Feigl durch SS-Hauptsturmführer Heinz Breker abgegeben wurden, der der SS-Dienststelle Lida angegliedert ist. Laut Verordnung über Straffreiheit im Ostraum fällt der Sachverhalt demnach nicht unter die §§ 211 oder 212 des deutschen Strafgesetzes. Es wird keine Anklage erhoben.

Der Fall ist abgeschlossen.

H.H. Oberleutnant d.P., Distrikt Lida

Ich ziehe das Papier aus der Maschine, stempele *Heinrich Hoffmann, Oberleutnant der Polizei* und lege den Bericht in die Aktenmappe. Doch dann kommen mir Zweifel, ich rufe Manfreds Nummer an.

Er ist Elines Bruder und ebenfalls bei der SS. Er kennt die Hierarchie. Manfred nimmt nicht ab.

Heute ist sein großer Tag, er kommandiert seine Leute, kontrolliert, ob Knöpfe und Stiefel glänzen, und was ist mit den Waffen, sind die Straßen gefegt? Der Obergruppenführer hat sich angekündigt, Dr. Hubert Steiner, Manfreds Mentor und Lehrmeister.

Ich schraube die Kappe von meinem Füllfederhalter und beginne von neuem, mit zierlichen Bögen.

Lida, 4. Juli 1943
Brief 7

Liebste E!
Danke für den Honig. So voller Erinnerungen! »Und dennoch sagt der viel, der ›Abend‹ sagt, Ein Wort, daraus Tiefsinn und Trauer rinnt. Wie schwerer Honig aus den hohlen Waben.«

Verflucht noch mal! Ich trommele mit den Fingern auf den Tisch, nehme die Brille ab und fahre mir durchs Gesicht, dann springe ich auf und stelle mich ans Fenster. Die Falkowska-Straße wird geschmückt, Ehrentore mit Bändern und Bannern, eine Fahnenallee direkt unter mir, wo die Straße nach Minsk abbiegt. Manfred hat schräg gegenüber eine Tribüne aufbauen lassen, direkt vor dem gelbweißen Bahnhofsgebäude mit seinen Säulen und Kapitellen im Operettenstil aus der Zarenzeit. Im Moment schließen sie die Lautsprecheranlage an, drei Männer verlegen Leitungen, auf den Stühlen schwitzt das Orchester, die glänzenden Messinginstrumente im Schoß. Vielleicht hofft Manfred, dass die Frau des Obergruppenführers, die Schauspielerin, etwas vorträgt. Jetzt kommt ein Lastwagen mit der Ehrengarde, die schwarzen Paradeuniformen mit den rot-weißen Emblemen stellen sich auf. Ich öffne das Fenster, Hitze, Staub und Lärm schlagen mir entgegen, Manfred kann ich nicht entdecken.

Ich rufe meinen Adjutanten. Wäspli ist sofort zur Stelle, ein etwas zu rundlicher Körper in einer zu stramm sitzenden Uniform. Schreibt er seiner Verlobten auch schlechte Verse? Oder ist er verheiratet? Ich weiß nichts über ihn. Die großen lebhaften Hände sind in Bewegung.

»Wissen Sie, ob die Versetzung des Hauptsturmführers Breker genehmigt wurde?«, frage ich ihn.

»Ich glaube ja.«

»Sie glauben?«

»Mein Freund hat gesagt ...«

»Finden Sie es heraus.«

Obwohl die Unterredung beendet ist, bleiben wir einen Augenblick regungslos stehen. Erst als ich mich bewege, zieht er sich zurück. Ich gehe an meinen Schreibtisch und hole aus der untersten Schublade den ungarischen Cognac und ein kleines Glas.

Danach rufe ich noch einmal bei Manfred an.

Ich sehe es vor mir, wie der Apparat in dem leeren Büro des Krankenhauses an der Zufahrtsstraße nach Vilnius lange klingelt.

Er nimmt noch immer nicht ab.

Ich verfluche mich selbst.

*

Wäspli ist zurück.

»Ja?«, frage ich.

»Er hat gesagt, die Papiere würden weitergeleitet.«

»Wusste er es genau?«

Wäspli lächelt nervös.

»Nein.«

Als er die Tür hinter sich schließt, entferne ich das Führerporträt an der Wand hinter dem Schreibtisch, stelle die Kombination des Safes ein und öffne die kleine Klappe. Ich hole den Bericht über den Mord an Feigl aus der Aktenmappe, präge mir das Aktenzeichen ein und lege ihn unter Elines Briefe. Ich greife nach dem Bündel, rieche am Band und der Schleife. Sie riechen nach Safe.

Ich schließe ab und hänge das Foto wieder an seinen Platz.

Nachdem ich das Aktenzeichen und die generellen Angaben vermerkt habe, gebe ich dem Bericht dieselbe Nummer, LZ 512-A, wie dem Bericht, der hinter mir im Safe liegt.

Ich lasse Breker weg.

Ich lasse den Zeugen Finckelstein weg.

Ich fasse zusammen:

Es konnte nicht eindeutig ermittelt werden, ob der tot aufgefundene Jozef Feigl Opfer eines versehentlich ausgelösten Schusses oder einer vorsätzlichen Handlung wurde, da aber nichts auf eine interne jüdische Auseinandersetzung hindeutet, fällt der Sachverhalt nicht unter die §§ 211 oder 212 des deutschen Strafgesetzes.
Es wird keine Anklage erhoben.
Der Fall ist abgeschlossen.

H.H. Oberleutnant d.P., Distrikt Lida

Meine rechte Hand zittert, als ich die Zigarette ausdrücke und das Papier aus der Walze ziehe.

Ich trete ans Fenster. Der Himmel ist voller Staub, ein Sonnennebel.

Ich verfluche mich selbst.

Noch einmal.

*

Dies ist Weißrussland, das Ghetto von Lida, der Mordfall LZ 512-A, – GHETTO LIDA/A. Feigl:

SS-Hauptsturmführer Sigmund Kindler führt die Aufsicht über die Werkstätten des Ghettos. Er nimmt sich seinen Teil der Beute, ist aber nicht unverschämt. Sechs Prozent schöpft er ab, der Rest geht ins System. Er schützt einen Juden, der aus kleinen Holzspänen Vögel bastelt, Jozef Feigl. Die Vögel schickt Kindler seinen Kindern in Kiel als Christbaumschmuck, sie sind sehr zerbrechlich und zart, Wunder des Lebens. Feigl selbst ähnelt einem Vogel. Ihr Kontakt wird enger. Kindler macht Feigls Frau kleine Geschenke, die sich verkaufen lassen. Feigl ist privilegiert und exponiert. Er ist Kindlers Mann. Der SS-Hauptsturmführer Heinz Breker arbeitet außerhalb des Ghettos, er ist einer von Manfreds Freunden. Sie lieben die Hasenjagd, sie sind rücksichtslos und brüllen herum, *Champagner für alle*! Kindler ist betrunken und nennt Brekers Frau eine Hure aus Oberbayern. Breker schreit *Holsteinischer Köter* und will ihn erschießen, er zieht seine P 38, die breite Lücke zwischen den Vorderzähnen – Schaum steht ihm vor dem Mund. Leute gehen dazwischen. Die beiden stehen sich wie zwei Stiere gegenüber, dieselbe Größe, dieselbe Wut, derselbe Rang: gleichwertig. Breker erschießt Feigl nachts, als der an seinen Vögeln bastelt. Kindler fordert eine polizeiliche Untersuchung des Mords. Ich bin die Polizei.

Die Juristerei ist ebenso verworren wie einfach. Das deutsche Strafgesetzbuch gilt im Reich und in den besetzten Gebieten. Wenn der Täter Deutscher ist und das Opfer ein Jude oder ein Einheimischer, gelten die Bestimmungen der §§ 211 und 212 für Mord und Totschlag jedoch *nicht*. Wenn aber sowohl der Täter als auch das Opfer auf einer gleichwertigen rassischen Stufe stehen – Deutscher-Deutscher, Jude-Jude, Russe-Russe, Pole-Pole, Pole-Jude, Russe-Pole und diverse weitere Kombinationen –, *gelten* sie. Die Beziehungen der Beteiligten untereinander könnten theoretisch also ermittelt werden. Ich habe den Zeugen Finckelstein, der den Mord gesehen hat, er saß einen Meter von Feigl entfernt und bemalte die Flügel. Breker streckte den Arm durchs Fenster und drückte seine

9 mm ab, *es war, als würde ihm der Kopf abgerissen,* hat Finckelstein ausgesagt. Breker muss eine ganze Serie auf die Nackenwirbel des schmächtigen Manns abgefeuert haben. Die blutigen Vögel habe ich als Beweismaterial in Tüten, eine Obduktion ist nicht möglich, allerdings stecken sechs Projektile im Arbeitstisch; ich habe einen Zeugen, der verlässlich ist, und ich habe fünf von Feigls Knochenfragmenten aus dem Hals und der Hand des Zeugen gepult, kleine scharfe Knochenschrapnells. Für mich endet der Fall mit zwei Berichten.

Dem wahren für Kindler. Dem unwahren für Breker.

Ich weiß nicht, wer von den beiden in der informellen Hierarchie höher steht. Liefere ich den falschen Bericht, könnte das mein Ende sein.

Ich brauche Manfred. Er weiß, was ich zu tun habe. Kindler drängt auf eine Antwort.

Wieder rufe ich Manfred an.

Sein Adjutant sagt, es ist etwas passiert.

Allerdings will er nicht sagen, was.

Als ich wieder aus dem Fenster sehe, fangen die Leute auf der Straße an zu rennen.

*

Lida, 4. Juli 1943
Brief 7

Liebste honigsüße E!
Danke für das Päck

Manfred reißt die Tür auf.

Er strahlt pure Energie aus, Elektrizität: die knisternde schwarze Uniform, ein Schlag auf den Rücken, er umarmt mich fest und lange. Als er einen Schritt zurücktritt, sehe ich, dass er innerlich tobt. Der kleine Kopf, die gespitzten Lippen.

»Mein Wagen hält vor der Tür«, sagt er.

»Was ist passiert?«

Er steht bereits am Schreibtisch und hat den Hörer meines Telefons abgehoben, hält ihn in die Luft. Wie in Gedanken schaut er auf meinen Brief an Eline. Dann fällt sein Blick auf das Honigglas, er öffnet es, fährt mit dem Finger darin herum, leckt ihn ab.

»Verdammt, wieso erzählst du mir nicht, was passiert ist?!«, schreie ich.

»Was?«

»Manfred!«

»Steiner«, sagt er leise. »Ein Aufklärungsflugzeug hat nordöstlich des Stützpunktes 43 etwas gesehen … auf seiner Route … Gisela ist auch dabei.«

Nordöstlich des Stützpunktes 43

Manfreds Kommandowagen holpert über den Feldweg. Ich habe nach Breker und Kindler gefragt, aber nur einsilbige Antworten erhalten. Manfred pult sich mit einem kleinen Zahnstocher aus Elfenbein in den Zähnen. Es ist brütend heiß, vorn im Wagen steht ein MG-Schütze mit der Hand am Abzug, vier Lastwagen folgen uns, und mit einem Mal ergießen sich die Wolken über die Straße – ein Steinschlag aus Wetter, die Blitze zucken über der Landschaft. Manfred hat Weber mitgenommen, einen ehemaligen Kriminaltechniker aus Köln, jetzt ist er Regimentsschreiber. Weber hält einen Koffer unter dem Arm. Seine Instrumente? Manfred scheint das Schlimmste zu fürchten.

Webers gesamter kleiner Körper zittert, ihm fällt die Zigarette hinunter.

Ich trete sie mit der Stiefelspitze aus und reiche ihm meine Efka. Er sagt irgendetwas, greift aber nicht nach der Packung. Es hat sich ein wenig abgekühlt, Sicht gleich null.

Wir passieren den schwer bewaffneten Stützpunkt 43, die Soldaten sehen aus wie Waffen-SS in Tarnuniformen und Regenumhängen; es ist die Leibstandarte, ich dachte, sie lägen weiter östlich an der Hauptkampflinie, am Kursker Bogen. Ist es so schnell gegangen, sind die Russen bereits in Weißrussland, auf dem Weg aus den Wäldern mit ihren groben Stiefeln, ihren asiatischen Gehirnen und ihrem URRAAA? Unsere Soldaten springen aus den Lastwagen, bemannen die Flak, spannen Netze aus; in den Laufgräben wimmelt es von Menschen, vom Höhenzug aus wird die Straße kontrolliert, weiter unten haben sie sich eingeigelt – gegen die Sümpfe, die Wildnis, das Nichts.

Der Regen prasselt auf die Plane.

Manfred ist gegangen. Weber friert.

Wir verhalten uns ruhig und warten, dass es nachlässt.

»Partisanen«, sagt Manfred, als er zurück zum Wagen kommt. »Es hat heute mehrere Angriffe gegeben.«

Er klopft auf den Helm des Fahrers, es geht weiter.

Wir sind still, als wir die letzten Stellungen verlassen und uns auf einem hochgelegenen Schotterweg hinaus ins Gelände bewegen. Es gibt nichts als grüne und weiße Baumstämme. Nach dem Regen hebt sich der Nebel.

*

Manfred springt aus dem Wagen.

Als ich unter der Plane hervorkrieche, sehe auch ich die brennenden Fahrzeuge und die überall herumliegenden Toten. Man hat ihnen die Uniformen ausgezogen, sie hängen aus Lastwagen, im Straßengraben, mit den Köpfen im Sumpf. Aus der Luft muss es einer Schlächterei geglichen haben, die rabenschwarzen Strahlen der Explosionen, die hellroten Klumpen.

Hunde mit blutigen Schnauzen laufen über das Feld. Sie kommen aus den Wäldern oder dem kleinen Flecken mit heruntergekommenen Höfen, der ein paar hundert Meter entfernt liegt. Unsere Hunde bellen ihnen hinterher, sie sind vollkommen außer sich, aber sie werden nicht losgelassen. Noch nicht.

Ich bücke mich. Im Matsch liegt eine Erkennungsmarke.

SS-Totenkopf Panz Reg. 3.

Steiners Division.

Alles andere ist verschwunden: Waffen, Uniformen.

Manfred entsichert seine PPK und schießt in die Luft, er brüllt und zielt mit der Waffe auf die Köter. Der MG-Schütze zieht seinen Lederhelm vom Kopf und winkt damit, er hat den Kopf eines geistig Zurückgebliebenen, große Ohren und ein kleines Gesicht, flackernder Blick. Er schießt eine Salve auf die Hunde, die Projektile reißen rote Streifen in die rennenden Tiere, schlagen gegen die Lastwagen, Wasser spritzt aus den Pfützen auf. Er trifft einen der

Toten, durch die Salve bäumt er sich auf und wird mitten durchgeschnitten.

Ich laufe zu dem Schützen.

Er hört nichts, ich stelle mich aufs Trittbrett und verpasse ihm eine Ohrfeige.

»Zum Teufel, Mann, hören Sie auf!«

Er wendet sich mir zu, es zuckt in der Schulter, er schießt weiter, als hätte er keine Ahnung, warum ich ihn so anschreie.

Dann, plötzlich, hört er auf und grinst.

Sein Zahnfleisch hat sich zurückgebildet, die Kronen sind braun angelaufen, wackelig.

Er kann nicht mehr als achtzehn, neunzehn Jahre alt sein.

Manfred steht auf einer kleinen Anhöhe.

Er winkt hektisch nach mir.

*

Das offene Fahrzeug des Obergruppenführers qualmt, der schwarz glänzende Mercedes ist in einem Graben gestrandet, die Spuren schlingern durch den Lehm. Manfred steht am Rand des Grabens und schaut in den Wagen. Ein Mann sitzt auf dem Fahrersitz.

Irgendetwas hat ihn am Hinterkopf getroffen, direkt über dem Kragenspiegel. Es muss ein größeres Stück eines Schrapnells gewesen sein.

Als ich mich über den Wagen beuge, erkenne ich Hauptsturmführer Heinz Brekers Zwischenräume zwischen den Vorderzähnen.

Ich sehe Manfred an. Es schaut auf einen Punkt hinter mir.

*

Sie liegt in einem weißen Pelzmantel auf dem Rücken, eine Federboa um den Hals. Einen Meter entfernt ein weißer Hut mit einer langen roten Feder, die weißen Strümpfe sind an den Waden zerrissen, die Beine sind weiß, das Höschen hängt an den Knöcheln.

Ihre Halsmuskulatur ist angespannt, der Kopf abgewandt.

Aber ich weiß genau, um wen es sich handelt.

Frau Steiner, die Schauspielerin, Gisela, geborene Lestrange, ich habe sie 1941 in Hamburg am Staatstheater gesehen. Steiner, der SS-General, rauchend in der ersten Reihe Parkett, selbstherrlich und anmaßend, das Society-Paar der *Illustrierte*, die Schöne und das Biest aus Minsk, sie war das Gretchen in *Faust*, wer könnte dieses Puppengesicht vergessen, diese Porzellanpuppenbeine?

Bin ich doch noch so jung, so jung!

Und soll schon sterben!

Schön war ich auch, und das war mein Verderben

Nah war der Freund, nun ist er fern

Fern? *Nah war der Freund...*

Oder heißt es *weit*?

Nah war der Freund, nun ist er weit.

Weit. Es heißt *weit*.

Warum hat er sie hier ans Ende der Welt mitgenommen, diesen Paradiesvogel?

Weber hat neben ihr seinen Koffer ausgepackt und die Instrumente auf eine Decke mit Schottenkaro gelegt, als wäre er bei einem Picknick; er sitzt in der Hocke und rührt mit einem Stöckchen in einem kleinen Topf, er bereitet Gips vor.

Er hat bereits Stöcke in die Erde gesteckt und mit Schnüren verbunden, um so den Tatort zu markieren.

Er pfeift vor sich hin, seine Wangen haben Farbe bekommen.

Ich gehe zu ihm, er hebt eine Hand.

»Nichts anfassen«, sagt er.

»Ich habe schon mal einen Tatort gesehen«, erwidere ich.

Er sieht mich nicht an. Stattdessen verteilt er den Gips in einer Fußspur. Das Gras ist völlig heruntergetreten, sie müssen zugesehen haben, es waren viele. Zwischen ihren Beinen ist die Grassode aufgerissen, sie haben sie hin und her gestoßen.

Und dann haben sie sie den Hunden überlassen.

Als sie fertig waren, haben sie sie den Hunden überlassen.

Ich gehe auf die andere Seite.

Sehe sie an.

Ihren Körper, ihr Gesicht.

Das, was noch übrig ist. In einem Wald aus weißen Federn.

Jetzt kommen die Hundeführer, die Hunde zerren an den Halsbändern. Manfred wendet ihnen den Rücken zu, er zeigt auf die Bauernhöfe, die in ein paar hundert Metern Entfernung auf dem Hügel liegen. Die Koordinaten: 54° 15'N, 26° 30'O, auf der Karte steht *Belize*.

*

»Warum war die Eskorte so klein?«, erkundige ich mich. »Hier wimmelt es doch vor Partisanen.«

Manfred antwortet nicht. Er steht am Küchenfenster des größten Gehöfts. Beide Hände auf die Fensterbank gestützt, beugt er sich vor und blickt über den Hofplatz. Dort stehen zwei Sturmmänner und mühen sich mit dem Ziehbrunnen ab; sie versuchen mit aller Kraft, ein Gegengewicht zu schaffen. Ich stelle mich neben ihn, schaue ebenfalls hinaus, jetzt gelingt es ihnen, den langen abgeschälten Kiefernstamm herunterzudrücken, das Seil im Brunnen strafft sich. Etwas Schweres muss im Brunnen sein, nun taucht es auf. Ein geflecktes Schwein, Blut tropft aus dem Rüssel, Blut und Wasser.

»Wo ist Steiner?«, fragt Manfred und starrte auf das große triefende Tier. »Und wo sind die Einheimischen, verflucht noch mal.«

Er dreht sich zur Küche um – ein großer, aus Lehm gemauerter Ofen, Holzschüsseln, Regale mit Blechtellern; die Ikone ist weg, nur der Aufsatz mit dem Talglicht ist noch da, er schlägt es mit der Hand herunter. Manfred weiß ebenso gut wie ich, dass sie in die Wälder fliehen, sobald sie uns sehen.

Er geht hinüber zum Herd. In einer Nische des Ofens liegt ein Brot. Er bückt sich und berührt die Kruste.

»Noch warm«, sagte er und bricht etwas davon ab. »Willst du auch ein Stück?«

*

»Hier draußen ist jemand«, ruft irgendjemand aus dem Garten.

Wir laufen die Treppe hinunter, treten die Gartenpforte auf und geraten in hohes Gras; Insekten umschwirren uns, der träge Geruch von Dung und Gras.

Es gibt Fußspuren im Gras, es ist heruntergetreten, es summt um die Bienenstöcke, wir haben das Ende des Gartens erreicht, er fällt leicht ab, hier gibt es Ampfer und einen Bach.

Dann hören wir zwei, drei Schüsse, es klingt nach einem Jagdgewehr, einer Schrotflinte. Manfred zeigt nach rechts, zwei Männer gehen im Schutz des Ampfers in diese Richtung, zwei ziehen sich im Gänsemarsch zurück, entsichern ihre Karabiner. Manfred schlägt mir auf die Wange, *wach auf, zum Teufel*, und zeigt auf den Hügel an der linken Seite der großen grau schimmernden Scheune.

Gebückt laufen wir hinauf und bleiben mit dem Rücken an der Wand stehen, direkt am Scheunentor. Manfred springt mit gespreizten Beinen hinein und hält die Pistole mit ausgestreckten Armen in Brusthöhe, zielt mit ihr, links, rechts.

Hier ist niemand, ein angespannter Panje-Wagen mit einer Plane, das Pferd schlägt mit dem Kopf, schnaubt.

Ich gehe auf das Pferd zu, fahre mit der Hand durch die Mähne und schlage die Plane zur Seite, ein paar Fässer mit Fisch sind am Boden des Wagens festgebunden. Manfred hat die Scheune bereits durchquert und ist auf der anderen Seite.

»Hier!«

Als ich ihn erreiche, kann ich das ganze Tal übersehen, den abfallenden Hügelkamm und die Schlucht, die im Flussbett endet. Ein Mann in einem weißen Bauernhemd läuft durchs hohe Gras, er trampelt das Gras nieder, die niedergetrampelten Halme hinterlassen eine Spur, in der einen Hand hält er eine Schrotflinte, in der anderen ein großes Bündel. Er läuft linkisch und stockend, vergrößert aber den Abstand; unsere Leute sind hinter ihm her, sie kommen von rechts und von links, und über ihm auf dem Kamm steht mit gespreizten Beinen Michael, der kleine Oberscharführer aus Schwaben; er hat eine lange Eisenstange in der rechten Hand, ist es ein Kuhfuß? In diesem Moment sieht er den Mann. Der Mann sieht sich um, als Michael hastig die Sandbank hinunterschlittert, direkt im toten Winkel des Mannes.

Gleich werden sie aufeinandertreffen.

Michael stellt einen Fuß vor den anderen, dreht sich in der Hüfte und hebt den Kuhfuß mit beiden Händen.

Jetzt.

Ich wende den Kopf ab.

*

Ich weiß nicht, wer den Flaschenzug und die Ketten gefunden hat.

Der Mann liegt in der Scheune im Stroh, die Füße sind gefesselt, die Kette hat jemand über einen Querbalken geworfen, jetzt ziehen sie ihn hoch. Die gesamte obere Hälfte seines Gesichts ist verschwunden, es gibt nur noch den Unterkiefer, die eingeschlagenen Zähne und ein blutiges Loch an Gurgel und Luftröhre. Blut und eine dicke dunkle Flüssigkeit tropfen heraus. Das weiße Hemd ist verdreckt.

So kann er hängen bleiben.

So kann er hängen bleiben und Selbstgespräche führen.

Michael stützt sich auf den Kuhfuß, als sollte er fotografiert werden.

»Und was mach ich mit der hier, Manfred?«

Michaels untersetzter Bruder Hans hat die Frage gestellt. Seine Hand liegt auf dem Kopf eines fünf- oder sechsjährigen Mädchens, sie trägt ein weißes Kleid, das Haar steckt in einer weißen Haube. Ihr Gesicht ist blutverschmiert, die von rechts kommenden Spritzer haben auch ihr Kleid und die Haube besudelt.

Rekonstruktion: Der tote Mann trug das Mädchen unter seinem rechten Arm, deshalb lief er so eigenartig. Michael stand rechts der Laufrichtung des Bauern, und als er dessen Kopf mit dem Kuhfuß traf, spritzte das Gehirn des Vaters in diesem Rechts-links-Muster über das Mädchen.

Manfred wendet sich mir zu.

»Was meinst du, Heinrich? Willst du nicht Vater werden?«

Er geht auf sie zu und knüpft die kleine Schleife unter ihrem Kinn auf, dichtes blondes Haar fällt in seine offene Hand.

»Du hast dir doch immer eine Tochter gewünscht, oder? Du hast das passende Alter. Und meine kleine Schwester … das wird doch nichts mit ihr.«

Das Mädchen guckt auf einen Punkt neben mir.

Jetzt gleitet ihre kleine Hand in Manfreds. Die andere Hand ist zur Faust geballt, sie hält etwas darin.

Eine gestreifte Zuckerstange. Sie guckt ihren Vater nicht an.

»Was meinst du?«, sagt Manfred. »Du bist doch ein so guter Mensch, Heinrich.«

Ich erwidere nichts. Innerlich rase ich.

»Was? Ich kann dich nicht hören?«

»Ich sage auch nichts. NICHTS.«

»Gut.«

Manfred lässt die Hand des Mädchens los, tritt einen Schritt zurück.

Sie steht ganz allein in der Mitte des Raums.

Alle sind still.

Manfred ist hinter sie getreten, sie dreht sich um und sieht uns an.

»Das können wir doch nicht machen«, sagt Hans. »Nicht so …«

Manfred wirft ihm einen wütenden Blick zu.

»Dann nimmst du sie.«

»Nein, das …«

Das Mädchen sagt irgendetwas auf Weißrussisch. Sie beginnt, das Zellophan von der Zuckerstange zu pulen, mit ihren kleinen Fingern fällt es ihr schwer, die Zuckerstange ist stramm eingewickelt. Ich sehe, wie Manfred hinter ihr seine PPK zieht; er hält die Waffe zwischen den Beinen, als wollte er sie verstecken, er lädt durch, das Mädchen dreht sich um und sieht ihn an.

Sie streckt die Hand mit der Zuckerstange aus.

Er hält mitten in der Bewegung inne.

Sie fängt an, auf ihn einzureden.

»Was?«, sagt er. Speichel spritzt ihm aus dem Mund, seine Augen sind blutunterlaufen, er hebt den Arm. Er zittert. »Was? Was, was, was?«

»Sie fragt …«, sagt ein Hiwi, ein groß gewachsener, dunkelhaariger Weißrusse, den ich vorher nicht bemerkt habe. Seine Haut spannt sich über die Wangenknochen, die Augenpartie ist schwarz und eingefallen. »… sie fragt, ob Sie ihr helfen könnten mit dem, wie heißt das noch … Papier?«

»Was?!«

»Das sagt sie«, wiederholt er. »Sie kriegt es nicht ab.«

Manfred tritt einen Schritt vor und reißt dem Mädchen die Zuckerstange aus der Hand, doch auch er schafft es nicht, das Zellophan abzuziehen, seine Waffe ist im Weg; zurück ins Holster, er fummelt und zerrt an der Verpackung. Endlich gelingt es. Er tobt und gibt ihr die Zuckerstange zurück. Sie nimmt sie und fängt an, daran zu lutschen.

»Khotite yvidet tjeloveka. «

»Was ist jetzt schon wieder!?«

»Sie fragt, ob wir den Mann sehen wollen.«

*

Der Hiwi beugt sich zu dem Mädchen hinunter. Sie sagt, sie heißt Etke und ist sechsdreiviertel. Sie war mit ihrem Vater auf dem Markt. In Kolozec. Er heißt Boris. Wo ist er? Sie spricht mit monotoner Stimme, der Hiwi übersetzt stockend. Sie geht durch den Stall und über einen schmalen Gang in eine Scheune mit einem hohen Dachfirst, vor einem großen Haufen Heu bleiben wir stehen.

Ein dreckiger Fuß ragt heraus, ein Stück von einem Hosenbein, ein zerschmetterter Knöchel, Blutspritzer.

Die Hiwis kommen zu mir, räumen das Heu beiseite, legen den Kopf des Mannes frei. Er hat einen Knebel im Mund. Eine offene Wunde an der Seite, direkt über dem Hosenbund ist braune Flüssigkeit ausgetreten.

»Ist er es?«, schreit Manfred von draußen.

»Ja. Es ist Steiner.«

*

Manfred schüttelt das Mädchen, als ich ins Freie komme. Der Hiwi, der vorher übersetzt hat, breitet ratlos die Arme aus. Das Mädchen weint. Ich gehe auf Manfred zu und lege ihm eine Hand auf den Arm.

»Lass mich sie verhören«, sage ich.

»Du?«

Er blickt auf meinen Arm, verblüfft.

Michael hält mitten in einer Bewegung inne, die Zigarette in seiner Hand bleibt auf dem halben Weg zum Mund hängen.

»Ja, denn so geht's doch wohl nicht, oder?«

Ich nehme das Mädchen bei der Hand und winke dem Dolmetscher. Er kommt zu uns.

»Sag etwas zu ihr«, fordere ich ihn auf.

»Was denn?«, fragt er. »Was soll ich sagen?«

»Irgendetwas.«

*

»Heinrich«, sagt Manfred.

Er hat sich im Kommandowagen ganz hinten neben das Mädchen gesetzt. Ich stehe vorn neben dem Schützen und sehe zu, wie die Hiwis Belize anstecken. Man kann bereits das dumpfe Grollen der Brände hören, das hitzige Knistern der Schindeldächer. Als der Fahrer auf den Schotterweg biegt, bersten die ersten Fenster.

»Heinrich«, wiederholt Manfred.

»Ja?«

»Ich will, dass du ihn findest.«

»Was meinst du mit ›ihn‹?«

»Den, der das getan hat …«

Ich drehe mich zu ihm um und lege den Arm auf die Seitenwand des Wagens. Eine Efka qualmt in meiner Hand.

»Es ist Krieg, Manfred. Alle könnten das getan haben. Die gesamte verfluchte Rote Armee.«

»Heinrich, jetzt stell dich nicht dümmer, als du bist. Genau das ist nicht der Fall. Es gibt einen, einen ganz bestimmten Menschen, der das getan hat.«

»Wir sind hier nicht in Hamburg, Manfred, das ist …«

Ich schaue das Mädchen an, das auf ihr brennendes Dorf blickt, das Blut und der Dreck in ihrem Gesicht schälen sich allmählich ab, in einigen Stunden wird ihr Zuhause bis auf die Grundmauern niedergebrannt sein.

»Das ist was?«, fragt Manfred, und als ich nicht antworte, fügt er hinzu: »Ich verstehe dich nicht, Heinrich. Ich tue dir einen Gefallen.«

»Einen Gefallen?«

Ich inhaliere, überrascht über die Bitterkeit in meiner Stimme.

»Ja, wirklich. Steiners Mörder, das kann für uns eine große Sache werden. Und du liebst doch Hamburg … Recht und Ordnung, Logik, Gerechtigkeit, so was halt.«

»So was halt?«

»Ja, *so was halt.* Jetzt kannst du wie gewöhnlich vorgehen.«

»Logik, Ordnung … schau es dir an«, sage ich und nicke in Richtung Belize. »Ist das Ordnung, Gerechtigkeit und *Logik*? Du vernichtest alle Beweise, bringst die Zeugen um …«

»Das ist eine Logik der *höheren Ordnung.*«

»Höhere Ordnung? Meine Fresse …«

»Ja, kümmere du dich um die Logik, dann nehme ich mich der höheren Ordnung an.«

Manfred lächelt, ein frecher Blick, genau wie damals im Philosophieklub des Gymnasiums, seine schrägen Behauptungen, *Neukantianer sind doch ein Haufen Schwuler, Objektivität ist was für Zwerge*, nur kann er jetzt innerhalb einer Sekunde umschwenken.

»Nein«, sage ich.

»Halten Sie«, befiehlt Manfred, beugt sich vor und legt eine Hand auf die Schulter des Fahrers. »Und verschwinden Sie … du auch«, fügt er hinzu und nickt dem Schützen zu, als der nicht reagiert.

Der junge Fahrer hält am Seitenstreifen, beide springen aus dem Wagen.

»Heinrich«, sagt Manfred. »Glaubst du, du kannst das selbst entscheiden?«

»Wie bei Feigl?«, erwidere ich, während ich mir die beiden ansehe, die jetzt in einiger Entfernung vom Wagen stehen. Einer sucht etwas in seiner Hosentasche, der andere bietet ihm eine Zigarette an.

»Feigl, wer zum Teufel ist das denn?«

»Der mit den Holzvögeln, Kindlers Jude. Breker hat ihn erschossen … aber das ist ja scheißegal, das ist ja nur ein kleines Scheiß-SS-Spiel, ein verdammtes …«

Ich sehe ein, dass ich zu weit gegangen bin.

»Was sagst du da?«, fragt mich Manfred. »Was sagst du da?«

»Nichts«, antworte ich. »Gar nichts. Entschuldige … Entschuldigung, verdammt noch mal!«

Er lächelt und legt seine Hand auf Efkes Kopf.

»Gut«, sagt er. »Und wenn du ihn gefunden hast, dann … ja, dann töte ich ihn. Und Heinrich …«

»Ja.«

»Du wirst bei ihr doch nicht sentimental, oder?«

»Was meinst du?«

»Du weißt genau, was ich meine.«

Das Mädchen

Zurück in meinem Büro im Polizeihauptquartier in Lida. Das Mädchen sitzt auf einem Stuhl. Sie hat die Hände in den Schoß gelegt und den Blick gesenkt. Ihr Kleid ist verschmiert und blutig. Mein Adjutant Wäspli bringt ihr ein neues Glas Saft. Der Schreck stand ihm ins Gesicht geschrieben, als er sie vor einer Viertelstunde sah, dann kam er mit einem kleinen Papierschirm an einem Stöckchen, den er ins Glas gesteckt hatte, als wäre es ein Cocktail. Danach ließ er sich nicht mehr sehen. Ein Dolmetscher aus Manfreds Einheit ist gerade gekommen, ein gedrungener kleiner Volksdeutscher, der mir die Hand entgegenstreckt und seinen Namen nennt. Ich nicke kurz zum Gruß und gehe auf das Mädchen zu, setze mich in die Hocke und bitte den Dolmetscher zu übersetzen.

»Etke … so heißt du doch, oder?«

Sie wendet den Blick ab, als sie antwortet.

»Was sagt sie?«

»Sie sagt, dass sie nach Hause will.«

»Sagen Sie ihr, sie kann noch nicht sofort nach Hause … sagen Sie es.«

Der Dolmetscher sagt ein paar Worte auf Weißrussisch, er variiert seine Stimme.

»Sie sagt, sie will aber *jetzt* nach Hause zu ihrer Mutter.«

Dann fängt sie an zu weinen.

»He!«, rufe ich und sage zu ihr: »Hör mal, kleines Mädchen.«

Der Dolmetscher packt sie an der Schulter und schüttelt sie; sie beißt ihm in die Hand, er zuckt zurück, und mir gelingt es gerade noch, seine Faust abzufangen; es kommt zu einem kurzen Handgemenge, er brüllt, aber ich schubse ihn beiseite.

»Verschwinde, aber sofort!«, befehle ich ihm.

In meiner Villa in der Suwalka-Straße, etwas außerhalb des Zentrums, in der sengenden Hitze.

Das Mädchen sitzt auf dem Sofa im großen Wohnzimmer und lässt die Beine baumeln. Mascha, meine Haushälterin, hat sie gewaschen, jetzt ist sie trocken, sauber und riecht gut. Sie weiß etwas, aber weiß sie es selbst?

Ich sitze am Fenster. Die Efkas liegen auf dem Fensterbrett.

Meine Mascha kommt herein und knickst, obwohl ich ihr gesagt habe, dass sie nicht knicksen soll. Sie setzt sich neben das Mädchen, streicht Etkes Kleid glatt, küsst sie auf die Wange.

Das Mädchen stimmt ein Lied an, sie hat eine zarte, kleine, zerbrechliche Stimme.

Was zum Henker mache ich hier?

Ich gehe zur Kommode, ziehe eine Schublade auf und nehme Block und Stift heraus.

»Übersetz für mich, Mascha«, sage ich und setze mich den beiden gegenüber in einen Stuhl.

Das Mädchen fingert an einer Schleife ihres Kleides, dann sieht sie mich an und sagt etwas.

»Sie sagt …« Mascha fällt es schwer, die richtigen Worte zu finden. »Sie fragt, wo ihr Vater ist. Wissen Sie es?«

»Ja«, sage ich, stehe wieder auf und ziehe eine Zigarette aus der Schachtel, zünde sie an, trete ans Fenster und blicke auf die staubige Straße. »Ja, das weiß ich sogar ganz genau.«

*

Am späteren Nachmittag, Obduktionssaal im Keller unter Manfreds Krankenhaus.

An diesem Gang liegt sein geheimer Raum mit dem Bett aus Stahl.

Weber hat eine Kamera mitgebracht.

Manfred und ich stehen ein paar Meter vom Obduktionstisch entfernt. Manfred hat die Arme verschränkt, ich lehne an der gefliesten Wand. Ein junger SS-Schütze steht an der Tür, verlegen.

Der Pathologe, Dr. Weiss, ein SS-Arzt, den Manfred aus dem Feldlazarett in Vitebsk eingeflogen hat, nickt den beiden Hiwis zu, die Steiner jetzt auf den Terrazzotisch heben. Sie verschwinden mit einem linkischen Gruß.

Weber macht ein Foto.

Manfred hat ein paar Kerne in der Hand und fragt, ob ich auch welche wolle.

Ich will nicht.

»Hast du die Zeugenaussage des Mädchens für mich?«, erkundigt er sich.

»Nein. Noch nicht.«

Die Glieder des Obergruppenführers sind steif, die Kiefer ausgerenkt, die Zahnprothese ist verschwunden, nur ein paar schwarze Stummel finden sich noch im Untermund. Der Oberkörper ist nackt, Schuhe und Socken haben sie ihm ebenfalls ausgezogen.

Der Brustkasten weist drei Einschusslöcher auf, schwarze Wundränder.

Die Arme sind an den Ellenbogengelenken nicht zu bewegen, die rechte Hand ist zur Faust geballt, beginnende Totenstarre.

Im Schritt der aufgeknöpften Uniformhose ist ein brauner Fleck zu sehen.

Manfred spuckt einen Strahl Sonnenblumenschalen aus.

»Wann denn?«, fragt er nach.

»Gib mir ein paar Tage.«

»Ein *paar* Tage?«

Die Füße des Obergruppenführers sehen alt und verhornt aus, die Zehennägel sind aber sorgfältig geschnitten und gefeilt.

Auf dem Zettel am großen Zeh hat irgendjemand 1-233 geschrieben. Der Name wird erst freigegeben, wenn die Propagandaabteilung einen Heldentod zusammengelogen hat.

»Wenn du verlässliche Informationen willst«, flüstere ich, »dann ja.«

»Sehen wir zunächst mal nach, was er in der Hand hält«, unterbricht uns Dr. Weiss.

Wir nicken. Weiss stellt sich neben die Leiche, greift nach der geballten Hand, beugt sich vor und setzt all seine Kraft ein. Er bricht die Fingerglieder einzeln auf.

»Nichts«, stellt er fest. »Da war nichts.«

Webers Blitz explodiert, als er noch ein Foto schießt. Weiss sieht ihn irritiert an.

Ihm steht der Schweiß auf der Stirn.

»Fangen wir an«, fährt er fort und nickt dem Protokollanten zu; der junge Schütze mit dem sommersprossigen Gesicht und den feuerroten Lippen beginnt sofort zu stenografieren. »Der Verstorbene hat drei Einschusslöcher im Thorax, jedes davon vermutlich tödlich …«

Weiss bückt sich und riecht an der Wunde.

»Aufgesetzter Schuss, an den Wundrändern ist der Geruch von Pulver und Verbrennungen wahrzunehmen. Ansonsten keine äußeren Verletzungen des Oberkörpers.«

Er greift nach einer Stoffschere, stellt sich an Steiners Füße und schneidet die Hose auf, klappt sie auf und erstarrt.

»Kommen Sie mal her, Hauptsturmführer«, sagt er leise, und als Manfred zögert, »kommen Sie schon!«

Manfred tritt an den Terrazzotisch und zuckt zurück, als er sieht, worauf Dr. Weiss zeigt. Hastig flüstern sie miteinander, aufgeregt. Weiss wendet sich an mich.

»Sie haben ihn geschändet«, sagt er. »Ein Schnitt …«

»Das darf auf keinen Fall nach außen dringen«, unterbricht ihn Manfred.

Mit zwei Schritten ist er bei dem Schützen, der mitstenografiert hat, und reißt ihm den Block aus der Hand.

»Raus!«, befiehlt er.

Der Junge ist entsetzt, seine Augen sind weit aufgerissen, der Kopf ist schlagartig feuerrot, ein Blutsturz an Verwirrung.

»Das hier«, sagt Manfred langsam, »hast du nie gesehen, verstanden?«

»Jawohl!«

»Bestimmt?«

»Ja.«

»Dann verschwinde!«

Der Schütze sucht seine Sachen zusammen und lässt dabei den Karabiner fallen, den er in die Ecke am Fenster gestellt hat; die Waffe klappert über die Bodenfliesen, er hebt sie auf und verlässt den Raum.

»Und Sie«, Manfred wendet sich an Weber, »lassen die Kamera hier.«

Manfred schließt die Tür hinter ihm. Weiss hat die Lende mit einem Tuch abgedeckt.

»Was ist?«, frage ich, bekomme aber keine Antwort. »Wenn ich herausfinden soll, wer das getan hat, müssen Sie mir erzählen, was passiert ist.«

Keiner der beiden sagt etwas. Weiss hat sich an den Arbeitstisch gestellt und sortiert ein paar Instrumente. Manfred zieht eine Zigarette aus der Brusttasche und zündet sie mit seinem Feuerzeug an.

»Wären Sie bitte so freundlich und würden hier nicht rauchen«, sagt Dr. Weiss.

»Ich rauche genau da, wo ich Lust dazu habe!«, entgegnet Manfred. »Und erzählen Sie uns gefälligst, was verdammt noch mal mit Hubert geschehen ist.«

Dr. Weiss zeiht eine lange Stahlpinzette aus seinem Instrumentenfach. Einem Lederfutteral entnimmt er eine Lampe mit einem Riemen, die er sich um den Kopf schnallt. Er tritt wieder an den Terrazzotisch, schaltet die Stirnlampe an, stellt den Winkel ein und fährt mit der Pinzette in Steiners Schritt herum, hebt Hautfalten und Placken von geronnenem Blut an.

»Sie *müssen* die Zigarette ausmachen«, sagt er. »Der Geruch ist ein wichtiger Bestandteil der Untersuchung.«

Manfred zögert einen Augenblick, dann tritt er seine Zigarette wütend auf dem Boden aus.

»Und Sie notieren?«, erkundigt sich Dr. Weiss und nickt mir zu.

»Ja.«

»Was *ist* es?«, fragt Manfred ungeduldig, als ich mir den Stenoblock vom Fensterbrett geholt habe.

»Tja, jedenfalls nicht lege artis«, erwidert Dr. Weiss. »Es hat massive Blutungen gegeben. Am Skrotum klafft eine gewaltige Wunde. S-k-r-o-t-u-m.«

»Ich kann ausgezeichnet Latein«, sage ich.

»Gut… ich fahre fort. Beide Testes verschwunden. Haben Sie seine Testikel am Tatort gefunden?«

»Nein«, antwortet Manfred. »Haben wir *nicht*.«

»Es wurde ein ausgesprochen scharfes Instrument verwendet, vermutlich ein Skalpell oder ein sehr scharf geschliffenes Messer«, erläutert Dr. Weiss. »Die Wundränder sind sauber und glatt, aber wie gesagt, die Schnittführung ist nicht lege artis.«

»Jetzt sagen Sie mir schon, was ›lege artis‹ bedeutet«, verlangt Manfred.

»Nicht nach den Regeln der ärztlichen Kunst«, antwortet Dr. Weiss, ohne Ironie und ohne den Blick zu heben, er bohrt mit seinem Stahlstäbchen weiter. »Ohne jede Operationsmethodik.«

»Keine Verletzungen an der Leiste oder dem Oberschenkel. Es sind auch keine Abwehrläsionen an den Händen oder Armen zu erkennen.«

Jetzt tritt Manfred einen Schritt vor, er spitzt den Mund.

»Wollen Sie uns weismachen, dass Steiner sich die Eier selbst abgeschnitten hat?«

»Ich weiß es nicht. Aber nein, vermutlich nicht.«

Manfreds Kiefern mahlen. Weiss setzt seine Untersuchung fort. Er hebt den Penis des Obergruppenführers mit einer Zange, geht mit seinem langen Kopf sehr nah heran, drückt die Brille mit einem Finger auf die Nase.

»Schwere Verletzungen der Glans penis«, diktiert er. »Die Haut ist von der Glans den Corpus entlang bis nahezu zur Radix penis lazeriert…«

»Weiss«, unterbricht Manfred und hebt plötzlich die Hand. »Ich will nur eins wissen.«

Dr. Weiss schaut auf.

»Ja?«

»Wie war die Reihenfolge?«

»Die Reihenfolge?«

»Ja. Haben die … ihn erst geschändet und dann erschossen oder …?«

»Die massiven Blutungen indizieren …«

»Indizieren … indizieren!«

»Sie haben ihn geschändet, als er noch am Leben war«, erklärt Dr. Weiss. »Jeder der drei Schüsse in die Brust hätte ihn augenblicklich getötet und eine derart massive Blutung verhindert.«

Wir gehen gemeinsam hinaus, Manfred hat sich eine neue Zigarette angesteckt.

Er zeigt mit der Zigarettenhand auf mich.

»Ich will die Zeugenaussage des Mädchens noch heute, Heinrich.«

*

Zu Hause, vor der Wohnzimmertür, eine halbe Stunde später.

Bevor ich hineingehe, zwirbele ich die spitze braune Papiertüte oben zusammen, falte eine Art Verschluss. Sie hatten keine Schleifen in dem Laden, in dem nur wir Deutsche Zutritt haben; ich habe Zuckerkugeln, Zuckerstangen und Liebesperlen gekauft. Ich räuspere mich und drücke die Klinke hinunter.

Etke steht mit dem Rücken zu mir und schaut Mascha zu, die eine Platte aus dem harten Karton schüttelt und sie auf das Reisegrammofon legt, dann fordert sie das Mädchen auf, den Arm des Tonabnehmers zu nehmen und auf die rotierende Scheibe zu setzen. Die Platte knistert, bevor die Musik einsetzt.

Das Mädchen dreht sich um und zuckt zusammen, als sie mich sieht.

Ich stehe mit meiner Papiertüte inmitten eines Sturms aus Violinen.

Es ist Strauss. *Die Frau ohne Schatten.*

Prinzen und Prinzessinnen.

Ich halte dem Mädchen die Papiertüte hin.

»Sag ihr, sie sei von ihrem Vater«, sage ich zu Mascha. »Sag es.«

*

`Vernehmungsnotiz 1`

Wir waren auf dem Markt in Kolozec ... als wir zurückkamen, war es so still. Normalerweise hört man immer die Hunde, aber es war ganz still. Dann hörten wir Schüsse, und Vater trug mich auf den Heuboden. Wir schafften es nicht mehr bis zu unserem normalen Versteck.

Wo ist denn euer normales Versteck?

In dem Teermeiler unten am Bach, wir haben aber auch so einen Raum ... nein, das darf ich nicht sagen, denn mein Vater ... wo ist er?

Er ist im Krankenhaus ...

Kommt er zurück?

Ja, wenn du uns hilfst. Wenn du uns hilfst, können wir ihm helfen.

[Ortsangabe notiert. »Teermeiler«. Vernehmung 17:45 abgebrochen. Kontakt aufgenommen zu Hstf M. Schlosser. Vernehmung wiederaufgenommen 17:55]

`Vernehmungsnotiz 2`

Etke, erzähl uns, was passiert ist, als ihr vom Markt in Kolozec zurückgekommen seid.

Da kamen Männer, und wir haben uns auf dem Heuboden versteckt. Sie sprachen nicht Weißrussisch. Einer von ihnen redete Polnisch. Das weiß ich, weil mein Onkel und meine Tante so sprechen.

Sprach auch jemand Russisch?

Nein. Das kenne ich.

Konntet ihr sie sehen?

Nein, zuerst nicht. Wir konnten sie nur hören. Es waren viele

Stimmen. Sie waren sehr wütend. Ich hatte Angst. Aber dann hörte ich Onkel Vitek und bin dahin gekrabbelt.

Wer ist Onkel Vitek?

Er ist in den Wäldern, zusammen mit meinen Vettern Pawel und Ryszard. Sie mögen die Juden. Aber Vater sagt, das liegt daran, dass er ihre Frauen mag. Sie haben goldenen Schmuck.

Wo wohnt Onkel Vitek?

In Kolozec. Aber er ist in den Wäldern. Nur die Tante wohnt noch mit Karol und Agnezska in Kolozec. Sie heißt Anna.

Und wie heißen Vitek und Anna weiter?

Czapski.

[Notiz: Anna und Vitek Czapski, Kolozec. Kinder: Pawel und Ryszard]

Du machst das toll, Etke. Wir werden deinen Vater schon aus dem Krankenhaus bekommen. Erzähl mir noch mal, was in der Scheune passiert ist. Du hast gesagt, du bist irgendwohin gekrabbelt. Wohin?

Wir waren auf dem Heuboden. Mein Vater wollte mich festhalten, aber ich war zu neugierig, ich wollte Vitek guten Tag sagen, deshalb bin ich dahin gekrabbelt. Ich bin ganz leise gewesen, weil ich ihn überraschen wollte, aber als ich dahin kam und hinuntersehen konnte, haben sie den Mann geschlagen. Er blutete, und dann habe ich mich nicht getraut, guten Tag zu sagen.

Wer war der Mann?

Er war groß und hatte kurzes graues Haar. Sie hatten ihm sein Hemd ausgezogen. Sein Kopf war schwarz. [Notiz: Opfer Hubert Steiner] Sie haben ihn geschlagen, aber Vitek habe ich nicht gesehen.

War er nicht da?

Sie hatten Tücher vor dem Gesicht.

Tücher vor dem Gesicht… alle?

Nein, nicht der mit dem Messer. Er hatte so eine Tüte mit Löchern über den Kopf gezogen. Er stand hinten und hatte einen Schleifstein und ein großes Messer. So eins, wie die Juden es benutzen, wenn sie schlachten. Ich hab das mal gesehen. Sie lassen das

Blut herauslaufen. Die ganze Zeit hat er das Messer geschliffen. Die anderen haben den Mann geschlagen. Und ihn angeschrien.

Hast du verstanden, was sie geschrien haben?

Nein. Es waren keine Weißrussen.

Hat Onkel Vitek etwas gesagt?

Nein, nur der, der bestimmt hat. Er hat immer wieder dasselbe gesagt. Zwei haben den großen Deutschen festgehalten, und dann hat er ein Wort gesagt, und der Deutsche sollte es auch sagen, aber er konnte es nicht. Und jedes Mal, wenn er es falsch gesagt hatte, hat er ihm richtig fest in den Bauch geschlagen.

Hast du das Wort gehört?

Irgendwas mit S.

Etwas mit S?

Sjib oder Sjipko. Es hörte sich so ähnlich an wie ›schnell‹ … oder wie ›Stachel‹.

Schnell? Stachel? Was soll das heißen?

Ich weiß es nicht. Er sprach so komisch. Vielleicht war es Judensprache.

Judensprache?

Ja, es klang wie die Juden auf dem Markt. Vater sagt, sie haben Jesus umgebracht. Jedenfalls haben sie kein Weißrussisch geredet. Es klang so hässlich.

[Notiz nach Gespräch mit Dolmetscher: Sjibkij oder Sjibko = schnell, gewaltsam. Sjip = Dorn oder Stachel wie bei Rosen]

Es ist wichtig, dass du dich konzentrierst, Etke. Was ist dann passiert?

Sie haben den Mann immer wieder geschlagen. Niemand hat etwas gesagt. Ich habe mich nicht getraut, mich zu bewegen, ich hatte schon Angst zu atmen. Ich konnte nur hören, wie sie ihn schlugen und er stöhnte. So wie Hanna schnaubt.

Hanna?

Mein Pferd.

Und was ist dann passiert?

Ja, dann hat er sich den Pullover ausgezogen.

Wer?

Der Mann, der bestimmte. Der mit der Tüte über dem Kopf. Er schwitzte. Er hatte etwas an der Schulter, so etwas habe ich in Kolozec gesehen, der Bettler Mirko hat so etwas auch.

Was meinst du? Eine Tätowierung?

Ja. Er hatte eine an der Schulter und eine am Po.

Wie sahen sie aus?

Am Po waren es zwei große unheimliche Augen. Ich fand, dass sie mich anguckten. Ich dachte, sie hätten mich entdeckt. Sie guckten mich direkt an, als er sich vorbeugte und das Messer nahm …

Er nahm das Messer?

Als er das Messer nahm und das mit dem Mann machte. Der Mann schrie. Ich habe noch nie jemanden so laut schreien hören. Und dann wurde es ganz still. Ich hatte Angst, der Vogel hätte ihm gesagt, dass ich da oben saß.

Der Vogel?

Den hatte er auf der Schulter.

Er hatte eine Vogeltätowierung auf der Schulter?

Ja. Und als er fertig war, hat er sich den Pullover wieder angezogen, und dann sind alle gegangen.

Weißt du noch, wie der Vogel aussah?

Soll ich ihn zeichnen?

Kannst du das denn?

Ja.

Und was ist dann passiert?

Dann haben wir gewartet, bis wir nichts mehr gehört haben. Vater wollte den Mann verstecken, aber dann haben wir euch gehört. Und sind weggelaufen.

[Notiz: Wir kamen nur wenige Minuten nachdem die Täter die Scheune verlassen hatten. Vermerk: Zeichnung beigelegt]

*

Notiz, beigelegt LZ-132-567-A-I (Steiner),
Kopie an Hptstführer M. Schlosser
Wir suchen verm. nach einer Bande Gemischtrassiger, höchstwahrscheinlich J u d e n, zumindest aber drei P o l e n, Vitek (Vater), Ryszard und Pawel (Söhne) Czapski, Adresse: Rosenberg Allee (ehem. Boulevard Kalininogo) 12, Kolozec [dort wohnen Anna (Mutter), Agnezska (Tochter), Karol (Sohn) Czapski]. Unbekannt, ob der Hausstand in Belize involviert ist. Da die Zeugin kein Russisch gehört hat, geht es vermutlich nicht um Sowjetpartisanen, sondern möglicherweise um polnische Armija Krajowa.
Am Anführer der Gruppe wurden zwei Tätowierungen gesehen, u.a. zwei Augen über der Lende und auf der Schulter ein Hahn/Huhn (Zeichnung beiliegend). Zeugin sagte »wie bei Mirko in Kolozec«. Außerdem wurde bemerkt, dass er evtl. »Judensprache« gesprochen hat, d.h. Jiddisch.
Das Opfer Hubert Steiner wurde gefoltert, die Zeugin ging davon aus, dass er eine Probe zu bestehen hatte bzw. zu etwas befragt wurde, was er nicht beantworten konnte oder wollte.
Frage: Warum trugen die Täter Masken? Hatten sie Angst vor Zeugen? Oder KANNTEN SIE SICH NICHT UNTEREINANDER?

*

Mascha und Etke sind in den Brombeerbüschen an der Hecke. Etke pflückt rasch und routiniert, sie sammelt die Beeren in der Schürze, die Mascha ihr umgebunden hat. Ich sitze im Wintergarten und lese in der Bibel, ich suche nach einem bestimmten Vers, hin und wieder schaue ich zu ihnen hinüber. Es ist ein schönes Bild.

Etke hat hier gesessen und stundenlang gezeichnet, die Augen und den Vogel, wieder und wieder.

Jetzt ist sie draußen in der Sonne.

Ich sehe mich selbst, wie ich hier sitze und mir dieses Bild ansehe.

Jetzt ruft sie jemand von der linken Seite, von der Straße aus. Mascha zeigt auch dorthin, sie steht auf.

Ich gehe durch die offene Tür auf die Treppe und sehe, dass Manfred gekommen ist.

Er hat Etke die Hand auf den Kopf gelegt, streichelt ihr übers Haar.

Er gibt ihr irgendetwas, eine Tüte. Bonbons?

Mascha und Etke kommen die Treppe herauf.

Manfred nimmt den längeren Weg rund ums Haus.

Mascha ist jetzt bei mir, rotwangig und außer sich vor Begeisterung, das kleine Mädchen streckt ihre Hand aus und überreicht mir Manfreds Tüte.

»Der Herr Hauptsturmführer hat sie uns gegeben, er sagt, er soll von Tante Anna grüßen.«

Ich höre, wie sie dasselbe zu Etke sagt, ich verstehe sie nicht, ich verstehe nur den Namen *Dadja Anna*, als ich die Schleife an der Tüte aufziehe und den Inhalt auf den Glastisch schütte.

»Was ist das?«, fragt Mascha ebenso gespannt wie das Mädchen.

Es sieht aus wie getrocknete Kerngehäuse, das helle Fruchtfleisch.

»Sind das Süßigkeiten?«

»Nein«, sage ich. »Das sind *keine* Süßigkeiten.«

Es sind Kehlköpfe, in Wasser gespült. Ein ausgewachsener und zwei kleinere.

Tante Anna, Vetter Karol, Kusine Agnezska.

Ich schließe die französischen Türen des Wintergartens.

Ich wusste nicht, was ich zu Mascha sagen sollte, ich schimpfte und warf sie hinaus. Etke weinte, Mascha wandte den Kopf ab. Manfred sitzt mit übergeschlagenen Beinen in meinem Korbsessel.

Er hat sich noch eine Zigarette angezündet.

Ich bin außer mir. Manfred nimmt die Bibel vom Tisch und wiegt sie in der Hand.

»Ich weiß, was du sagen willst«, sagt er.

»Und was ist das?«

»Dass es brutal und abgestumpft ist, aber der Idiot und sentimentale Trottel bist du, Heinrich.«

»Ich habe dir eine entscheidende Spur geliefert, und du hast sie vernichtet.«

»Die wussten nichts.«

»Und das weißt du genau?«

»Ja, und wenn sie etwas gewusst haben sollten, dann wird dieser Onkel Vitek, der so wichtig ist, auftauchen, um nach ihnen zu suchen, glaubst du nicht auch? Wir haben Leute im Haus postiert, also, gute Arbeit, Heinrich. Aber du musst mir schon mehr geben. Was das Mädchen sagt, ist nicht sonderlich präzise, oder? Dornen, Judensprache, irgendein Bettler in Kolozec und Augen auf den Arschbacken… was soll das, Heinrich?«

»Ich glaube, was sie uns erzählt, ist ausgesprochen präzise.«

Ich gehe zwei Schritt auf ihn zu und nehme ihm die Bibel aus der Hand, schlage die Seite auf, die ich mit dem Lesebändchen markiert habe, finde die Stelle und lese:

»*Und die Gileaditer besetzten die Furten des Jordan vor Ephraim. Wenn nun einer von den Flüchtlingen Ephraims sprach: Lasst mich hinübergehen! so sprachen die Männer von Gilead zu ihm: Bist du ein Ephraimiter? Wenn er dann antwortete: Nein!, ließen sie ihn sprechen: Schibbolet. Sprach er aber: Sibbolet, weil er's nicht richtig aussprechen konnte, dann ergriffen sie ihn und erschlugen ihn an den Furten des Jordans, sodass zu der Zeit von Ephraim fielen zweiundvierzigtausend.*«

»Scheiße, was ist das?«

»Das Buch der Richter 12,6. Etke hat gesagt, der Anführer wollte, dass Steiner irgendetwas mit *sjib* oder *sjip* sagen sollte. Und sie hat gesagt, dass es wie die Sprache der Juden klang.«

»Ja, und was heißt das?«

»Er hat nicht *sjip* oder *sjipko* gesagt … sondern *Schibbolet*. Und Schibbolet ist Hebräisch und bedeutet Kornähre. Oder Fluss. Aber es ist auch nur ein Laut … *sji.*«

»Wie Kornähre? *Sji?*«

»Das ist wie eine Parole oder ein Code. Wenn du es aussprechen kannst, bist du ein Jude.«

»Sag mal, wovon redest du eigentlich?!«

»Denk nach, Manfred. *Das Jüdische* … und bei den Läsionen, die Steiner hatte.«

»Was sagst du da? Du meinst, sie haben ihn … beschnitten?«

»Ich glaube schon.«

Manfred ist aufgestanden und steht jetzt an der Fensterbank. Er breitet die Arme aus.

»So ein … Scheiß-Itzig!«

*

Das Glasgefäß ist mit Lack versiegelt, der Deckel besteht ebenfalls aus Glas. Dr. Weiss hält das Glas hoch, dreht es ins Licht. Er hat einen Teil der Leiste und des Damms mit herausgeschnitten, träge dreht sich alles im Spiritus und zieht einen Streifen hinter sich her. Jetzt sieht man den tiefen Schnitt rund um die Eichel und entlang des Schafts, den leeren Hodensack.

»Vielleicht«, sagt Dr. Weiss, »es ist eine Möglichkeit. Ich habe einige Beschneidungen in München vorgenommen, im Krankenhaus, aus rein medizinischen Gründen, und ich muss sagen, dass der Ansatz …«

Er stellt das Gefäß wieder auf den Schreibtisch, geht in die Knie und zeigt auf die Eichel, seine Augen verschwimmen im Glas, der Finger ist grotesk vergrößert.

»… der Ansatz, also die Art, wie der Schnitt gesetzt ist, entspricht durchaus einer Beschneidung. Aber dann …«

»Dann?«

»Tja, danach ist es reine Raserei, die Schnitte sind unsauber.«

»Nicht lege artis?«

»Nein, ganz bestimmt nicht.«

Wir bleiben einen Moment stehen und schauen auf das bleiche Organ in dem Glasgefäß. Dr. Weiss hat ein Schild darauf geklebt und mit einem schwarzen Stift 1-233 notiert, Steiners Code. In welcher Wunderkammer wird es landen? In Dr. Weiss' Herrenzimmer? Oder werden irgendwo in Deutschland Medizinstudenten ihrem Oberarzt zuhören, der ihnen mit den Händen auf dem Rücken *Sexuelle Bestrafung, Ostfront* präsentiert? Werden sie sich im Nacken kratzen, mit ihrem Nebenmann flüstern, kichern? Werden sie jemals erfahren, wer das war? Dr. Hubert Steiner, Obergruppenführer, *Das Biest von Minsk* mit über siebzigtausend toten Israeliten auf der Visitenkarte, beschnitten, die Zähne ausgeschlagen und einen Knebel im Mund, mit blutigen Knien und einem gebrochenen Knöchel, drei Schüsse in der Brust, geschändet von einem Juden. Bettelte er um sein Leben? Soll ich verlangen, dass das Glas in unserer Asservatenkammer eingelagert wird? Oder wird es in einem eigenen Zinksarg zum Staatsbegräbnis nach Berlin geschickt?

»Sie sagen also«, beginne ich, »dass wir es mit einem Menschen zu tun haben, der Beschneidungen vornehmen kann, aber nicht unbedingt Chirurg ist?«

»Das ist die Schlussfolgerung«, erwidert Dr. Weiss.

»Ein *Mohel*...«

Manfred sagt es, bisher hat er geschwiegen. Er steht hinter mir, eine Zigarette in der Hand. Jetzt wirft er sie auf den Boden, tritt sie mit der Stiefelspitze aus. Er öffnet sein Holster, zieht seine PPK, wirft das Magazin aus und überprüft die Patronen.

»Was ist ein Mohel?«, erkundige ich mich.

Manfred geht, ohne zu antworten.

*

Im Ghetto herrscht absolute Stille. Nur die Lautsprecherwagen mit Manfreds Drohungen sind zu hören, schnarrend. Auf den gepflasterten Straßen ist niemand zu sehen, nicht in den Läden, nicht an den Fenstern. Niemand, obwohl dreitausend Menschen in den drei Straßen wohnen, in denen sonst immer geschäftiger Lärm zu hören ist – der Lärm von Juden.

Manfreds Spuren sind nicht zu übersehen. Sie liegen auf dem Bauch, mit den Armen nach vorn, die Beine halb in der Tür, über die Pflastersteine ziehen sich lange Blutstreifen. Dann höre ich irgendwo links mehrere Schüsse, nicht weit von Feigls Werkstatt.

*

Tovners Bäckerei im zweiten Stock. Sie sind zu dritt, zwei Männer und eine Frau; sie hocken mit den Händen im Nacken auf den Knien, schauen an die Wand oder auf den Boden. Ganz rechts liegen bereits zwei, ihr Blut fließt noch immer in den Raum, sucht sich dunkellila seinen Weg. Manfreds Stimme klingt hysterisch, er wedelt mit seiner PPK. Michael sitzt auf einem Stuhl, vor ihm steht eine Flasche. Mit dem Daumen wischt er sich etwas Spucke aus dem Mundwinkel. Hans lehnt an der Fensterbank. Manfred bemerkt mich nicht, er geht auf die Frau zu und drückt ihr die Pistole in den Nacken.

»Wo ist er!«

Die Frau sagt nichts, sie wirkt apathisch, die Versteinerung vor dem Tod, dieser Zustand ohne Namen, wenn man die Orientierung verliert und stumm wird, blöde wie der Tod.

Sie kneift die Augen zusammen, als würde sie den Schlag im Nacken bereits spüren.

»Wo ist er!«

»Manfred«, sage ich.

Er dreht sich langsam zu mir um, sein Blick ist abwesend. Als er sich wieder umdreht und abdrückt, lächelt er. Die beiden Männer zucken zusammen, als das Projektil den Kopf der Frau gegen die Wand schlagen lässt.

»Manfred, verflucht noch mal!« Ich bin laut geworden.

»Was ist?«

»Das hier ist doch sinnlos«, sage ich leiser und gehe einen Schritt auf ihn zu, bekomme Blickkontakt. »Diese Menschen wissen doch nichts. Du weißt nicht einmal, wonach du fragen sollst. Wir müssen nach Kolozec und uns nach Tätowierungen umsehen.«

Er lässt die Hand mit der Pistole fallen und entspannt sich. Michael und Hans glotzen in die Luft, unentschlossen.

»Du hast recht«, sagt er. »Los, gehen wir. Komm.«

Michael schraubt den Verschluss auf die Flasche und steht auf. Hans läuft bereits die Treppe hinunter. Manfred hebt noch einmal die Pistole.

Zwei hastige Schüsse.

Ich werfe die Tür zu, als wir gehen.

Tätowierungen

Wir finden Mirko, den Verrückten, hinter der Kirche von Kolozec, zwei Stunden Autofahrt in Richtung Süden.

Aus seinen Augen leuchtet der Wahnsinn, sein Gesicht ist braun gebrannt, eine Unmenge Runzeln, schwarz gefleckter Gaumen; er murmelt, wirft den Kopf hin und her und beschreibt mit den Händen große leere Gesten. Plötzlich sieht er eine Chance zu entkommen und flieht auf seinen Fußlappen, stolpert um die Kirche. Michael nimmt ihn unter dem Arm, führt ihn uns wieder vor.

Mirko grinst blöde.

Der Hiwi: »Er fragt, ob wir vier Kopeken haben … vier Kopeken für eine Talgkerze.«

Manfred wirft mir einen Blick zu, ich suche in der Hosentasche und finde eine große, schimmernde Reichsmark. Mit einer raschen Handbewegung schnappt er sich das Geld und versteckt es in den Falten seines Mantels. Michael geht einen Schritt auf ihn zu, ich halte ihn auf, indem ich ihm eine flache Hand auf die Brust lege.

»Gib ihm was von deinem Fusel.« Ich zeige auf Michaels Flasche.

»Was?«

»Tu, was er sagt«, befiehlt Manfred.

Michael gibt ihm die Flasche, Mirko reißt sie ihm geradezu aus der Hand, leert sie in einem Zug, rülpst und blickt uns verstohlen an.

»Frag ihn«, sage ich dem Hiwi, »ob wir uns seine Tätowierungen ansehen dürfen.«

Sie wechseln ein paar Worte, Mirko grinst breit, zieht den Mantel und das braune grobe Wollhemd hoch und knotet den Strick auf, der die Hose hält. Er hat einen schneeweißen Bauch voller grauer, unsauberer Tätowierungen, Türme, Kreuze, ein grinsender Teufel.

»Was ist das?«, frage ich den Hiwi.

»Workuta«, antwortet er.

»Was?«

»Gulag ... Sibirien ... das sind Gefängnistätowierungen. Er ist ein Dieb, kein Politischer.«

Jetzt hat der Alte die Hände frei, die ebenfalls voller schwarzer Tätowierungen sind, auf dem Handrücken, den Fingern, den Knöcheln, selbst auf dem Handgelenk finden sich Zeichen. Der Hiwi greift nach der Hand und studiert sie.

»Er hat fünfzehn Jahre gesessen ... in vier Gefängnissen.«

»Woran erkennst du das?«

»Sie schreiben ihre Geschichte in ihre Tätowierungen ... das Kreuz zum Beispiel steht für die Peter-und-Paul-Festung in Leningrad – vor der Revolution.«

Ich ziehe mein Notizbuch mit Etkes Zeichnungen heraus, schlage die Seite mit den Augen und dem Vogel auf, zeige darauf und nicke dem Hiwi zu.

»Frag ihn, ob er weiß, was das hier bedeutet.«

Mirko nimmt das Notizbuch, dreht es hin und her, schnalzt mit der Zunge.

Dann fängt er an zu lachen.

»Was sagt er?«

»Hahn ... das ist ein Hahn.«

»Das sehe ich auch.«

Der Hiwi fragt ihn noch einmal, es entspannt sich eine kurze Unterhaltung.

»Diese Tätowierung wurde ihm aufgezwungen«, sagt der Hiwi schließlich.

»Aufgezwungen?«

»Ja, wie heißt das, ein starker Gefangener hat sie ihm mit einer Rasierklinge in die Schulter geritzt, genau wie die Augen ... er ist ein Sexsklave gewesen, der Sklave eines Sklaven«, fügt er hinzu.

»Wer?«

»Der Mörder von Steiner war ein Unberührbarer.«

»Ein was?«

»Ein Kastenloser.«

*

Ein paar hundert Meter vom Waldrand entfernt parkt Manfred den Wagen am Rand von Kolozec vor einem weiß gekalkten Haus.

Er hält den Zeigefinger vor den Mund, als er die Klinke herunterdrückt und die Tür öffnet, die Stiefelspitze ganz unten am Türrahmen, weil die Tür klemmt. In der kühlen Luft einer Waschküche bleiben wir einen Moment stehen und horchen, nicht ein Laut, dann gibt Manfred mir einen Schubs.

Wir stehen in einer sommerlich warmen Küche. Es riecht nach Kardamom und Kalk.

Zwei Sturmmänner sitzen ganz hinten auf der Schlafbank, die weder von der Straße noch von der Waschküche aus zu sehen ist, Manfred wendet sich an einen von ihnen.

Etkes Tante dreht uns den Rücken zu, sie flüstert mit einem sieben oder acht Jahre alten Mädchen. Der Junge ist an ein Tischbein gebunden. Manfred ist mit zwei Schritten bei der Tante und zieht ihr den Reißverschluss herunter, sie rührt sich nicht. Er entblößt ihre Schultern, führt die Hand über ihre Schulterblätter. Überall sind Kabel. Dann schlägt er ihr auf den Hintern, und sie dreht sich um; die Hand hält sie vor eine Brust, ihr Gesicht ist geschwollen, schwarzblaue Blutergüsse. Auch am Brustbein sind Flecken zu erkennen, Brandwunden? Manfred hat ihr eine Sprengladung vor den Bauch gebunden, die mit einem Vorhängeschloss gesichert ist. Er lässt sie los und nickt ihr zu, sie richtet ihr Kleid und sieht zu, wie er dem Mädchen, Agnezska, die Bluse hochzieht. Der Junge wendet den Blick ab, als ich ihn ansehe, er ist nicht älter als zwei oder drei Jahre, aber seine Lektion hat er bereits gelernt, *sieh einem Deutschen niemals in die Augen*. Dann wende ich mich den beiden Sturmmännern zu, sie schütteln die Köpfe, der eine hebt die Schultern und breitet die Arme aus, er kann ein Kichern nicht unterdrücken. Die weiche Hand des anderen liegt auf dem Sprengzünder.

Jetzt ist Manfred bei mir. Er tätschelt meine Wange. »Komm mit«, flüstert er.

*

Wir stehen wieder auf der Gasse. Manfred schlägt mir auf die Schulter, dann kann er nicht mehr an sich halten.

»Heinrich, verflucht. Hast du etwa gedacht, ich hätte sie umgebracht und ihnen die Adamsäpfel herausgeschnitten?«

»Ja.«

»Ich werd verrückt. Wir mögen in der SS vielleicht saublöd sein, aber so doof sind wir auch wieder nicht. Aber das verrät viel über dich …«

»Was denn zum Beispiel?«

»Dass du leicht zum Narren zu halten bist. Ich schenke dem kleinen Mädchen eine Tüte voller Schweinegurgeln, und für dich heißt das sofort, dass ich ihre ganze Familie umgebracht habe!«

»Es schien mir das wahrscheinlichste Szenarium zu sein.«

»Genau. Und jetzt möchtest du mich davon überzeugen, dass wir nach einem perversen Juden-Zeck mit einem Hahnenvieh auf der Schulter suchen. Auch ein wahrscheinliches Szenarium?«

»Ja.«

Wir gehen um die Ecke, niedrige Mauern, dahinter Gärten, Wein rankt sich bis zu den Giebeln. Manfred zieht ein Päckchen Efka aus der Brusttasche und bietet mir eine Zigarette an. Er zündet sich eine an, schützt die Flamme dabei mit den Händen vor dem Wind und gibt mir auch Feuer.

»In Belize hast du gesagt, Steiners Eskorte war klein«, sagt er. »Was hast du damit gemeint?«

»Was ich gesagt habe. Eine Kompanie, mehr war es doch nicht … und dann dieser Paradewagen. Wieso?«

»Ich habe darüber nachgedacht.«

»Worüber?«

Er antwortet nicht, sondern geht ein paar Schritte in einen Garten und kommt einen Augenblick später mit einer Handvoll Erbsen zurück.

»Nach deiner Äußerung habe ich darüber nachgedacht, ob uns jemand am Arsch kriegen will.«

Ich schüttele den Kopf, als er mir eine Erbsenschote anbietet.

»Glaubst du, dass es so ist?«

»Steiner«, sagt er nach einer kurzen Pause. »Steiner hat mir *alles* beigebracht. Ich meine nicht …«

Er streckt die Hand aus, und mit einem Mal verändert sich sein Gesichtsausdruck, etwas Weiches taucht darin auf.

»Nicht all das hier … diese Schlächterei … nein, das *Geistige.*«

»Das Geistige … in der Einsatzgruppe B?«

»Was?«

»Manfred, es ist doch kein Geheimnis, was ihr da draußen gemacht habt.«

»Du verstehst es einfach nicht, Heinrich.«

»Was verstehe ich nicht?«

»Was *Konsequenz* heißt. Dass jede Wahrheit *konsequent* ist … gnadenlos.«

Er zieht seine Waffe, hält sie in der flachen Hand, schließt die Finger um den Kolben und hebt den Arm, jetzt zielt er auf mich.

»Heinrich …«

»Ja?«

»Jetzt lässt du dich nicht zum Narren halten, oder?«

»Was meinst du?«

»Du hast untersucht, wer für die Eskorte verantwortlich war, nicht wahr?«

»Ja.«

»Und wer war es?«

»Du.«

Noch immer zielt er mit der Pistole auf mich, er wiegt sie in der Hand, der Zeigefinger am Abzug ist gespannt.

»Hast du um ihre Hand angehalten?«, will er wissen.

»Was?«

»Um die Hand meiner Schwester. Hast du?«

»Nein.«

»Wieso nicht?«

»Nimm die Waffe runter.«

»Hast du?«

»Nimm. Sie. Runter.«

»Glaubst du etwa, ich wusste davon?«

»Wovon?«

»Es geht so schnell, sich von diesem … Scheiß … hier auffressen zu lassen und den Boden unter den Füßen zu verlieren. Bist du dabei, den Halt zu verlieren?«

»Nein.«

Er steckt die halbautomatische Pistole in das schwarze Holster, zieht den Lederriemen darüber und lässt den Knopf einschnappen.

»Dann weißt du auch, dass du das Mädchen nicht behalten kannst.«

»Was hat das Mädchen damit zu tun?«

»Alles, Heinrich, alles.«

Jetzt lächelt er.

Er hat kleine Zähne. Sie sehen aus wie Milchzähne, kreideweiß und durchsichtig.

*

Mein Büro im Polizeihauptquartier von Lida am nächsten Nachmittag.

Wäspli stellt eine Tasse brühend heißen Tee vor mich.

»Sie sagen Minsk. Minsk sei der wahrscheinlichste Ort, um einen Zeck zu finden, einen ehemaligen Gulag-Gefangenen. Sie haben dort den größten Teil des NKWD-Archivs gerettet. Ich habe bereits einen Termin vereinbart.«

»Gut. Danke, Wäspli.«

Er dreht sich um und will gehen, er hat Speck auf den Hüften, die Rundung zwischen der grauen Uniformhose und der grünen

Jacke ist wie bei einer Frau, auch den schwarzen Gürtel trägt er wie ein Mädchen.

»Ach, noch etwas«, sage ich.

»Herr Oberleutnant?«

»Das Mädchen.«

»Das Mädchen?«

»Sie wissen schon, die Zeugin aus Belize. Etke. Was machen wir mit ihr?«

Wäspli errötet, lächelt steif und schaut auf den Tisch.

»Oder wollen Sie sie haben, Alfred?«

»Ich? Was? Nein!«

»Nein, oder?«

Als er später noch einmal das Büro betritt, bekomme ich keinen Blickkontakt zu ihm, seine weichen Hände fingern an irgendeinem Blatt Papier.

»Sie müssen nur hier unterschreiben.«

Ich weiß nicht, woher er ihren vollen Namen hat.

```
Nachname(n): Steiger
Vorname(n): Sophie. Evtl. Rufname: Etke.
Bestimmungsort:
```

Wir tauschen einen kurzen Blick aus, als wir auf das leere Feld schauen.

»Es wird von der SS-Dienststelle Lida ausgefüllt«, sagt er. »Es heißt, sie könnten sie in zwei Tagen abholen.«

»Schön, Wäspli. Und danke«, sage ich und unterschreibe.

*

»Wäspli, kommen Sie doch mal herein.«

Er kommt mit seiner gepackten Aktentasche, den Mantel über dem Arm, bereit zu gehen.

Noch immer schlägt er den Blick nieder, verschämt wie ein Mädchen.

»Kommen Sie, trinken Sie ein Glas mit mir.«

»Herr Oberleutnant?«

Ich hole noch ein Glas aus der Schublade, ziehe den Korken aus der Flasche und zeige mit dem Kopf auf den Stuhl gegenüber.

»Setzen Sie sich nur, der ist gut, kommt aus Ungarn.«

Er setzt sich mit dem Glas in der Hand ganz vorn auf die Kante.

»Prost, Wäspli!«

»Prost, Herr Oberleutnant.«

»Gut, nicht?

»Ja, richtig gut. Französisch?«

»Nein, ungarisch.«

»Ungarisch, ach ja, das sagten Sie ...«

Was ist los mit ihm? Er wirkt völlig verkrampft. Er ist mindestens fünfzehn Jahre älter als ich, und dennoch muss ich ihm wie einem Schuljungen alles aus der Nase ziehen. Mit dem Daumen fummelt er am Rand des Glases. Haben die Alten jetzt Angst vor uns?

»Wäspli, was haben Sie eigentlich im Zivilleben gemacht?«, erkundige ich mich und stoße mit ihm an. »Sie waren ja wohl nicht immer Polizist, oder?«

»Nein, Klarinettist.«

»Klarinettist, na so etwas! Wo denn?«

»In Leipzig ... im Symphonieorchester.«

»Klarinettist! Da wäre ich nie draufgekommen!«

»Nein, das ...«

Er blickt noch immer in sein Glas, lässt die Flüssigkeit kreisen.

»Sind Sie verheiratet?«

»Nein, dazu ist es nie gekommen.«

»Und wer kümmert sich um Ihre Kinder?«

»Was für ...?«

»Wäspli. Sehen Sie mich an.«

Er hebt den Kopf, ein breites Gesicht mit schlaffen Zügen, der offene Mund wirkt zu weich und zu fleischig für das kleine, feine Klarinettenmundstück mit dem Bambusblatt; ich sehe es vor mir, wie diese großen Hände die Löcher und Klappen auf- und abfahren, wie sie den Reißverschluss am Rücken einer Frau aufziehen, wie sie ihre Hüften umfassen, die Haken eines Büstenhalters lösen, einem Kind den Kopf tätscheln – was ist er für einer?

»Das war ein Scherz, Wäspli, Entschuldigung.«

»Nein, es war komisch. Da haben Sie mich aber erwischt … nicht verheiratet, und wer kümmert sich jetzt um die Kinder, haha.«

»Manchmal, Alfred«, sage ich und werde plötzlich ernst, »manchmal hat man das Gefühl, zu Hause erwartet uns eine ganz andere Welt, nicht wahr?«

»Wie meinen, Herr Oberleutnant?«

»Ach, nenn mich einfach Heinrich. Wollen wir uns nicht duzen? Doch, das machen wir!«

Ich bin ein bisschen zu laut, als ich mein Glas in seine Richtung hebe, aufstehe und mich über den Schreibtisch beuge, »darauf trinken wir«. Es sieht eigenartig aus, aber ich bestehe darauf, dass wir die Arme ineinander verschränken und Wange an Wange trinken.

»Und manchmal tun wir Dinge …«, fahre ich fort, als wir wieder sitzen, »… die nur schwer erklärbar sind … aber man muss die Dinge trennen, nicht wahr?«

»Ja, die Dinge trennen, sicherlich …«

»Hart sein, auch wenn man nicht hart ist … und das … Übergeordnete sehen.«

Ich beiße mir beinahe auf die Zunge, weil ich *die höhere Ordnung* sagen will, und halte inne.

»Ich verstehe nicht. Habe ich irgendetwas falsch gemacht, Herr Oberleutnant?«

»Nein, nein.«

»Denn wenn ich etwas falsch gemacht haben sollte …«

»Wäspli. Sie haben nichts falsch gemacht. Glauben Sie mir.«

»Danke, Herr Oberleutnant. Ich bin ganz nervös geworden, ich hab's ja nicht so mit dem Militärischen.«

»Sie machen das gut, Wäspli, und wenn irgendetwas sein sollte, steht meine Tür immer offen. Verstehen Sie? Wir könnten doch etwas essen gehen …«

»Ja. Und danke. Aber ausgerechnet heute …«

Er klopft auf seine Aktentasche.

»Zum Fernschreiber, ach ja. Arbeit. Immer Arbeit. Ich verstehe. Einen schönen Abend, Wäspli.«

Er steht auf, nickt und verschwindet.

*

Ich gehe nicht nach Hause, ich schlendere durch die Straßen, sitze mit meiner Flasche aus dem Laden *Nur für Deutsche* auf einer Bank im Park und sehe mir die Spatzen und die Frauen an, die schlanken Heereshelferinnen mit ihren weißen Socken, die hier ihre Pausen verbringen. Sie kommen aus den Büros der Zivilverwaltung und rauchen in kleinen Grüppchen Zigaretten, sie haben glänzende blanke Gesichter.

`Liebe E,`
`danke für das Päckchen.`
`Heute war ein ~~merkwürdig~~ guter Tag.`
`Das Wetter ist auch gu`

Ich reiße das Blatt vom Block und nehme Elines Foto aus dem Portemonnaie. Sie hat darauf bestanden, dass ich dieses Foto mit in *den großen Krieg* nehme. Es ist viel zu gestellt, aus dem Atelier Mertesacker am Alsterdamm. Sie hatte sich die Haare so rot gefärbt wie Zarah Leander, die Schauspielerin; die Lippen glänzten schwarz, das Make-up ließ die Augen tief liegen, das Gesicht im Halbprofil, all die Haarnadeln und der Lack, das hitzige Rouge und dieser Blick, schräg nach hinten und abschweifend. Es war letztes Jahr während der Verdunkelung entstanden, kurz vor der Gala der Studentenverbindung; sie trug eine große schwarze Robe mit Puffärmeln, wie die Leander in *Die große Liebe*, und hatte vom Sherry der Frau Professor getrunken; sie hatte knallrote Wangen und wedelte ständig mit ihrem Fächer, als wir die Treppe hinaufgingen.

Glaubst du an Wunder, Heinrich?

Was meinst du?

Dass es uns wundervoll ergeht?

Ich drehe das Foto um, die Schrift ist hastig, mädchenhaft.

Die Nymphen haben die goldenen Wälder verlassen

Kuss

E

Als ich Eline wieder ansehe, ähnelt sie haargenau Zarah Leander.

Liebe Eline,
heute habe ich ein Stück Papier unterschrieben, und ein Kind wird sterben. Nein, nicht nur ein Kind. Sie hatte einen Namen. Etke. ~~Etke. Etke. Etke.~~ Ich muss es Dir schreiben. Ich weiß nicht, wie

Ich lege meine Hand über das Blatt, als eine Frau sich neben mich setzt. Sie muss sich von hinten angeschlichen haben, ich habe sie in der Gruppe der Heereshelferinnen nicht gesehen. Sie ist klein, eine Telegrafistin, elektrische Funken am Ärmel. Jetzt streckt sie die Beine mit den braunen Schnürschuhen aus. Sie kann nicht älter als zwanzig oder einundzwanzig sein.

»Entschuldigung«, sagt sie. »Ich wusste nicht …«

»Das macht nichts«, erwidere ich. »Ist nicht offiziell.«

»Geben Sie mir einen Schluck ab? Was ist das?«

»Ich weiß nicht. Kirsch.«

»Kirsch?«

»Kirsch. Er schmeckt ausgezeichnet.«

Sie setzt die Flasche an den Mund und trinkt einen Schluck. Sie hat einen hübschen Mund und hübsche breite Wangenknochen.

»Oha«, sagt sie.

»Oha«, sage ich.

»Ich bin wirklich richtig wütend.«

»Auf mich?«

»Nein, nicht auf Sie. Ich kenne Sie doch überhaupt nicht!«

»Auf wen sind Sie dann wütend?«

»Auf Frida … das ist die Große da hinten. Mit dem roten Lippenstift und den Handschuhen, sie hat *trockene* Hände.«

Sie zeigt auf die Gruppe, ganz offensichtlich beobachten sie uns.

»Sie sagt, ich hätte ein *bemerkenswertes* Gesicht. Das hat sie gesagt. *Bemerkenswert.* Aber das ist doch dasselbe wie *merkwürdig*, oder? Und jetzt frage ich Sie, finden Sie das auch? Schauen Sie mich an!«

»Ich weiß es nicht.«

»Ist es mein Kinn? Ich weiß, dass damit etwas ist, es ist gespalten.«

Sie hält die ausgestreckte Hand direkt vors Kinn und teilt so ihr Gesicht, den deutlichen Mittelscheitel und die kleinen grauen Augen.

»Und das lässt das Ganze so …«

»Gepalten aussehen?«

»Ja, genau!«

Ich lächele und stecke meinen Block in den Uniformrock.

»Sie halten mich zum Narren.«

»Ein bisschen vielleicht.«

»Bin ich dumm?«

»Nein, das finde ich nicht.«

»Aber nicht *bemerkenswert*?«

»Das weiß ich nicht.«

»Sie wissen nicht viel, mein Herr!«

Sie zieht eine Zigarettenschachtel aus der Brusttasche, es dauert lange, bis sie eine Zigarette herausgenommen und angezündet hat.

»Haben Sie gerade Ihrer Freundin geschrieben?«, erkundigt sie sich und wischt mit zwei Fingern ein paar Tabakkrümel von ihrer Lippe.

»Ja.«

»Haben Sie um Ihre Hand angehalten?«

»Warum fragen Sie danach?«

»Haben Sie also nicht.«

»Woher wissen Sie das?«

»Ich habe Sie hier sitzen sehen, und ich habe gesehen, wie Sie etwas ausgestrichen haben. Richtig Verliebte wissen immer, was sie schreiben müssen. Verlobte denken an … Blumen, Blumen, Blumen, und uh und ah, ja, so ist mein Freund … er ist in Belgrad – aber Ehemänner, die füllen einfach die Seiten und erzählen, was sie zu essen bekommen, oder fragen, wie es den Kindern geht. Das sagt Renate, die ist nämlich verheiratet. Aber Sie streichen durch, Sie müssen ein Problem haben! Vielleicht wollen Sie Schluss mit ihr machen? Ist das so?«

»Nein, will ich nicht.«

»Sie lieben sie also? Behaupten Sie …«

»Ja.«

»Was ist dann das Problem?«

»Es gibt kein Problem.«

»O nein … sind Sie einer von denen?«

»Die ihre Freundin lieben?«

»Nein, die sich jemandem anvertrauen wollen …«

»Was meinen Sie damit?«

»Glauben Sie wirklich, dass sie dadurch glücklicher wird? Oder denken Sie dabei an sich selbst?«

Sie dreht mir ihr Gesicht zu und schließt die Augen, als würde sie sich konzentrieren. Dann öffnet sie sie wieder und zieht einen Schmollmund.

»Sie können sich mir anvertrauen, ich weiß, wie das ist … kommen Sie, vertrauen Sie sich mir an … kommen Sie schon, Herr Wachtmeister, Sie werden sich gleich besser fühlen … und hinterher …«

»Hinterher?«

Jetzt lächelt sie, ihre Lippen öffnen sich über kleinen weißen Zähnen.

»Tja, hinterher könnte ich … *sie* sein.«

Ihr Kopf fliegt zurück, aber sie gibt keinen Laut von sich, als meine flache Hand ihren linken Wangenknochen trifft. Ich stehe auf, nehme meine Sachen und gehe. Sie verbirgt ihr Gesicht in den

Händen, und eine ihrer Freundinnen läuft auf sie zu, als ich mich umdrehe und zurückschaue.

*

Ich koche vor Wut und Scham, als ich an dem Laden mit dem Schild *Nur für Deutsche* vorbeikomme, eine Flasche Poire Williams kaufe und an den Mund setze, während ich noch bezahle. In der Skzkolna-Straße gehe ich in die frühe Vorstellung des Wehrmacht-Kinos. Noch immer lässt sich der Name NIRVANA auf Polnisch, Russisch und Jüdisch an der Fassade erkennen. Der Saal schwirrt vor Hitze, Langeweile und Fliegen. Ich trinke und blättere vor der Vorstellung ein zurückgelassenes Exemplar von *Das Reich* durch. Bulletins vom Kursker Bogen. Der Vorstoß im Süden verläuft gut. Hoth hat seine Ziele erreicht, neue Namen, die wir lernen müssen, neue Xe auf der Karte, die nördliche Front trifft auf verzweifelten Widerstand. Feldmarschall Model dürfte in Schwierigkeiten stecken. Ich trinke, als der Vorhang aufgeht. Der Lärm und die Märsche der Wochenschau. Ein türkischer General bewundert die deutschen Waffen an der Südfront, während ich trinke. Eine Partisanenaktion in Minsk. Ich trinke weiter. Sie haben Köln bombardiert, das Loch zum Himmel in den Deckenwölbungen des Doms. Ich versuche, in der Dunkelheit meinen Brief zu lesen, trinke. Er wird niemals an der Zensur vorbeikommen.

Oder denken Sie an sich selbst?

Ich springe auf und stürze aus dem Saal.

*

Es ist bereits dunkel, als ich zurück in den Park komme. Die Frau von vorhin ist verschwunden, die Fenster im Gebäude des Gebietskommissariats sind verdunkelt, aber ich weiß, dass drinnen noch gearbeitet wird. Ich gehe hinüber und weise mich aus.

»Zum Telegrafendienst, ich habe eine wichtige Mitteilung.«

Vor dem Saal der Telegrafistinnen bleibe ich stehen und kritzele meinen Brief zu Ende.

Sie sitzt als Zweite vom Fenster an einem Vermittlungstisch, der Saal ist nur zur Hälfte gefüllt.

»Schicken Sie dies hier ab«, sage ich, als ich hinter ihr stehe.

Sie dreht sich erschrocken um.

»*Sie* sind es?«

Sie hat ein Pflaster auf der Augenbraue.

»Schicken Sie es einfach, die Adresse lautet Dimpfelstraße 6, Hamburg.«

»Sehen Sie nur, was Sie getan haben.«

»Schicken Sie es ab. Nicht wegen mir, sondern wegen ihr, wegen uns. Sie heißt Eline. Machen Sie schon.«

Sie liest den Brief.

»Das kann ich nicht senden, und das wissen Sie genau.«

»Schicken Sie es!«

»Dann sind Sie naiv – und böse! So etwas kann mich in Schwierigkeiten bringen.«

»Machen Sie schon«, zische ich zwischen den Zähnen.

»Sonst schlagen Sie mich wohl wieder?«

»Nein, sonst …«

Ihr kleines rundes Gesicht mit dem durchgebluteten Pflaster auf der Augenbraue, brüchiger Schorf in der Gaze, die Oberlippe ist geschwollen, an der linken Wange zeigt sich ein Bluterguss.

»Was sonst?«, fragt sie.

»Nichts. Nichts. Entschuldigen Sie!«

*

An der Brücke über dem See, eine Viertelstunde später. *Dunkle Deutung des Wassers: Stirne im Munde der Nacht.* Ich schleudere die leere Flasche übers Wasser, höre den Aufschlag dort draußen in der Dunkelheit. Einen Moment überlege ich, mich hinzuwerfen und zusammenzukrümmen, die Stirn durch den Mund; ich stehe dort und tänzele über den flachen See, doch es ist ein halbherziges Theater. Ich bin total besoffen, als ich in die Offiziersmesse komme, die fünf Minuten von meinem Büro entfernt liegt.

Ich nehme Kalbszunge und Chablis.

Vor dem Restaurant fängt mein Magen an zu rumoren, ein hart zupackender Krampf, die Eingeweide saugen sich zusammen, ich wanke an einen Laternenpfahl, rechte Hand auf den Pfosten, Kopf runter – und kotze die lehmfarbenen zähen Eingeweide aus, das gefleckte Zungenfleisch in einer gelben Chablis-Pisse. Ich knalle mit den Knien auf den Boden, den Kopf zwischen den Beinen, mein Magen lebt und pumpt, ich habe ihn nicht unter Kontrolle, ein Mund, dessen Inneres sich nach außen stülpt.

Und dort unten sehe ich es, in dem unverdauten Fleisch, das aufgelöste Gesicht.

Etke.

*

Ach Bächlein, liebes Bächlein
Du meinst es so gut;
Ach Bächlein, aber weißt du
Wie Liebe tut?

Das elektrische Knistern und Hacken des Grammofons weckt mich auf meinem Sofa. Ich hebe den Tonarm, ziehe das Gerät mit der Kurbel auf und setze die Nadel genau an der Stelle auf die Platte, wo der Müllerjunge in den Bach springt. Wieder und wieder höre ich das Stück. Ich weine.

Dann fange ich an zu lachen.

Manfred hat recht. Ich belüge ein kleines Mädchen und bringe sie dazu, ihre ganze Familie zu verraten. Durch mich wird die Familie sterben, aber jetzt heule ich wegen des Mädchens, wegen ihrer winzig kleinen Hände, ihrem rundlichen Gesicht. Die Frau im Park hatte recht. Vertrauliche Mitteilungen sind Sentimentalität. Ich gehe zur Anrichte, ziehe mit den Zähnen den Korken aus der Cognacflasche und spüle ein paar große Schlucke hinunter.

Ich brülle: »Lang lebe die Sentimentalität!«

*

Sie schlafen. Das Mädchen ist zu Mascha ins Bett gekrabbelt, sie hat ihren kleinen Kopf in ihre Armbeuge gebohrt, der Arm liegt auf Maschas Bauch, ein Bein ragt über der Bettkante hinaus.

Wenn ich aus Minsk zurückkomme, ist sie verschwunden.

Ich ziehe die Tür zu.

Ich werde ihren Namen nicht sagen.

Ich kann es niemals Eline erzählen.

Die Wahrheit ist konsequent. Gnadenlos.

Ich bin bereits reisefertig. Der Wagen hält unten an der Ecke, der Motor läuft.

Die Nacht ist still.

*

In der schütteren Dunkelheit nehmen wir die Landstraße nach Minsk, die Kälte der Nacht liegt über der Landschaft und den Häusern, an denen wir vorbeifahren. Plötzlich das hektische Licht der Scheinwerfer eines Stützpunkts, Ausgrabungsarbeiten, Bohren und Hacken, es sieht aus wie Panzersperren. Ein Lastwagen ist in den Straßengraben gefahren, das Aufheulen und Kreischen der Achsen eines RSO, eines Raupenschleppers Ost, der sich aus dem Morast befreit; zwei Wehrmachtsoldaten gestikulieren, ein Hiwi führt mit beiden Händen eine Blechtasse zum Mund, trommelt mit einem Finger auf die Tasse und folgt uns mit seinem Blick, unsere kleine Kolonne wird vorbeigewunken.

Ich habe Manfreds Dolmetscher mitgenommen, den langen Hiwi. Ich fahre. Er holt einen Tabaksbeutel aus dem Uniformrock, zerbröselt etwas schwarzen Tabak in der Hand, Machorka. Dann zieht er einen Zeitungsfetzen aus der Tasche, es sieht aus wie ein Ausriss aus *Das Reich*, glättet das Papier notdürftig mit den Fingern und verteilt den Tabak über die zerknüllten Buchstaben. Ich beobachte ihn und trommele aufs Lenkrad, als er das Papier straff um den Tabak dreht; er leckt an Hitlers Armen. Mitten in der Bewegung hält er inne und sitzt mit seiner halb fertigen Zigarette neben mir.

Er schaut mich an.

»Ich …«, sagt er. »Gospodin …«

»Nimm eine Efka«, erwidere ich.

Ich ziehe die Packung aus der Brusttasche und reiche sie ihm. Er nimmt das Päckchen, zündet sich eine Zigarette an. Die Straße ist leer. Wir wollen nach Minsk, ins Zentralarchiv. Wenn unser Mann mit dem Hahn auf der Schulter aus dem westlichen Teil der Sowjetunion stammt, haben sie ihn dort. Wir müssen nur das J im Pass finden, *Jevrej*, Jude, und eine Verurteilung wegen Homosexualität oder einer Perversität, egal, welche Kategorie. Kategorisieren können sie auch gut, die neuen Menschen, die Roten. Wenn die Aufzeichnungen nicht zerstört, verbrannt oder zu Machorka gerollt sind. Und wenn die Zeugen nicht in einem Massengrab vermodern, in einem von ihren oder von uns.

»Du …«, sage ich.

»Gospodin?« Der Hiwi hebt den Arm.

»Wie heißt du eigentlich?«

Ich bekomme einen Schlag aufs Ohr, die Frontscheibe fliegt durch die Luft.

Ich reiße das Lenkrad herum.

*

Sie haben meine Beine gefasst und zerren mich durch nasses Gras, meine Arme schlenkern hinterher. Ich versuche zu treten, erhalte aber einen Schlag an den Kopf, sie drehen mich herum, ich bekomme meine Waffe zu fassen, setze mich auf und drücke den Abzug, er klemmt. Als ich den Schlitten zurückziehe, hockt er vor mir auf den Knien im Gras und schlägt mich mit der flachen Hand.

»Gospodin, ich bin's! Semjon!«

»Was?«

Er reißt mir die Pistole aus der Hand und führt einen Finger zum Mund.

»Gospodin, wir werden schon auf Sie aufpassen. Warten Sie hier.«

Er gibt mir die Waffe zurück und steht auf, nickt einem anderen Hiwi zu, sie entsichern ihre Waffen. Dann zeigt er auf die Straße, unsere Kübelwagen brennen. Die beiden verschwinden in der Dunkelheit.

Mein Puls rast.

Der Wald ist still.

Nur das Prasseln des Brandes ist zu hören.

Mein Kopf kocht.

*

Schatten von Soldaten.

Ich kontrolliere meine Waffe, meine Hände zittern, ich kann sie nicht halten.

Sie liegt zwischen meinen Beinen.

Schatten von Soldaten.

Ich werfe das Magazin aus, es ist leer. Ich finde ein paar Patronen im Gras, drückte sie mit einem Finger auf die Feder. Ich ziehe den Schlitten zurück, höre, wie eine Patrone sich in die Kammer schiebt.

Etke.

Ich muss meine Zigaretten verloren haben.

Ich zittere vor Kälte.

*

Der lange Hiwi hockt vor mir. Er hat eine Hand auf meine Schulter gelegt.

Er wendet sich an jemanden, den ich nicht sehen kann, und sagt etwas auf Weißrussisch. Dann sieht er mich wieder an.

»Es war eine Mine. Es ist nichts passiert.«

Als ich nicht antworte, zieht er eine Zigarette aus meiner Brusttasche und dreht sie mit zwei Fingern um, am Papier ist Blut. Er steckt sie mir zwischen die Lippen und zündet sie an, dabei halte ich seine Hände fest.

Die Zigarette schmeckt nach Blut, Blut und Rauch.

»Wie heißt du noch gleich?«, erkundige ich mich.

»Semjon, Gospodin.«

»Wieso nennst du mich Gospodin?«

»Das bedeutet ›Herr‹.«

»Herr?«

»Ja.«

»Semjon, hast du Kinder?«

»Sie sind weg. Drei kleine Hühner, Gospodin. Drei kleine Hühner, die in den Wald gelaufen sind. Und jetzt können sie nicht nach Hause finden.«

»Etke.«

»Etke, Gospodin?«

»Das Mädchen aus Belize. Kannst du sie nehmen?«

»Sie nehmen, Gospodin?«

»Ja, dich ihrer annehmen … sie bei dir wohnen lassen … deiner Familie. Oder …«

Semjon erhebt sich, nimmt sein Gewehr, wirft es sich über die Schulter und reicht mir eine Hand.

»Komm, Gospodin.«

In Minsk

Zentralkrankenhaus Minsk, Aufnahme, früher Morgen.

Die Krankenschwester hat Sicherheitsnadeln zwischen den Lippen, sie drückt die Wunde an der Schulter mit zwei Fingern zusammen und fährt mit der Gazerolle einmal rund um den Arm, zieht den Verband straff und steckt ihn mit den Sicherheitsnadeln fest.

»Wir haben keine Heftklammern mehr. Ärgerlich, oder?«, sagt sie und steht auf.

»Sind Sie aus Hamburg?«, frage ich sie.

»Wieso?«

Sie steht am Waschbecken und wäscht sich die Hände. Sie hat rote Haare, die Kniestrümpfe passen nicht zu ihr, ihre Hände sind rot, die Arme voller Sommersprossen.

»Ach, nur so«, antworte ich. »Sie klingen nur so hamburgisch … und ich war seit nunmehr … elf Monaten nicht mehr in Hamm.«

»Sie stammen aus Hamm?«, sagt sie und dreht sich um. »Das ist doch nicht wahr.«

»Doch, es stimmt.«

»Wo genau?«

»Gleich am Park, Süder … da bin ich jedenfalls aufgewachsen. Meine Mutter wohnte dort, sie ist inzwischen tot. Also, wie hieß das noch …?«

»Sie wissen nicht mehr, wo Sie wohnen?«

»Nein … es ist weg. Es war weiß … mit fünf Etagen …«

»Davon gibt's viele in Hamm.«

»Ja, aber es liegt direkt am Park. Herrgott, wie heißt das denn jetzt! Am Sportplatz … komm schon.«

»Sievekings …«

»Nein, nein, auf der anderen Seite.«

»Horner?«

»Nein, die liegt in der anderen Richtung.«

»Tja, also Hammer Steindamm?«

»Äh … nein.«

»Hammer Hof?«

»Nein, so hat die Straße auch nicht geheißen. Rumpffstraße!«

»Rumpffstraße?«

»Ja. Nr. 3, zweiter Stock. Das war gar nicht so einfach. Können Sie sich auch nicht mehr erinnern, wo Sie wohnen?«

»Nein«, erwidert sie kichernd.

»Habe ich mir den Kopf verletzt?«, will ich wissen.

Sie nimmt eine kleine Taschenlampe aus ihrer Kitteltasche, spreizt mit zwei Fingern meine Augenlider, leuchtet in die Pupille. »Schauen Sie auf meinen Finger«, sagt sie und führt ihn vor meiner Nase von der einen zur anderen Seite. Ich folge dem Finger mit den Augen, es ist verwirrend, ich will ihm auch mit der Nase folgen, aber sie will nicht, sie bleibt sitzen, es ist mein Kopf, der schwankt.

»Ich heiße Gertrud«, sagt sie. »Gertrud Engeler. Ich wohne in der Claudiusstraße 41 in Hamm.«

»Guten Tag, Gertrud Engeler.«

*

Getrud ist gegangen. Als ich in einem Bett erwache, stehen zwei Männer an der Tür. Der eine trägt einen Anzug, ein Nasskämmer mit einer randlosen Brille, er hält eine Aktentasche in der rechten Hand. Der andere trägt eine Uniform, wie ich sie noch nie gesehen habe. Sie ähnelt der Luftwaffe, aber mit lila Epauletten und Goldschnüren am Kragenspiegel; die Hose bauscht sich an den Schenkeln, und die weißen spitzen Stiefel sehen mit ihren geschwungenen Absätzen wie mexikanische Sporen aus. Was soll das?

»Der Generalkommissar erwartet Sie«, sagt der Mann im Anzug.

»Generalkommissar Kube?«, frage ich. »Mich?«

»Ja. Sie sind doch Oberleutnant der Polizei Heinrich Hoffmann, oder nicht?«

»Ja.«

»Draußen wartet ein Wagen.«

*

Auf dem Weg zu Generalkommissar Kubes Residenz im Zentrum von Minsk, dem Kube-Palast, einem der wenigen nicht bombardierten Barockpalais aus der Zarenzeit, erkundige ich mich, worum es eigentlich geht.

Der Mann in der bizarren Uniform dreht sich zu mir um und erklärt: »Ich heiße Grünfeldt. Ich bin Generalkommissar Kubes Adjutant.«

»Ah ja«, antworte ich.

»Und das«, er nickt dem Fahrer im Anzug zu, »ist Haber.«

»Und worüber will der Generalkommissar mit mir reden?«

»Das werden Sie schon sehen«, sagt Haber. »Gibst du mir mal meine Zigaretten aus dem Handschuhfach, Erwin?«

Grünfeldt öffnet das Handschuhfach und sucht.

»Bist du sicher, dass sie hier liegen?«

»Ja. Ganz sicher.«

»Tja, hier sind sie also nicht.«

Weitere Worte werden auf der Fahrt nicht gewechselt.

*

Der Kube-Palast, zehn Minuten später. Vor dem Gebäude ein Ring aus Wehrmachtsoldaten und SS, Stacheldraht, Maschinengewehrnestern und Betonklötzen, die den breiten Weg zum Haupteingang zu einem Hindernisparcours werden lassen. Wir werden durchgewunken. Der Partisanenkrieg ist ganz in der Nähe.

Haber und Grünfeldt führen mich durch einen langen Flur und ein unendliches Foyer mit Sofalandschaften, Marmor, düsteren Gemälden und Jagdtrophäen: Hirsch, Wildschwein, große, lackiert glänzende Lachse, halbe Füchse, deren Pfoten aus den Wänden kommen. Grünfeldt, der Uniformierte, dreht sich auf den Hacken um, wir stehen vor einer drei Meter hohen Tür. Er klopft, es wird *herein* gebrüllt.

Und dort sitzt er in einem enormen Raum, Generalkommissar Kube, Weißrutheniens deutscher Zar, mit einer Serviette um den Hals und Messer und Gabel in den Händen; es ist für zwei gedeckt, er breitet die Arme aus und ruft mit einer Fistelstimme: »Nehmen Sie Platz!«

Ich setze mich.

Der Generalkommissar sagt kein weiteres Wort, er widmet sich seinem Kuchen. Er ist einer der alten Kämpfer, Blut und Ehre, einer der Lautstarken. Er hat Hitlers Ohr, er hat sein Generalkommissariat ausgeplündert, er ist gut im Beschaffen von Sklaven, und doch beschützt er die Juden, so heißt es. Ein feister Judenfreund, dessen Hose spannt, aber er hat ein Gesicht wie ein Knabe, ganz hell und frisch; er riecht sauber, nach Sommerstränden, Nichtraucher wie der Führer, Vegetarier. Jetzt bietet er mir Kuchen an, ist das Zwiebelkuchen, was will er von mir? Ich habe Kopfschmerzen, trinke Wasser aus einer Karaffe und antworte einsilbig; ich würde gern rauchen, der Tisch dehnt sich, als würde man mit einem umgedrehten Fernglas darüber schauen und die Linse ein- und ausfahren. Mir ist übel.

»Traurige Geschichte mit Obergruppenführer Steiner«, sagt Kube schließlich und wischt sich die Mundwinkel mit seiner Serviette ab. »Traurig.«

»Ja, Herr Generalkommissar«, antworte ich. »Traurig.«

»Und seine Frau … die hübsche Gisela.«

»Ja, die hübsche Gisela. Traurig. Tragisch.«

»Wollen Sie wirklich nichts von dem Kuchen?«

»Nein, danke, Herr Generalkommissar. Ich bin satt.«

»Der ist gut. Mit Porree und saurer Sahne.«

»Er sieht auch sehr gut aus, Herr Generalkommissar.«

Er klatscht in seine kleinen weißen Hände, und sofort kommen zwei junge Mädchen in bayerischen Kostümen herein und räumen ab – dichtes Haar, Dirndl, blasse Brüste, nackte Arme. Kube rollt seine Serviette zusammen und steckt sie in den Serviettenring. Er ist aus Horn mit Silberbeschlag. GK WEISSRUTHENIEN steht in Frakturschrift darauf. Kube erhebt sich und geht zu dem großen Steinkamin.

Auf dem Kaminsims steht ein Dachs mit offener Schnauze, rot glänzenden Lack im Schlund.

Seine Uniform spannt am Rücken.

»Das ist doch geradezu teuflisch«, sagt er. »TEUFLISCH!«

»Was denn, Herr Generalkommissar?«

»Die Sache mit Steiner natürlich.«

»Selbstverständlich, ja.«

»Guter Mann, der Steiner. Kannten Sie ihn?«

»Nein, ich hatte leider nie das Vergnügen, den Obergruppenführer persönlich kennenzulernen.«

»Nun ja, auch nicht schlimm.«

»Wie meinen, Herr Generalkommissar?«

Er antwortet nicht, sondern dreht sich um und sieht mich mit seinem runden Kopf und dem dünnen blonden Haar an.

»Soweit ich verstanden habe, hat Manfred Schlosser Sie zum Leiter der Ermittlungen ernannt. Warum hat er nicht mich gefragt?«

»Das weiß ich nicht, Herr Generalkommissar.«

»Verstehen Sie unser Projekt hier in Weißruthenien?«

»Projekt … Herr Generalkommissar?«

»Ja, die Idee … was wir hier tun, unsere zivilisatorische Mission?«

Ich schaue auf den Tisch, dort liegen ein paar Krümel vom Butterteig des Kuchens und ein grünes Stückchen Porree. Ich drücke es mit dem Finger auf und stecke es in den Mund. Er setzt sich wieder, faltet die Hände.

»Und, tun Sie es?«

»Ja, ich glaube schon. Oder … was meinen Sie genau, Herr Generalkommissar?«

»Wir können Männer wie Steiner nicht entbehren.«

»Nein. Es ist tragisch.«

»Hm … Erzählen Sie mir, was Sie wissen.«

»Wir arbeiten mit der Hypothese, dass der Obergruppenführer von einer teilweise jüdischen Partisanengruppe ermordet wurde.«

»Jüdisch? Wieso?«

»Er wurde Opfer eines jüdischen … Rituals.«

»Was zum Teufel meinen Sie damit?«

»Er wurde beschnitten und starb am Blutverlust. Der Mord deutet auf einen sogenannten Mord im Affekt hin, bei dem die Mordmethode überdeterminiert ist, also übertrieben.«

»Ich vermute, dass Sie und Hauptsturmführer Schlosser Vergeltungsmaßnahmen veranlasst haben?«

»Nein. Nur wenige.«

»Und wieso nicht?«

»Es liegt an Hauptsturmführer Schlosser, Herr Generalkommissar. Er will den Täter finden.«

»Er ist also der Meinung, dass Sie wie bei einem ganz gewöhnlichen Mord ermitteln sollen?«

»Ja.«

»Als wäre dies ein gewöhnliches Land.«

»Ja.«

»Hm.«

Ich räuspere mich, nehme meinen Mut zusammen. Wieder dieser Geruch nach Gemüse und Wahnsinn.

»Herr Generalkommissar, darf ich eine Frage stellen?«

»Na los.«

»Ich glaube, dass es sich bei dem Mord um einen Mord aus Rache handelt. Man hatte es also nicht auf einen hochstehenden SS-Offizier im Allgemeinen abgesehen, sondern gezielt auf Steiner … darauf deuten die Verstümmelungen hin … und …«

»Spucken Sie es schon aus!«

»Soweit ich orientiert bin, war Steiner der Oberbefehlshaber des Einsatzkommandos B.«

»Das ist geheim, und das sollten Sie wissen.«

»Das weiß ich, aber ich dachte, wenn ich die Marschrouten aus dem Herbst 41 und Frühjahr 42 bekommen könnte, vielleicht ist der Täter ja ein Überlebender der Aktionen …«

»Sie brauchen nur die Karten?«

»Ja.«

»Es gibt den Sicherheitsdienst …«

»Ja. Entschuldigung. Es war dumm.«

»Ja, es war dumm. Ich glaube tatsächlich, Sie haben *alles* missverstanden.«

»Entschuldigung?«

Wieder faltet er seine weich und empfindlich aussehenden Hände.

»Es geht hier nur um eins: Haben Sie herausgefunden, was Steiner in Lida wollte?«

»Nein.«

»Denn er hätte mit seinem Korps am Kursker Bogen sein sollen. Was macht er zusammen mit seiner Frau in einem Privatwagen fünfhundert Kilometer weit entfernt?«

»Das weiß ich nicht. Ich weiß nur, dass Hauptsturmführer Schlosser ihn erwartet hat.«

»Ah ja. Und wie hat er ihn erwartet?«

»Nun ja, wir standen bereit für den Empfang, ich verstehe nicht …«

»Nein, das tun Sie nicht. Aber das werden Sie. Und wenn Sie etwas herausfinden, dann berichten Sie mir.«

»Aber Hauptsturmführer Schlosser …«

»Haben Sie verstanden?«

»Jawohl, Herr Generalkommissar. Verstanden.«

»Sie haben zwei Tage Zeit für Ihre Judenspur.«

*

Er dürfe seine Uniformen selbst entwerfen, erzählt mir Grünfeldt während der Autofahrt zum alten Gefängnis des NKWD, in dem das Archiv der Lager untergebracht ist, *Glavnoe Upravlenie Lagerei*, Gulag, und zeigt mir seine glänzend weißen Kalbslederhandschuhe. Er sieht wie ein Idiot aus mit diesen Fasanenfedern, Goldpauletten, glitzernden Knöpfen und glänzenden Fingernägeln; sind die lackiert? Als wir ankommen, sehe ich, dass auch dieses Gebäude inzwischen als Kino für Wehrmachtsangehörige auf Fronturlaub genutzt wird. Der NKWD hat das Gebäude in Brand gesteckt, als er im Juli 1941 abrückte, allerdings hatten sie ihre Archivkästen im Keller selbst gegen Feuer abgesichert. Wenn meine Theorie richtig ist, handelt es sich um einen einheimischen Juden, der als »bourgeoiser Salonpäderast« in den Gulag geschickt wurde, Artikel 121 des sowjetischen Strafgesetzes. Er kam zurück, um Partisan zu werden. Also muss er hier zu finden sein, im bürokratischen Gehirn des NKWD.

»Sie haben alle totgeschlagen«, sagt Haber und fährt mit dem Zeigefinger über seinen Oberlippenbart, als wir ein Büro gefunden haben und ein Assistent uns die Archivalien bringt.

»Wen?«, frage ich nach.

»Alle Insassen«, erklärt Grünfeldt. »Sie haben Handgranaten in die Zellen geschmissen.«

»Wonach suchen wir?«, erkundigt sich Haber und gähnt.

»Wir glauben, nach einem Juden. Vermutlich wegen Homosexualität verurteilt.«

»Hm«, brummt Grünfeldt. »Haben wir einen Namen?«

»Nein. Wir haben nichts. Oder …«

Ich hole mein Portemonnaie heraus, ziehe Etkes Zeichnung aus dem Scheinfach und falte sie auf dem Tisch auseinander. Die Zeichnung des Hahns und der zwei Augen.

»Aha«, sagt Haber. »Ist das ein Rebus?«

»So was in der Art. Das sind Gefängnistätowierungen.«

»Fangen wir an.« Haber fängt an, die Archivakten auszupacken.

*

Später Abend. Haber schwitzt und trinkt Buttermilch aus einer großen Glaskanne. Grünfeldt hat den Uniformrock ausgezogen. Der Hiwi Semjon übersetzt. Grünfeldt notiert. Er raucht Semjons Machorka, sie trinken Wodka.

Mein Schädel brummt.

Wir haben dreiundsechzig Kandidaten: Juden, verurteilt wegen Homophilie.

»Hier ist noch einer«, sagt Grünfeldt. »Was steht da? Ivan Abramovitsch Henker, geboren 1899. Mitglied der Kommunistischen Partei 1919. Verurteilt wegen trotzkistischer Verschwörung 1936. Da ist noch ein Zusatz wegen Artikel 121 … Ach nein, er wurde erschossen.«

»Der Nächste«, sagt Haber. Er hat einen Milchbart, den er mit der Zunge ableckt.

»Scheiße«, sagt Grünfeldt, steht auf und hebt die Arme über den Kopf, streckt sich bis in die Fingerspitzen und legt den Kopf in den Nacken. »Scheiße, ich könnte jetzt 'ne Fotze gebrauchen.«

»Na, na«, werfe ich ein.

»Aber so ist es«, erklärt Grünfeldt.

»Trink Buttermilch«, schlägt Haber vor.

*

Noch später. Grünfeldt langweilt sich und ist gereizt. Er war draußen, um sich die Beine zu vertreten, Haber hat ihn zurückgeholt. Ich habe gehört, wie sie draußen auf dem Flur gedämpft und erregt miteinander gesprochen haben. Dann kam Grünfeldt herein und setzte sich wieder.

Der Himmel ist hell, obwohl es fast halb drei in der Nacht ist, doch die Stadt brütet düster vor sich hin, voller ausgebrannter Flecken, verdunkelt.

Haber hat die Hände hinter dem Rücken verschränkt und sieht aus dem Fenster. Semjon übersetzt Akten für mich, ich schreibe mit.

»Semjon, glaubst du, wir gewinnen?«, fragt Grünfeldt plötzlich.

Er hat seine langen Beine auf den Tisch gelegt. Wir haben jetzt siebenundachtzig Kandidaten, aber es gibt noch viele Archivkästen, die wir nicht geöffnet haben.

»Gospodin?«

»Glaubst du, wir gewinnen am Kursker Bogen? Glaubst du, wir brechen durch?«

»Ich bin nur Semjon, Gospodin. Ich weiß nichts.«

»Du bist bloß ein doofer Weißrusse?«

»Ja, Gospodin. Aber eins weiß ich.«

»Und was ist das?«, mischt Haber sich vom Fenster aus ein.

»Man wird *nie* aus einem Gulag freigelassen. Es gibt nur eine Möglichkeit. Der, nach dem wir suchen, muss in einer Strafkompanie gewesen sein.«

»In einer Strafkompanie?«, wiederholt Grünfeldt.

»Ja, er wurde aus Workuta freigelassen, um in einer Strafkompanie zu kämpfen.«

»Ah ja, und was schlägst du vor?«, will ich von ihm wissen.

»Dass wir es mit den Gefangenenlagern probieren. Vielleicht gibt es jemanden, der mit ihm gekämpft hat … Oder bei uns, den Hiwis. Es gibt auch viele russische Kriegsgefangene unter uns.«

»Auch Juden?«, erkundigt sich Haber vom Fenster aus.

»Nein.«

»Und das weißt du genau?«

»Ja.«

»Wie denn?«, beharrt Haber.

»Ich weiß es einfach.«

»Ah ja.«

Haber hat eine Zigarre aus der Jackentasche gezogen, steckt sie in den Mund und beißt die Spitze ab, reißt ein Streichholz am Fensterbrett an.

»Und woher weißt du das?«

»Sie können kein R sprechen und auch nicht ›schji‹ sagen. Außerdem haben sie dieses …«

»Dieses was?«

»Na ja … Jüdische.«

Grünfeldt zieht die Beine an, lässt die Füße mit einem Knall auf den Boden fallen und dreht den Korkpfropfen aus der Wodkaflasche.

»Aha!«, sagt er und wischt sich den Mund mit dem Hemdsärmel ab. »Interessant! In der Revue Moderne in Berlin, ja, Haber, hör auf, mich so anzuschauen! Ich habe versucht, Schauspieler zu werden, das weißt du doch! Es hat nicht richtig funktioniert. Aber ich habe ein paar Texte geschrieben! Ganz gute, wenn ich das selbst sagen darf.«

Er fängt an, eine Melodie zu summen.

»*Kleiner Max!*, kennt ihr das nicht? Nee … aber es war erfolgreich! Ihr hättet die Damen sehen sollen, da kam Bewegung in die Fächer … und das will was heißen. Aber weshalb erzähl ich das eigentlich? Was ich sagen wollte: Irma Wagner – das war die, die das Stück gesungen hat – oh! Sie war athletisch! Und ihr, wie heißt das noch … Impresario … also, er war Israelit. Gott weiß, wo er jetzt steckt. Na ja, so ein fetter geschminkter Jude mit Jackett, hochrotem Kopf und Fistelstimme. Ich habe ihn gehasst … und ich habe ihn geliebt!«

»Erwin …«, mahnt Haber.

»Aber so war es! War das denn falsch? Ja, ich weiß. Ja, ja … ja! Aber egal, eines Tages habe ich ihn gefragt, was es eigentlich mit den Juden auf sich hätte. Ob sie wirklich ein Volk wären, obwohl sie ja Jahrtausende überall gelebt hatten, gab's da nicht diesen Ahasverus, diesen ewigen Juden … egal, gibt es etwas speziell Jüdisches? Nicht Geld, Hakennasen, siebenarmige Leuchter und all dieser Kram, sondern etwas, das sie selbst für jüdisch halten, und Steiner … mir fällt übrigens erst jetzt auf, dass er auch Steiner hieß … oder war es Stein … merkwürdig eigentlich …«

»Verflucht, komm endlich zur Sache!«, schreit Haber ihn an.

»Wisst ihr, was er geantwortet hat?«

»Nein«, sage ich. »Was hat er denn gesagt?«

»Setz zwei Juden in einen Saal mit Hunderten von Menschen, und es vergehen keine zwei Minuten, bis sie sich gefunden haben und von alten Zeiten reden, obwohl sie sich überhaupt nicht kennen!«

»Ah ja, und das soll das speziell Jüdische sein?«, fragt Haber. »Dass der eine Itzig den anderen Itzig erkennt? Davon werden wir auch nicht klüger.«

»Tja, das habe ich auch gesagt.«

»Und was hat er geantwortet?«

»Er hat gesagt: Die Preußen sind geprügelte Hunde und die Juden geprügelte Katzen!«

»Was für ein Blödsinn!«

»Das hat er gesagt: Die Preußen hassen, schleichen sich davon und werden bissig, die Juden werden höflich und lächeln – Juden lächeln, nicht wahr? Und das stimmt. Katzen sind, wie heißt das gleich … ägyptisch, nicht wahr, wie die Juden. Sie sind eine fremde, unberechenbare Rasse. Sie können sich in unserer Natur gar nicht am Leben erhalten, wenn der Mensch sie nicht im Winter durchfüttert. Aber der Hund. Das ist ein deutsches Tier … und die Deutschen lieben Hunde!«

»Ich habe schon viele Juden gesehen, die nicht gelächelt haben«, wirft Semjon ein.

»Ja, sie haben nicht viel zu lachen«, meint Haber.

»Lächelnde Katzen, ha!«, ruft Grünfeldt entzückt.

»Aber da ist was dran«, fährt Semjon fort. »Ich habe viele Juden gesehen, die verprügelt wurden, aber noch nie, dass ein Jude Hand an einen Christen gelegt hat, sie gehen einfach weiter, murmeln ihre Judensprache und nähen einem die Hose. Deshalb sind sie ja auch so unheimlich … wie Wasser.«

»Falsch wie Wasser …« Haber stutzt.

»Schiller«, behauptet Grünfeldt. »Der gute alte Schiller.«

»Das ist Shakespeare«, widerspricht Haber. »*Othello*.«

»Ja, ja, Haber. Du bist ja so klug!«

Es entsteht eine Pause. Grünfeldt studiert seine lackierten Fingernägel. Haber tritt wieder an den Tisch und öffnet eine weitere Akte.

»Wie viele haben wir?«, erkundige ich mich und nicke Haber zu, der die Liste führt.

»Siebenundachtzig Juden, von einundzwanzig wissen wir garantiert, dass sie tot sind. Aber niemand benutzt seinen eigenen Namen, wenn der da recht hat.« Haber zeigt auf Semjon. »Und wenn sie in eins von unseren Lagern gekommen sind.«

»Semjon«, sage ich. »Er heißt Semjon.«

»Ja, sicher«, erwidert Haber.

»Nein, fangt ihr jetzt schon wieder an … Arbeit, Arbeit, Arbeit«, stöhnt Grünfeldt und klopft sich auf den Bauch. »Was ist jetzt mit Fotze … he, Haber, was ist?«

*

Haber fährt, Semjon sitzt auf dem Beifahrersitz. Grünfeldt hat seine langen Finger zwischen den Schenkeln einer mageren Nutte, sie lacht mit ihrem geschminkten Mund, ein kleines rotes Herz quer über den Lippen, wie ein Kuss, wie ein unanständiger Stempel; der klimpernde Schmuck, Katzengold und gefärbtes Glas, der bleiche flache Busen mit den blauen Adern, die Federboa um den Hals, sie plappert Polnisch. Grünfeldt reicht mir die Flasche und begräbt seinen Kopf in ihrem Gesicht, er hat die Hände um ihren Nacken gelegt, seine schimmernden Nägel, er frisst sie mit seinem kleinen Mund und seiner spitzen Zunge auf, er schmatzt, erzeugt einen gewaltigen Unterdruck, als ob er sie wie ein Ei aussaugen will. Haber sieht im Spiegel zu, er hat sich eine Zigarette angezündet.

»Lassen Sie mich raus«, sage ich.

»Was ist mit mir, Gospodin?«, will Semjon wissen.

»Bleib nur«, sage ich, als der Wagen an einer Ecke hält; ich steige aus. Semjon folgt mir. Der Wagen beschleunigt, schlingert über die Straße.

Ich ziehe eine Efka aus der Packung, zünde sie an und gebe sie Semjon.

»Tja, wenn Gospodin es erlaubt, werde ich mich mal ein bisschen umsehen, denke ich«, sagt Semjon.

»Sagen wir, morgen früh um sechs?«

Wir bleiben noch einen Moment stehen, dann nickt Semjon, dreht sich um und schreitet mit seinen langen Beinen in die helle Nacht.

*

Ich sauge die Kühle der Nacht ein.

Ich habe Haber gefragt, wo die Krankenschwestern wohnen.

Es ist ein zweiflügeliges Gebäude hinter dem Krankenhaus, man muss über ein Gitter klettern und kommt in einen dunklen Garten, der nach Nacht und kühlen Äpfeln duftet, ganz oben ist Licht in den Fenstern. Ich setze mich in das vom Tau feuchte Gras und warte, horche.

Nichts.

Dieses erwartungsvolle Brausen des Pulses.

Ich weiß, wo Gertrud wohnt, ich hätte außen herumgehen und meine Polizeimarke zeigen können, der Wachtposten hätte mich passieren lassen, aber ich kann diesem Augenblick nicht widerstehen, diesem Duft nach Wohnheim, nach Deutschland – über einen Zaun zu springen und an ein Fenster zu klopfen.

Als sie die Tür öffnet, trägt sie ein Nachthemd. Dieses schwere rote Haar, diese durchsichtige prickelnde Haut.

Ich lege zwei Finger an ihr Gesicht, streiche ihr eine Locke hinters Ohr.

»Hallo, Gertrud Engeler aus der Claudiusstraße 41.«

»Hallo, Fremder aus der Rumpffstraße 27.«

*

Sie hat die Augen geschlossen und hält sich am Bettgeländer fest.

Die Pulsschläge in dem Grübchen am Hals.

Sie fährt mir mit der Zunge ins Ohr, sie flüstert, sie singt in mein Ohr: *Casper, mein Geliebter, Casper, Casper, Casper.*

Sie liegt im Licht. Sie muss bald aufstehen. Sie ist hübsch und beinahe orangefarben, in dem stillen Morgenlicht *sind* ihre Lippen orange. Ich schreibe einen Zettel, den ich ihr auf den Tisch lege.

Danke, dass ich Casper sein durfte.
Leb wohl. H.

*

Als ich Grünfeldt, Haber und Semjon vor dem Kube-Palast treffe – der Wagen ist gepackt, die Genehmigungen und Passierscheine vom Generalkommissar unterschrieben, wir haben drei Motorräder als Bewachung – und etwas in meiner Aktentasche suche, entdecke ich eine Generalstabskarte mit dem eingezeichneten Weg und den Daten der einzelnen Örtlichkeiten auf der geheimen Todesroute der Einsatzgruppe B. Steiners Schneckenspur durch Weißrussland 1941–42. Haber sieht stur aus dem Fenster, als ich die Karte auseinanderfalte. Grünfeldt sortiert irgendetwas mit seinen weißen Handschuhen. Haber muss mir die Karte in die Tasche gesteckt haben. Grünfeldt ist ein Schwachkopf. Hat Haber auch meine Notizen durchgesehen? Ich muss mit der Bezahlung warten. Was ist die Bezahlung?

Stammlager

Wir beginnen mit den Gefangenenlagern für die einfachen Soldaten, den Stalags. Haber fährt, Grünfeldt schläft mit offenem Mund, Semjon sitzt auf dem Rücksitz und raucht meine Zigaretten, während wir uns durch die sandige, hügelige Landschaft östlich von Minsk bewegen, vorbei an stummen Bauern, kranken, ausgemergelten Kühen und fleckig-kahlen Feldern, die niemand bestellt. Ausgebrannte Fahrzeuge stehen mitten im Gelände, seit 1941 rosten sie zwischen dem wogenden Klatschmohn, aber auch neuere Wracks, die man von der Straße in die Straßengräben gezogen hat. Die Gehängten am Straßenrand: eine Frau, das Kinn auf der Brust, der Strick wurde über einen Ast gezogen, ihr fehlt ein Schuh. Um den Hals Schilder auf Deutsch und Russisch: *Wir sind Partisanen und haben deutsche Soldaten beschossen,* schwere, sich im Wind drehende Bauernleiber; Maschinengewehrnester und befestigte Dörfer, weitere Schilder, der MG-Schütze im Seitenwagen neben uns lädt durch, *Bandengefahr. Von 15 bis 6 Uhr morgens gesperrt für Einzelfahrzeuge … Waffen bereithalten … Niemals allein fahren*, noch mehr Bauersfrauen mit Kopftüchern und gesenkten Blicken, in der Ferne, hinter dem Waldrand, entwickelt sich ein Brand, ein massiver Rauchgürtel. Wir überqueren die Grenze von Weißruthenien und kommen ins Rückwärtige Heeresgebiet. Hier bestimmen nicht mehr Kube oder Manfred, sondern die Heeresgruppe Mitte, die Wehrmacht. Am dritten Tag der Schlacht am Kursker Bogen erreichen wir Mogilev und den Dnjepr. Ich lese den Tagesbericht, den mir ein Hauptmann der Wehrmacht an einer befestigten Brücke südlich der Stadt gibt. Vormarsch, Vormarsch, aber keine Entscheidung, der größte Aufschrei von Stahl und Blut, das Schicksal des ganzen Deutschen Reichs konzentriert in dieser Beule an der Front, diesem pochenden Knoten; alle hier sind nervös und gereizt, dreihundert Kilometer hinter der Hauptkampflinie.

Eine Stunde später zeige ich meine Polizeimarke und den Passierschein von Kube dem Wachtposten im Stalag 341.

Ein Unteroffizier kommt heraus, in der rechten Hand hat er etwas zu essen, er sieht auf meine Marke, liest den Zettel und wischt sich mit dem Uniformärmel ein paar Zwiebelreste vom Mund.

»Bitte sehr!«

Wir fahren durch die Stacheldrahtzäune, das Lager besteht aus nichts anderem als einem Feld, es ist genau wie 1941, als wir die Gefangenen auch einfach eingepfercht haben, ein bisschen Essen über die Zäune warfen und dann zusahen, wie sich Hundertausende um eine Kalbsleber, eine halbe Kuh, einen Eimer Kohlrabi prügelten. Mit dem Kopf im Gras fraßen sie Dreck und Käfer, die Mäuler voller Matsch. Nichts gab es, keine Baracken, keine Brunnen, nichts; sie verschmolzen mit der Erde, sie fingen an, sich gegenseitig aufzufressen, die Uniformen versanken im Morast und verrotteten, im Frühjahr 42 holte man den Rest heraus. Es waren nicht mehr als ein paar Tausend, sie wurden auf andere Lager verteilt, man exportierte sie ins Reich, erschoss sie, experimentierte mit Gas oder bot ihnen die Möglichkeit, Hiwis zu werden. Hier sind jetzt dreitausend Gefangene interniert, bleiche Schatten, die in einer großen Garage arbeiten, der Werkstatt der Tiger-Panzer.

Das Problem: Wir haben zu viele getötet. Wie soll ich je einen Zeugen finden, der unseren Zeck mit dem Hahn auf der Schulter gesehen hat?

Haber stellt einen Stuhl und einen kleinen Tisch auf den Appellplatz mitten im Lager und setzt sich. Ein Wachmann der SS brüllt *Appell!*, die Gefangenen verlassen nach und nach ihre Arbeit und stellen sich in Reih und Glied auf. Grünfeldt öffnet einen Koffer, stellt Gläser mit Marmelade und Dosen mit Eingemachtem auf den Tisch. Wenn jemand etwas weiß, bekommt er eine Dose.

Die SS-Wache mahlt mit dem Kiefer, tritt einen Schritt vor und schlägt einem Gefangenen, der sich auf eine der Dosen stürzen will, den Gewehrkolben an den Kopf.

Zwei Stunden: nichts. Drei Stunden: nichts. Vier Stunden: nichts.

Niemand hat einen Zeck mit sonderbaren Tätowierungen gesehen.

Niemand weiß, wovon wir sprechen.

Die Gespenster gehen mit der Sonne im Rücken wieder an die Arbeit, Striche auf der grauen Erde.

*

Nächster Nachmittag. Stalag 373 am Rand von Brobruisk, in einer alten Festung. Ich sitze im Schatten einer Schießscharte, blicke über das flache Land und zeichne Kringel auf die Generalstabskarte, während wir darauf warten, dass das Außenkommando zurückkommt und der Appell beginnen kann. Steiner war an über fünfundsiebzig Orten, Städten, Dörfern, Flecken, Erdlöchern, Städeln. Überall gab es Juden, ein möglicher Rächer könnte hinter einem Busch gestanden und alles mit angesehen haben, die Nackenschüsse, die Plünderungen. Ist das hier eine Sackgasse?

Der Appellplatz auf dem innersten Hof der Festung am frühen Abend. Dieses Lager ist kleiner, vielleicht eintausend Gefangene, viele Asiaten. Ich schmeiße von der Mauer eine Dose Pfirsiche in die Menge. *Made in the U. S. A.*, aus einer havarierten Dakota sichergestellt. Prügelei. Ein Mann bekommt sie zu fassen, reißt sich von seinen Verfolgern los und läuft davon, den Arm über dem Kopf; er dreht sich um und tanzt rückwärts, trippelt brüllend und grinsend wie ein Schwachsinniger davon – ein Indianer oder ein Amerikaner, der einen Baseball im Lauf erwischt. Aus den beiden Türmen an den Platzenden wird gefeuert, zwei wilde Pflugscharen aus Stahl, der graue Körper wird zerfetzt, die Dose fliegt in Laufrichtung. Niemand kümmert sich um die Leiche. Semjon geht die Treppe zum Hof hinunter und hebt die Dose aus dem Dreck, wischt Erde und Blut am Hosenbein ab und steckt sie in seine Patronentasche.

Wir kommen nicht weiter.

*

Zwei Tage später, Stalag 362, zwischen Polozk und Witebsk im nördlichen Abschnitt, beinahe an der Grenze zwischen der Heeresgruppe Mitte und der Heeresgruppe Nord. Eine Hälfte des Lagers liegt an der Dwina, diesem grünen, langsamen Fluss. Es ist feucht hier, unerträglich, flirrend. Haber versucht, sich irgendetwas aus dem Hemdkragen zu wischen, er flucht; Grünfeldt ist schon wieder verschwunden, was treibt er?

Semjon spricht mit einem Jungen, wir sind in einer Werkstatt, es dampft hier vor Hitze. Er kann nicht älter als fünfzehn sein, ein wandelnder dürrer Stock; die Hände stecken in den Taschen einer viel zu großen Hose, nackter Oberkörper und Hosenträger, große Holzklötze unter den Füßen, Lappen und Fetzen um Waden und Schenkel gewickelt. Die Augen sind rot, die Mundwinkel entzündet. Semjon hat eine Dose mit Thüringer Pastete aus seiner Tasche gezogen.

Der Junge sagt: »Khleb, Büchse njetu.«

Er zieht seine überdimensionierte Hand aus der Tasche, fährt sich über den Magen und hustet.

»Was bedeutet das?«, will ich wissen.

»Er will die Dose nicht«, antwortet Semjon. »Er kotzt sie nur wieder aus.«

»Was will er dann?«

»Brot.«

»Ah ja. Weiß er etwas?«

»Er sagt, er hat vor einigen Monaten einen Zeck gesehen, der die gleichen Tätowierungen hatte.«

Der Junge nickt, obwohl er kaum verstanden haben dürfte, worüber wir reden. Dann sagt er noch etwas zu Semjon.

»Er hatte zwei Augen auf dem Rücken, direkt über den Hinterbacken. Er hat Besorgungen für ihn erledigt. Er sagt, der Mann war aus Workuta.«

»Workuta?«

»Ja, im Osten.«

»Frag ihn, ob der Mann auch diesen Hahn auf dem Rücken hatte?«

Semjon wendet sich an den Jungen, sie gestikulieren, reden lange miteinander. Der Junge lacht, ballt die linke Hand und schraubt den Zeigefinger der rechten in die geschlossene Hand. Semjon trifft ihn mit der Faust an der Backe, der Junge stürzt zu Boden.

»Was sagt er?«

»Nein, er hat Nein gesagt.«

»Und wieso hast du ihn geschlagen?«, will ich von Semjon wissen.

»Was?«

»Wieso du ihn geschlagen hast?«

»Er hat gesagt, der Gefangene hätte Unzucht betrieben … der Schwanz …«

»Und was dann?«

»Er hat sich als Hiwi gemeldet. Er stammt aus den asiatischen Republiken, Turkmene, Kirgise, wie heißt das … gelb.«

*

In den Archiven des Verwaltungsgebäudes. Der Lagerschreiber sagt *was?*, als ich ihn frage, ob er sich an einen Zeck mit tätowierten Augen auf dem Körper erinnere, der sich als Hiwi gemeldet hat. Ein Kirgise oder so etwas. Grünfeldt grient. Er schlägt sich auf die Schenkel. Der Scharführer sucht die Namen heraus: dreihundertzweiundachtzig Kriegsgefangene haben sich 1942 und 1943 im Stalag 363 als Hiwis gemeldet.

Ich bekomme eine Liste mit den Namen. Semjon zieht mich zur Seite, als wir das Gebäude verlassen.

Er sagt nichts, bevor wir an einer Baumgruppe stehen.

»Gospodin …«

»Ja?«

»Ich kann Ihnen die Hiwis zeigen, aber den da können wir nicht mitnehmen.«

»Wen?«

»Sie sind schwierig, die Hiwis. Wir sind … geheimnisvoll. Und wenn der, nach dem wir suchen, ein Unberührbarer ist, werden sie es nie sagen. Und der da in der Uniform …«

»Wer, Grünfeldt?«

»Ja, er ist, wie heißt das, ein Pfau … tuck, tuck, ein Verrückter.«

*

Ich sehe, wie der Wagen auf der staubigen Straße verschwindet. Grünfeldt sitzt darin, die Beine hat er hochgelegt. Er hat zweihundert Spritgutscheine bekommen, um das Archiv der Heeresgruppe Mitte zu schmieren, eine Kopie der Liste mit den dreihundertachtundzwanzig Namen und eine Aufgabe: *Finden Sie den Asiaten*. Workuta ist ein großes Lager, aber zwei Gefangene mit identischen Tätowierungen, zwei Kastenlose, die beide die Strafkompanie anstelle der Sklaverei gewählt haben? Das kann kein Zufall sein, sie müssen sich kennen. Ich rufe Manfred an. Wir vereinbaren, dass ich seine Antwort am Fernschreiber der SS-Dienststelle Witebsk abhole.

*

Wir fahren die fünfundvierzig Kilometer bis Witebsk und warten – auch dieser Ort ausgebombt und seit 1941 schwarz und stinkend. Haber verlässt uns, um das Stabshauptquartier der Wehrmacht aufzusuchen, sowjetischen Beton, und Kube anzurufen.

Semjon und ich finden gegen Abend einen grünen Fleck, ein Café direkt hinter dem Bahnhof; ein Mann spielt Geige, es gibt deutsche Frauen und Tischdecken.

Die herzförmigen Blätter der Linden im Abendwind.

Das leise Rascheln.

Ich brauche ein Bad.

Wir haben einen Tisch für uns, ein Transportzug fährt vorbei, die großen grauschwarzen Maschinen auf den Wagen, Tiger in unendlichen Reihen, aus den offenen Waggons lassen Soldaten die Beine baumeln.

Niemand grüßt.

Sie rauchen.

Semjon bietet mir aus der offenen Dose Pfirsiche an.

Sie riechen nach Zucker und Amerika.

»Das NKWD ist gekommen und hat meinen Vater und meinen Bruder abtransportiert. Die Kolchose nahm unsere drei Kühe. Wir sind in die Wälder geflüchtet«, erzählt er.

»Ah ja«, erwidere ich.

»Was ihr macht, ist gut. Die haben uns behandelt, als wären wir keine Menschen.«

»Seid ihr es denn?«, frage ich lächelnd.

Er dreht mir seinen länglichen knochigen Schädel zu und spuckt ein wenig Tabak aus.

Er lächelt nicht.

»Wir sind mit wenig zufrieden, Gospodin.«

*

Um 21:00 Uhr treffe ich auf der SS-Dienststelle Witebsk wieder auf Haber. Ich hole Manfreds Liste und lasse den Scharführer die Entgegennahme abzeichnen. Von den dreihundertachtundzwanzig Hiwis sind einhundertsiebenundzwanzig mit Sicherheit tot, zweiundfünfzig werden vermisst. Die anderen sind auf sieben Einheiten verteilt, Jagdbataillone, bei der Partisanenbekämpfung, einige sind bei Dirlewanger, in der Ukraine, im Ostland und Weißruthenien oder im Rückwärtigen Heeresgebiet Mitte.

*

Wir fahren in die aufziehende Nacht. Mir sind die Zigaretten ausgegangen.

Es ist Folklore, eine alte Welt, die Semjon mir zeigt. Die Schattenwelt der Hiwis in den Kasernen, den Kneipen, den mit Tarnnetzen abgedeckten Löchern, den Ställen. Diese Luft aus Rauch und leuchtenden Augen, dieser Lärm von Spiel, Flaschen und Liedern in gemurmelten Sprachen; sie sehen uns nicht an, sie hassen uns, sie fürchten uns, *das Herrenvolk*, es sind Russen, Esten, Letten, Litauer, Ukrainer, Rumänen, Gelbe.

Semjon übersetzt, gestikuliert, trinkt, lacht.

Unseren gelben Mann finden wir nicht.

Vielleicht stellen wir die falschen Fragen.

Vielleicht ist er tot.

*

Um 02:00 Uhr finden wir das SS-Jägerbataillon 502 irgendwo einhundert Kilometer südwestlich vor Witebsk; es ist über ein größeres Gebiet südlich und östlich der Hauptstraße nach Mogilev verteilt. Die regulären deutschen Truppen liegen weiter oben, auf der anderen Seite des Birkenwäldchens. Die Hiwis haben hier in Stallgebäuden, Heuschobern, Zelten und unter Planen ihr Biwak aufgeschlagen. Wir öffnen das Tor einer Scheune.

Hier findet das Fest statt.

Ich überlasse Semjon die vielen Gesichter. Haber setzt sich auf einen der Stühle, die sie wahrscheinlich aus einem Haus in der Nähe geholt haben. Ich lasse mich in eine Ecke nieder, streife die Stiefel ab.

Es ist warm, ich schlafe fast ein.

*

Flackernde Schatten, Gestank von Karbidlampen und Schweiß.

Ein lachender Mann spielt Harmonika, die Schultern wiegen sich, er grimassiert wie ein Geistesgestörter. Singt er?

Auf dem Boden spielen sie mit Hölzchen, aber ich kann nicht genau erkennen, ob die Hölzchen einen eigenen Wert haben oder ob man sie in einer bestimmten Weise zu legen hat. Vielleicht ist es eine Art Mikado, sie nennen es jedenfalls Tricktrack, so heißt es offenbar. Ich bleibe liegen, während sie die Hölzchen werfen, ihre Hände sind blitzschnell. Ist das Wahrsagerei oder Glücksspiel?

Hinter mir öffnet sich die Tür zum Kuhstall.

Ein Mädchen, nicht älter als dreizehn oder vierzehn Jahre, spuckt Samen in ihre Hand.

Irgendjemand sagt *jevrejka*, die Jüdin.

Haber springt auf, er flüstert, gibt einem Hiwi eine Ohrfeige und zerrt das Mädchen an den Haaren heraus.

Die plötzliche Stille im Raum.

Der harte gedämpfte Knall einer PPK in der Nacht.

Haber kommt wieder herein und setzt sich, er fährt sich mit der Hand durchs Haar.

Ich stolpere mit einer Lampe hinaus.

Das Mädchen liegt hinter einem Schuppen auf dem Bauch.

Ich hocke mich neben sie, streiche das Haar aus dem Nacken.

Sie atmet stoßweise und schwer.

Ich nehme ihre Hand, aber sie reagiert nicht.

Ich höre, wie sie erlischt – dieses Flüstern des Lebens.

Ich bleibe bei ihr.

Ihre Dunkelheit in dem feuchten Gras.

*

Ich umklammere die Fotografie von Eline.

Der große Aufzug, sie wirft mir einen Schmollmund zu.

Glaubst du, Wunder geschehen?

Was?

Dass es uns wundervoll ergeht?

Sie sieht noch immer aus wie Zarah Leander.

*

Als ich mit steifen Gliedern erwache, ist die Leiche des Mädchens verschwunden.

Semjon steht ein Stück von mir entfernt und sieht aus, als würde er mich erst jetzt bemerken.

»Gospodin …«

Ich komme auf die Beine, stecke das Foto ein.

»Hier lag ein Mädchen. Haber …«

»Hier«, sagt er und gibt mir drei Packungen Efka. »Kommen Sie, wir müssen weiter.«

Als wir den staubigen Schotterweg hinter dem Hof entlanggehen, kommt uns ein Kübelwagen entgegen und hupt. Wir treten hastig zur Seite. Obwohl der Wagen noch nicht gehalten hat, springt Grünfeldt heraus und gerät mit seinen langen Beine ins Stolpern, er fällt vornüber, die Arme versuchen, das Gleichgewicht zu halten, er stürzt fast auf eine Birke und in den Graben.

Der Fahrer hält zehn Meter weiter und dreht uns mit offenem Mund den Kopf zu.

»Er heißt Tulabajev! Die turkestanische Legion!«, schreit Grünfeldt. »Wir müssen ein Flugzeug nehmen!«

Der Freund des gelben Mannes

Die Tante Ju klappert.

Haber liest Tulabajevs Dossier. Er liegt in einem Lazarett in Kiew.

»Weiß hier überhaupt jemand, wo Turkestan ist?«, fragt er.

Semjon starrt auf seine Knie. Grünfeldts Gesicht wird grün, als wir in Turbulenzen geraten und der ganze Rumpf bebt. Wir sind zu weit östlich, die Hauptkampflinie unter uns ist ein Feuerkreis, eine schwärende Wunde in der Steppe, dieses wüste Rütteln der Kabine und das Rattern der Flak, Fragmente aus Schrott und Krach.

Ich reiße mir an einer Munitionskiste das Knie auf, Blut steht in meinem Stiefel.

Mein Kopf brüllt.

Die Maschine legt sich auf die Seite.

Auf dem Flugplatz zwanzig Kilometer westlich von Kiew tätschelt der Pilot die Flügel der Maschine.

Er hat seine Fliegerbrille in die Stirn geschoben.

Die weißen Augenringe an dem braun gebrannten Kopf.

*

Das Lazarett Ia für Innere Medizin ist in einem Herrensitz untergebracht, der von einem zusammengeschossenen Park begrenzt wird; die Rasenflächen sind nicht gemäht und von Blumen überwuchert, die meisten Stämme der Lindenallee bis zu den Wurzeln aufgerissen und verkohlt, das Schloss jedoch ist frisch gestrichen und strahlt funkelnd weiß.

Gänse laufen herum, die großen weißen Tiere sehen mit ihren halben Schwanenschnäbeln majestätisch aus.

Hinter den Wirtschaftsgebäuden wurde ein neues Krematorium gebaut.

Schwarzer Rauch steigt aus dem Schornstein.

»Ich gehe ein bisschen im Park spazieren«, erklärt Grünfeldt. »Vielleicht gibt es Pilze.«

Semjon und ich werden in ein Behandlungszimmer geführt, eine Krankenschwester mit einem Ekzem an den Händen verbindet mein Knie. Wir werden gebeten, ihr zu folgen, und kommen in einen Bereich, der aussieht wie ein Umkleideraum, weiße Kacheln, Bänke. An der Wand Schilder mit Frakturschrift.

Kleidung ausziehen! Auf das Sicherheitspersonal warten! In die nächste Schleuse gehen!

Wir legen unsere Sachen auf eine der Bänke, warten.

Semjon hat ein langes und schweres Glied. Gewaltiger Haarwuchs auf Brust und Rücken.

Er ähnelt einem Menschen.

Die beiden Männer, die uns abholen, tragen Gasmasken und Overalls aus gummierter Baumwolle, die an den Stiefelschäften, den Handschuhen und den Kragen verstärkt sind; sie schauen uns durch kreisrunde Augengläser an.

Wir werden mit einem harten Strahl aus einem Wasserschlauch abgespritzt. Danach bewerfen sie uns mit brennendem Desinfektionspulver, dann werden wir erneut abgespült. Das Wasser ist kochend heiß. Einer der Männer packt unsere Sachen in einen Beutel, auf dem ein Dreieck in einem Kreis zu sehen ist. *Zur Desinfektion.*

Eine zweite Tür öffnet sich, sie gibt mit einem Schmatzen der Gummileisten nach, wir werden in die nächste Schleuse geführt. Dort liegen saubere Unterwäsche und zwei Gummianzüge. Einer der Männer zeigt mit seiner Gummihand darauf. Sie sehen uns zu, während wir uns anziehen, prüfen, ob die Anzüge am Kopf, an den Händen und den Füßen eng genug anliegen.

»Können Sie uns hören?«, fragt der eine.

Ich justiere mein Funkgerät, es jault in den Höhen, schnarrt dann.

»Ja.«

»Ausgezeichnet. Ich bin Doktor der SS, Severin Hildesheim.«

»Oberleutnant der Polizei Heinrich Hoffmann«, erwidere ich und richte den Arm auf Semjon. »Und das ist mein Dolmetscher. Was ist mit Tulabajev?«

»Wir wissen es nicht. Aber es bringt einen zum Nachdenken.«

»Worüber?«

»Was der Mensch ist …«

»Wie meinen Sie das?«

»Die Zoologie hat keine klaren Grenzen. Kommen Sie.«

Tulabajev vergeht, es ist ein Prozess. Das Funkgerät knistert.

Er liegt auf dem Bett, am ganzen Körper und am Kopf bandagiert, nur die Lippen, die Augen und die Hände sind frei. Er hat ein Laken über sich, man erkennt die Konturen seines abgefressenen, zerfallenen Körpers, er zerfließt im Bett, durch die Gaze, er verliert eine klare Flüssigkeit.

»Erst dachten wir, es handele sich um feuchten Brand«, sagt Dr. Hildesheim. »Aber inzwischen wissen wir es nicht mehr. Vielleicht eine sowjetische Waffe, wir haben keine Ahnung. Wir hatten mehrere solcher Fälle …«

»Ist er bei Bewusstsein?« Ich sehe Tulabajev an.

»Ja.«

Ich zucke zusammen, der Schrei ist gewaltig, aber ich habe nicht gesehen, dass Tulabajevs Lippen sich bewegt haben. Nur seine Hände zittern, allerdings weiß ich nicht, ob es tatsächlich eine bewusste Reaktion ist. Dann sind sie wieder ruhig. Man könnte ein Stück der Finger abbrechen, sie sind gelb und trocken wie Bienenwachs.

»War er das?«, frage ich.

»Ja«, antwortet Dr. Hildesheim. »Er kann seine Stimme nicht kontrollieren, obwohl seine Lungen voller Flüssigkeit sind. Manchmal liegt er da und schreit in seiner Sprache.«

»Wissen Sie, ob Tulabajev tätowiert ist?«

»Ja. Ganz unten am Rücken, direkt über den Hinterbacken.«

»Wissen Sie noch, wie die Tätowierung aussieht?«

»Augen. Zwei große Augen. Direkt über dem Gesäß. Ziemlich bizarr, nicht wahr?«

Meine Handflächen werden feucht.

»Aber inzwischen sind sie verschwunden«, fährt Dr. Hildesheim fort. »Die Haut ist vollkommen zerstört.«

»Danke, ich verstehe«, sage ich und reiche Semjon Etkes Zeichnung mit dem Hahn. »Frag Tulabajev, ob er weiß, wer eine solche Tätowierung trägt.«

Tulabajev brüllt auf, als Semjon ihm die Zeichnung vor die Augen hält, es klingt wie ein Ertrinkender, ein brodelndes Entsetzen ganz tief aus dem Innersten des Körpers, seine Augen sind blutunterlaufen, die Pupillen groß und schwarz. Er rast vor Wut.

»Er nennt ihn Momma«, erklärt Semjon kurz darauf.

»Momma?«

»Ja, so nennt er ihn.«

»Momma und weiter?«

»Er war Prokhonovs Sklave im Lager … seinen wirklichen Namen kennt er nicht.«

»Workuta?«

»Ja.«

»Frag ihn, ob er Jude war.«

»Er weiß es nicht. Aber er ist ein Weißrusse, Momma kam aus einem Dorf an der Biegung eines Flusses, sie hatten Bienenstöcke … er hat immer davon geredet, sagt er. Die Bienen …«

»Hm … Kann er sich an den Namen des Dorfs erinnern?«

»Nein. Er hat es mal gewusst, sagt er, aber jetzt weiß er es nicht mehr. Der Wind hat es genommen.«

»Der Wind?«

»Das hat er gesagt. Er hat gesagt, sie haben sich zum Heer gemeldet, um Prokhonov zu entkommen. Er hat Momma seit Weihnachten 1941 bei Tula nicht mehr gesehen.«

Tulabajev ist wieder in seinen Dämmerschlaf gefallen, seine Atemzüge sind mächtig.

»Ich glaube nicht, dass Sie noch mehr ausrichten können«, erklärt Dr. Hildesheim, als Tulabajev eine Weile nicht mehr reagiert.

Wir sind nicht weitergekommen. Ein Momma aus einer Flussbiegung. Wir drehen uns um und wollen gehen.

»Zaludok!«, brüllt Tulabajev plötzlich in seinem Bett. Wir sind mit zwei Schritten bei ihm.

»Er kam aus Zaludok?«, rufe ich, aber Tulabajev ist nicht mehr ansprechbar, ein tiefes, absteigendes Gurgeln, als würde jemand einen Stein in ein dreckiges Wasserloch werfen und betrachtete das stinkende Wasser, das aufspritzt und wieder zur Ruhe kommt.

*

Auf dem Rückflug ist alles ruhig. Haber und Semjon schlafen, Grünfeldt liest die *Illustrierte*, seine langen Beine hat er übereinander gelegt. Zarah Leanders stattlicher Körper auf dem Weg in ein Berliner Etablissement, die schwarzen Lippen, das schimmernde Haar, mit beiden Händen hält sie eine lange schwarze Schleppe, die weißblonden Handschuhe, die fleischige Wade, sie trägt schwarze hochhackige Schuhe.

Ich folge Steiners Route mit dem Finger auf der großen Generalstabskarte. Als im August 41 das erste Massaker stattfand, war er nicht in Zaludok, aber er hat ein Treffen seines Stabs im Rathaus der Stadt abgehalten, als sie im Mai des vergangenen Jahres das Ghetto liquidierten, vier Fünftel der Bewohner ermordeten und den Rest ins Ghetto von Sjtjutjyn umsiedelten. Ich blättere in Habers Karteikarten aus Minsk. Es gibt keinen Juden aus Zaludok, der wegen Homosexualität verurteilt wurde, allerdings ist auch nur der Wohnort zum *Zeitpunkt der Verhaftung* angegeben. Dafür gab es aber eine Verhaftungswelle von September 1939 bis Juni 1941 im gesamten westlichen Teil von SSR Weißrussland, als die Region von Polen an den NKWD überging, nachdem wir mit Stalin das Brot gebrochen hatten. Zweiundfünfzig der siebenundachtzig Verdächtigen wurden in dieser Zeit verhaftet.

Rekonstruktion: Der Täter, alias Momma, wurde in Zaludok geboren, er zieht in eine größere Stadt, zum Beispiel Lida, es gibt sieben Verhaftete aus Lida in der Kartei, oder Baranowitschi, dort sind es vierzehn, nach dem Einmarsch der Sowjets deportiert man ihn nach Workuta. Im Lager wird er von einem Dieb namens Prokhonov gequält, gefoltert und zwangstätowiert, daher meldet er sich mit anderen Unberührbaren, u. a. Tulabajev, in ein Strafbataillon. Er wird im Kampf um Moskau eingesetzt, möglicherweise gerät er hinter unsere Linien. Jedenfalls endet er in der Wildnis und fängt an, das Schicksal seiner Familie zu untersuchen. Vielleicht wurde sie von der Einsatzgruppe B bereits im August 1941 ausgelöscht, als Steiner im Kasino von Baden-Baden Urlaub machte. Eventuell haben sie auch die erste Selektion überlebt, wurden aber im darauffolgenden Jahr ermordet. Möglicherweise ist Momma ausgerechnet am 8. Mai 1942 inkognito in seine Geburtsstadt zurückgekehrt, als Steiner die letzten Liquidierungen persönlich überwachte. Vielleicht sieht er ihn auf der Treppe stehen oder mit einer Serviette um seinen Stiernacken an einem hübsch gedeckten Tisch sitzen, wie er Krebsschwänze aussaugt und auf das Leben anstößt, während die letzten Juden sich auf dem Markt aufzustellen haben und geteilt werden in diejenigen, die sterben müssen, und diejenigen, die leben dürfen.

Vielleicht.

Wir brauchen seinen richtigen Namen, ein Gesicht.

*

Ich verabschiede mich von Grünfeldt und Haber im Kube-Palast in Minsk, nachdem ich Kube einen umfassenden Bericht geliefert habe. Diesmal reagiert er mürrisch, vielleicht ist es die Verdauung.

Die Wahrheit

Die Tür steht offen und der Lichtschalter funktioniert nicht, als ich nach einhundertsechzig Kilometern in einem rüttelnden und kalten Auto mein Haus in Lida betrete. Es ist fast drei Uhr nachts.

»Mascha«, flüstere ich. »Mascha?«

Nichts. Ich lasse die Tür offen stehen, ein bisschen Licht fällt herein, und gehe die Treppe hinauf.

»Mascha, bist du da?«

Auch im ersten Stock funktioniert der Lichtschalter nicht. Ich taste mich am Geländer entlang und finde in der Dunkelheit ihre Tür. Ich klopfe. Nichts.

Ich öffne.

»Mascha, zum Teufel … wie oft habe ich gesagt …«

Das Fenster steht offen, die Gardine weht, sie ist nicht da. Ich schließe das Fenster. Ihr Bett ist gemacht, es riecht nach ihr. Ist sie in die Stadt gegangen? Ich bleibe stehen und horche.

Nicht ein Laut.

Ich gehe wieder hinunter und schließe die Haustür, suche nach einer Kerze und tappe unsicher in mein Schlafzimmer. Die Flamme liefert lediglich einen flackernden Lichtkegel, um mich herum ist es dunkel und still.

Ich lösche das Licht und ziehe mich im Dunkeln aus.

Ein Geräusch.

Ich werfe mich auf den Stuhl, an dem mein Pistolenholster hängt, und bekomme den Lichtkegel direkt ins Gesicht.

»Heinrich!«

»Was soll das! Bist du das, Manfred?«

»Ja.«

»Mein Gott, hast du mich erschreckt!«

»Etke«, sagt er.

»Was?«

»Deine kleine Göre.«

»Was ist mir ihr?!« Mit einem Mal bin ich wütend.

»Ich habe nur eine einzige Frage an dich, Heinrich. Wusstest du es?«

»Verflucht, was soll ich gewusst haben?«

*

Manfreds Wagen hält in der Gasse hinter meinem Haus. Ich sitze auf dem Rücksitz zwischen den schwäbischen Brüdern Hans und Michael. Ich weiß genau, wo wir hinfahren. Zu Manfreds Domäne, ins weiße Krankenhaus.

Wir halten vor dem schimmernd weißen Gebäude, einem von Stalins Paradebauten direkt an der Hauptzufahrtsstraße nach Vilnius. Manfred hat es bereits am ersten Tag, am 28. Juni 1941, beschlagnahmt, als die anderen noch plünderten oder sich vor ihren Kommandowagen stritten – glänzenden Mercedes-Karossen und Kübelwagen vor den Landpalais, dem Parteihauptquartier oder dem braunen Hochhaus der *Iswestija.* Diese belfernden Narren aus dem Ostministerium und dem Reichskommissariat mit ihren Vierjahresplänen, diese Papiertiger, ob Heeresleitung, Gestapo oder Wirtschaftsministerium; diese landwirtschaftlichen Experten, jeder mit einem Papier in der Hand, hatten sich die Lederschuhe bereits schmutzig gemacht und stritten um die Beute, jeder mit einem Stöckchen bewaffnet, um einen Strich in den Matsch zu ziehen und ein Königreich zu errichten, eine Sandburg, ein Luftschloss. Manfred konfiszierte das Krankenhaus einfach, erklärte eine Hälfte zum SS-Krankenhaus und behielt den Rest. Alles war vorhanden, Operationssäle, Betten, Krematorien und Keller, in denen die Obduktionsräume untergebracht waren; außerdem Manfreds besondere Räume mit stählernen Betten und weißen Fliesen, in denen ich eines Tages sein Büchlein mit Anweisungen fand: *Ein Gefangener hat einen Großteil bereits gestanden, doch als er Nägel schluckte, wurden wichtige Zeit und Ressourcen auf medizinische Hilfe und Medikamente verschwendet. Das ist eine falsche Einteilung der Ressourcen.*

Wir gehen durch die Glastüren, die rundlichen Brüder haben mich in die Mitte genommen, sie lassen mich nicht los, schubsen mich aber auch nicht. Wir bleiben in dem großen hallenden Eingangsbereich stehen, auf den Treppen liegen ausgebleichte rote Läufer; der Ort summt vor Aktivität, obwohl es mitten in der Nacht ist. Schreibmaschinen klappern, eine Frau in Uniform geht vorbei. Meine Zähne klappern nicht, dennoch habe ich das Gefühl, als würde elektrischer Strom durch meine bebenden Kiefern geleitet. Werden wir nach oben oder nach unten gehen, in die Büros oder in den Keller? Muss ich auch in den Keller?

Michael versetzt mir einen Stoß, die Treppe hinauf.

Wir betreten die Galerie, die sich um die gesamte Vorhalle zieht, die vierte Tür links führt in Manfreds Büro.

»Wusstest du, dass er vor dem Krieg Klarinettist war?«, fragt mich Manfred.

»Wer?«

»Na, Wäspli.«

»Was?«

»Ja, dein Adjutant, verdammt noch mal!«

Wäspli schnaubt durch die Nase, er hat einen Knebel im Mund.

Er blutet an einer Stelle am Ohr. Als Manfred die Tür öffnet und eintritt, schüttelt er den Kopf.

Außerdem sitzt eine Frau in Manfreds Büro, eine weiß gekleidete Krankenschwester.

»Was ist hier los?«, rufe ich und gehe auf Wäspli zu.

Manfred fasst mich an der Schulter, aber ich reiße mich los, sofort sind die Brüder über mir, eine Hand im Nacken, ich weiß nicht, wer von den beiden mir die Beine weggetreten hat.

»Aber Herr Polizeioberleutnant«, sagt Michael.

»Scheiße, was zum Teufel ist hier los!«, schreie ich. »Antworte mir!«

»Lasst ihn los«, befielt Manfred, der sich an seinen Schreibtisch gesetzt hat, den Zahnstocher aus Elfenbein im Mund.

Ich reiße mich von den Brüdern los und gehe auf ihn zu. Manfred hebt eine Hand, ich halte mitten in der Bewegung inne.

»Der Führer sagt ja, das Gewissen ist eine jüdische Erfindung … und man müsse stark sein, um nicht auf die Stimme des Gewissens zu hören. Dieser kleine Scheißkerl dort …«, Manfred nickt in Wäsplis Richtung, »… wäre mit seiner Nummer fast durchgekommen. Und deshalb fällt es mir schwer zu glauben, dass er selbst auf die Idee gekommen ist. Im Grunde recht genial, obwohl es einfach ist.«

»Wovon redest du, Manfred. Was soll das hier?«

»Kennst du Dr. Elswanger?«

»Vom RKF?«

»Ja. Das Reichskommissariat für die Festigung des deutschen Volkstums hat durchaus seine Berechtigung, aber Elswangers Abteilung ist eine der weniger glücklichen Ideen des SS- und Polizeiführers, wenn du mich fragst. Ein paar alte Narren mit ihren Schädelmessgeräten und ihren unbewiesenen Theorien hierherzuschicken, wie man die Echten von den Unechten unterscheiden kann.«

»Eine durchaus relevante Aufgabe«, murmele ich, als Manfred meine Reaktion abwartet.

»Aber Dr. Elswanger! Dieser alte Dickhäuter, stark kurzsichtig, beinahe achtzig, du solltest sehen, wie seine Hände zittern. Als ich ihm den Fall vorlegte, fummelte er in seinen Unterlagen, und dabei fiel ihm die Brille auf den Tisch. *Klack!* Sie brach mittendurch! Er kann stundenlang über den arischen Kringel des Ohrkanals dozieren und gleichzeitig schleichen sich ganze Wagenladungen von Israeliten und Mischlingen an ihm vorbei!«

»Manfred!«

»Ja?«

»Wovon redest du überhaupt? Du schleppst meinen Adjutanten hierher, das fällt überhaupt nicht in deine Jurisdiktion!«

»Jurisdiktion! All eure kleinen Spielchen, Kommissariate und Rundschreiben. Es läuft doch alles nur auf eins hinaus.«

»Ja?«

»Letztendlich sagt die SS, wo es langgeht, und hier bin ich die SS! Aber ich muss sagen, ich habe von dir gelernt, Heinrich. Sei methodisch …«

Er geht hinüber zu Wäspli, stellt sich neben ihn in den toten Winkel, packt ihn fest an den Haaren und reißt Wäsplis Kopf nach hinten.

»Dieses kleine Schwein hier wollte dein kleines Mädchen beim Lebensborn unterbringen.«

»Lebensborn?«

»Er fand auf dem Verbandsplatz einen gefallenen Volksdeutschen, Paul Steiger hieß er, ein Mann der Waffen-SS. Er fand heraus, dass Steiger eine Tochter im Alter von deinem Mädchen hatte.«

»Es ist nicht mein Mädchen.«

»Egal. Jedenfalls ein Mädchen, das vor einem Monat versehentlich bei einem Bombenangriff gestorben ist und … schwupps … vertauschte er die Papiere, und schon ist sie keine Weißrussin, keine Partisanenhelferin, kein Problem mehr, sondern ein elternloses Mädchen, die Tochter eines gefallenen Volksdeutschen. Eines Deutschen, Heinrich! Bereit, beim Lebensborn im nationalsozialistischen Sinn erzogen zu werden. Weißt du, was das ist?«

»Nein, was ist das?«

»Das ist eine Schweinerei, das ist Rassenvermischung, das ist … Er brachte ihr sogar *O Tannenbaum* bei, ein paar Brocken Deutsch und ihren neuen Name, Sophie … wirklich sehr süß. Und Dr. Elswanger in Minsk hat ihm das abgekauft. Das Mädchen wäre bereits auf dem Weg nach Deutschland, wenn sie nicht aufgepasst hätte.«

Manfred wendet sich an die Frau am Fenster, die kein Wort gesagt hat, seit wir das Büro betreten haben. Sie muss um die vierzig sein, schwarzes, grau meliertes Haar, im Nacken stramm zu einem Knoten gebunden, eine dieser knochigen Schwestern von Lebensborn. Sie nickt ihm zu.

»Ja«, sagt sie. »Ihre Papiere waren in Ordnung, aber als ich allein mit ihr war, wurde mir schnell klar, dass die Geschichte nicht stimmen konnte.«

»Was sagst du dazu?«, will Manfred von mir wissen.

»Das glaub ich nicht!«

»Ja, ja«, sagt Manfred und wendet sich an die Frau, die sich jetzt erhoben hat.

»Ingeborg, würden Sie bitte …?«

Ingeborg verlässt den Raum. Wir bleiben einen Moment stehen. Ich gehe einen Schritt auf Wäspli zu.

»Sie reden nicht mit ihm!«, brüllt Michael mich an.

Ingeborg kommt mit Etke zurück. Sie trägt ein rot-weiß kariertes Kleid, weiße Strümpfe und schwarze Lackschuhe. Wer hat ihr Haar geflochten? Wer hat die Zöpfe mit einer Haarnadel über den Ohren festgesteckt? Haben sie Mascha auch verhaftet?

»Vielleicht kann man es Dr. Elswanger nachsehen«, meint Manfred.

Er ist auf Etke zugegangen, lächelt sie an, fährt mit seinem Zeigefinger über ihren Hals und das Kinn und tätschelt ihre Wange. Aus seinem Uniformrock zieht er eine Tafel Schokolade und reißt das knisternde Papier auf. Dabei sieht er mich die ganze Zeit an. Er bricht ein Stück ab.

»Tja, und nun stehen wir hier«, sagt er. »Was sollen wir deiner Ansicht nach in dieser Situation tun?«

»Ich weiß es nicht.«

»Du weißt es nicht?«

»Nein.«

»Aber du bist Polizist.«

»Ja.«

»Obwohl, wie nennt ihr das, verschärfende Umstände eingetreten sind? Dokumentenfälschung, Insubordination, Rassenmischung?«

Ich schweige. Manfred breitet die Arme aus und zeigt auf Wäspli.

»Willst du deinen Freund damit davonkommen lassen, dass wir ihn in ein Strafbataillon versetzen … raus zum Minenräumen! Oder soll er vors Kriegsgericht, dann bekommt auch seine Familie Schwierigkeiten … was sagst du? Schwer bestrafen oder nicht?«

Es ist jetzt ganz still.

»Wer hat denn nur diesen süßen Zopf geflochten?« Manfred streicht mit der Hand über Etkes kleinen Kopf.

»Lassen wir ihn laufen«, sage ich etwas zu hastig. »Wie kann er entkommen?«

Manfred kommt auf mich zu, legt die Hand an mein Ohr und flüstert mir etwas zu. Ich verstehe nicht sofort, was er sagt, doch dann stürzt mir das Blut aus dem Kopf.

»Das kann ich nicht«, sage ich.

Er geht in die Knie und flüstert mir erneut ins Ohr.

»Soll deine kleine Mascha auch sterben? Ja? Sollen sie alle zusammen sterben?«

*

Es regnet.

Die Kegel der Autoscheinwerfer beleuchten den Graben.

Wäspli steht am Rand, matschbeschmierte Stiefel, bleiches Gesicht.

Michael steht hinter ihm, er hält Wäsplis Kopf fest. »Wenn du die Augen zumachst, schneide ich dir die Lider ab!«

Wäspli zittert in der morgendlichen Kälte.

Jetzt kommt Manfred mit Etke, er hat eine Hand auf ihre Schulter gelegt. Als sie den Graben sieht, will sie nicht weitergehen, doch er packt ihren Arm und stößt sie vor sich her, sie schreit auf, stolpert. Ihr Kleid ist verdreckt.

Manfred zerrt sie hoch und schubst sie zum Rand des Grabens.

Jetzt weint sie.

Der Kalk dort unten, in den grün-weißen Brocken sind die Konturen von Leichen zu erkennen.

Manfred zieht seine PPK, lädt durch und prüft, ob eine Patrone in der Kammer ist.

Dann gibt er mir die Waffe.

»So«, sagt er. »Jetzt ist es soweit.«

Sie wimmert.

Ich setze ihr die Pistole in den Nacken. Durch den Lauf kann ich ihr leises Bibbern spüren.

Als ich abdrücke und der Rückstoß mir in die Hand fährt, wende ich den Blick ab.

Das Geräusch, als sie am Boden des Grabens aufschlägt.

*

Hinterher.

Manfred hat mir die Hand in den Nacken gelegt, sein Gesicht ist sehr nah.

»War es dein erstes Mal? Offenbar. Dein erstes Mal …«

Noch nie habe ich eine solche Zärtlichkeit in seinen Augen gesehen. Er versetzt mir einen freundschaftlichen Stoß und geht den Weg zurück.

Ich sehe, wie er etwas fortwirft. Ich folge ihm und hebe es auf.

Es ist ein zerknülltes Stück Papier, bereits feucht vom Regen.

Ich sehe meine Unterschrift auf dem Formular, das Wäspli mir gegeben hat, bevor ich nach Minsk gefahren bin.

Er hat versucht, meine Handschrift nachzuahmen, als er bei *Bestimmungsort* Lebensborn eingetragen hat.

Als ich zu den Autos komme, sehe ich Mascha dort stehen und warten. Sie schaudert in der morgendlichen Kälte.

Manfred muss sie in seinem Wagen mitgenommen haben. Ich nehme sie bei der Hand und führe sie weg.

Sie sieht mich nicht an.

Die Wahrheit ist konsequent.

MOMMA

Fragen

Wir sind im Verwaltungsbüro des Judenrats im Ghetto von Sjtjutjyn. Nach dem Massaker 1942 endeten die letzten Juden aus Zaludok hier. Wir suchen nach jemandem, der Tulabajevs Freund kennt. Einen Schwulen, der zwischen 1939 und 1941 in den Gulag deportiert wurde. Einen Juden aus Zaludok. Rufname: Momma.

Wir brauchen seinen richtigen Namen, ein Foto und eine Personenbeschreibung. Wenn ihn jemand kennt, dann hier.

Der Mann, der vor uns steht, blickt zu Boden, er hält die Hände vor dem Bauch, in den Fingern die Mütze mit dem bunten Band. Am rechten Arm trägt er die Armbinde der jüdischen Operettenpolizei, ein Verräter an der eigenen Rasse, ein Bastard, selbst ein Sklave.

Seine Schuhe sind löchrig.

Wir sind: Manfred (rauchend), die schwäbischen Brüder, Michael und Hans, ich, Semjon und ein paar Hiwis (die in der Ecke beieinander stehen, sich entspannen und plaudern). Manfred hat gerade den Raum zusammengebrüllt, nun bekommt er eine Zigarette und beruhigt sich; er zieht ein Taschentuch aus der Brusttasche und tupft sich die Stirn und die Mundwinkel ab.

»Ich weiß es nicht«, sagt der Jude. »Ich weiß es wirklich nicht, Herr Hauptsturmführer.«

Manfred nickt Michael zu, der ganz nah an den Juden herantritt und ihm ins Gesicht schreit; seine Stimme überschlägt sich und versagt, er hebt die Hand und tritt einen Schritt zurück. Er versucht es noch einmal, aber er bekommt keinen Ton mehr heraus. Michael grinst und flüstert den Hiwis, die ihn zunächst nicht verstehen, *los* zu. Semjon tritt aus der Gruppe und zieht einen kurzen Riemen mit Eisenbeschlägen aus der Uniformjacke, es sieht aus wie ein Teil eines Stiefels. Er wickelt den Riemen um die Hand und zieht die Schnalle mit der anderen Hand fest. Dann geht er auf den Juden zu und sagt etwas zu ihm.

Der Jude blickt genau in dem Moment auf, als ihn der Schlag trifft.

Er verliert seine Mütze.

»Heb sie auf!«, befiehlt Manfred und zieht den Rauch tief in die Lungen.

Der Jude bückt sich nach der Mütze, Semjon setzt den Stiefel an seine Hüfte und versetzt ihm einen Tritt, sodass er gegen den Schreibtisch stößt.

»He«, sagt Manfred. »Ich habe gesagt, du sollst die Mütze aufheben.«

Er versucht es noch einmal, aber Semjon schnappt sich die Mütze und wirft sie den anderen Hiwis zu; der Jude sieht hinüber zu Manfred, der nickt. Er geht zu den Hiwis. Einer hält ihm die Mütze hin. Er geht auf ihn zu und streckt die Hand aus, aber der Hiwi zieht die Mütze zurück, tritt selbst einen Schritt vor und lässt seinen Arm mit einem kurzen festen Hieb vorschnellen. Die Faust trifft den Juden am Kinn. »So«, sagt der Hiwi und wiederholt seine Bewegung, ein rascher Schlag in die Luft, SO!

Einer der anderen gibt dem Juden eine Ohrfeige, greift nach der Mütze und hält sie über seinen Kopf. Der Jude läuft der Mütze nach, er wird geschlagen, geschubst und gerempelt, mit geballten Fäusten, mit flachen Händen, ein Stoß in den Rücken.

Er schwitzt, er blutet.

Kurz darauf erhebt sich Manfred, geht auf den Juden zu, fasst ihn mit zwei Fingern ans Kinn und brüllt ihm ins Gesicht: »Ich will, dass alle aus Zaludok um 14:00 Uhr im Krankenhaus von Lida sind. Kann ich mich darauf verlassen, dass du sie wirklich alle findest?«

»Ja«, sagt der Jude.

Manfred wischt das Blut und die Spucke am Finger an dem Ärmel des Juden ab.

*

Zurück in Lida, Manfreds Krankenhaus, Haupteingang, 13:59 Uhr.

Es ist nur ein einziger Lastwagen, ein Feldwebel springt aus der Fahrerkabine und geht um den Wagen herum, er schlägt die Bügel hoch und klappt das hintere Brett herunter. Er brüllt, die Juden springen heraus, mit Koffern, zu vielen Kleidern, zerbeulten Hüten. Sie glauben offenbar, sie würden evakuiert. Die Hiwis kommen dazu, reißen den Leuten die Taschen aus den Händen, die Gewehrkolben arbeiten, sie stellen sich in Reih und Glied, ein träger Haufen, immer der gleiche Gesichtsausdruck. Ich glaube, das wird von den Juden in Erinnerung bleiben: diese Lethargie vor dem Tod. Der Jude stirbt mit einem Achselzucken, einem Beben auf den Lippen, einem stillen Elohim Yisrael.

Manfred sieht auf die Uhr und nickt mir zu.

»14:03, sehr gut.«

Ich blicke auf die Reihe. Es sind zweiundzwanzig Menschen. Die Letzten der jüdischen Bevölkerung Zaludoks. 1942 waren es zweitausend gewesen. Bevor der Tag zu Ende geht, wird es niemanden mehr geben.

Es ist schwül.

Sie werden alle dasselbe gefragt: Nach den Namen der Juden, die von 1939 bis 1941 ins Gulag deportiert wurden.

Manfred fragt mich, ob ich die Befragung übernehmen will.

»Nein«, sage ich.

Im Keller des Krankenhauses, 15:12 Uhr.

Aus einer Schüssel, die auf einem Rolltisch im Flur steht, spritze ich mir kaltes Wasser ins Gesicht. Semjon kommt mit einem sieben oder acht Jahre alten Jungen, dem letzten Swiderski. Er führt ihn mit der Hand auf der Schulter ins Zimmer, redet leise auf ihn ein, schiebt die Tür mit dem Fuß zu. Der Junge sieht etwas am anderen Ende des Raums, außerhalb meines Blickfelds. Er schaut zu mir hinaus, sein Mund öffnet sich langsam, er fängt an zu schreien.

Die Tür fällt mit einem Klicken zu.

Im Keller des Krankenhauses, 15:34 Uhr.

Semjon öffnet die Tür mit dem Ellenbogen. Er hält den nackten Jungen in den Armen. Der weiße Körper weist große dunkle Löcher auf. Er geht zum Müllwagen, blockiert mit einem Fuß das Rad und wirft die Leiche hinein.

Manfred streckt den Kopf aus dem Zimmer.

»Komm«, sagt er. »Komm schon.«

Im Keller des Krankenhauses, 18:09 Uhr.

Er liegt auf dem Stahlbett, dessen Federn sich wie Messer in den Rücken, den Hintern, die Hüfte und die Unterarme bohren; unter ihm eine Ablaufrinne für das Blut. Die weißen Kacheln, das Bett knarrt, der Ukrainer kehrt von dem Tisch drüben am Waschbecken zurück, er hat irgendetwas geholt, eine Zange? Jetzt kniet er auf dem Brustkasten, fuchtelt mit dem Instrument in der rechten Hand, der Mund des Juden ist nicht länger ein Mund, der Kopf nicht länger ein Kopf; er erlebt seinen eigenen Tod, er schreit flüstert schluchzt zischt brüllt *Bliznez, bliznez, bliznez!* Eine kurze Handbewegung des Ukrainers, und der Jude ist schlagartig still.

Der Ukrainer hat ihm die Luftröhre durchgeschnitten.

Er hatte sich eine Geflügelschere vom Tisch geholt.

Nur ein Nachklang der Lungen ist noch zu hören, ein Summen der Seele aus dem tiefsten Inneren.

Dann ist es ganz still.

Ich nehme meine Brille ab, ziehe mein Taschentuch aus der Rocktasche und wische die beschlagenen Gläser ab.

Mir klingelt es in den Ohren.

»Was hat er gesagt?«, will Manfred wissen, der aus seinem Stuhl in der Ecke aufgestanden ist.

Der Dolmetscher fragt den Ukrainer, der schweißüberströmt vom Bett gestiegen ist und jetzt geräuschvoll die Schere beiseite legt. Er trägt eine Uniformhose, der Oberkörper ist nackt, er hat einen dieser slawisch vierschrötigen Köpfe: nur Kiefer, keine Stirn.

Der Ukrainer wechselt ein paar Sätze mit dem Dolmetscher, dann dreht er sich um und legt seine Instrumente sorgfältig auf ein Tuch, das er zusammenrollt und verknotet.

»Er hat gesagt«, übersetzt der Dolmetscher, »dass er vor drei Monaten gesehen hat, wie er selektiert wurde. Sein Zwilling.«

»Sein Zwilling?»

»Bronstejns'. Sie waren eineiig.«

»Heißt unser Mann Bronstejn?«

»Bronstejns, mit s. Einer der Brüder Bronstejns wurde 1939 nach Workuta deportiert. Der andere blieb in Zaludok und erhielt im Frühjahr in Sjtjutjyn eine Sonderbehandlung.«

»Wie lautet der volle Name, Bronstejns und weiter?«

»Das hat er nicht gesagt.«

»Momma … nannte er diesen Namen, Momma?«

»Nein. Aber er hat noch etwas anderes gesagt.«

»Ja?«

»Er hat nicht jüdisch ausgesehen. Er hatte blaue Augen. Die Brüder Bronstejns haben blaue Augen.«

Kurz darauf in Manfreds Büro im ersten Stock, in dem Wäspli letzte Nacht geknebelt saß.

Manfred telefoniert.

Er wedelt mit der Hand in meine Richtung, schreibt in die Luft, zeigt und nickt.

»Ja. Bronstejns mit s. Nein, das weiß ich nicht. Bronstejn, vielleicht. Ungefähr vor drei Monaten.«

Ich ziehe meinen Füllfederhalter aus der Brusttasche. Er reißt ihn mir aus der Hand, dreht die Kappe mit den Zähnen ab und schreibt.

»Ja. Hab ich. Danke.«

Er legt auf.

»Verflucht«, sagt er. »Das ist eins der Großen.«

»Wieso groß?«, frage ich und greife nach dem Zettel: *Elias Bronstejns, Sjtjutjyn, hinter der Molkerei der Kolchose. Grab IV, mindestens 1500. Frag RF. Müller*

Manfred tritt an den Schrank. Als er sich umdreht, hält er den ungarischen Cognac und zwei Gläser in den Händen.

»Ah, ich habe keine Lust, schon wieder so eine lange Fahrt«, sagt er.

Er lässt sich in den Stuhl fallen und gießt die braungelbe Flüssigkeit in beide Gläser, obwohl er nicht weiß, ob ich etwas trinken möchte.

»Willst du keinen mittrinken?«

In diesem Moment beginnt es zu regnen.

»Was hast du mit Wäspli gemacht?«, will ich wissen.

Er leert auch das zweite Glas.

»Es ist eigenartig mit dir, Heinrich. Du bist weich. Aber du bist nicht weich genug.«

»Was?«

»Du bist genau richtig, um dich zu formen. Wie Lehm.«

»Wie Lehm?«

»Ja, Lehm. Bald bist du genauso wie ich.«

Es hat aufgehört zu regnen.

Steppenerde: Ich hebe einen Klumpen auf und zerbrösele ihn in der Hand, sie ist dunkel, porös.

Sie düngt sich selbst, heißt es.

Wir sind wieder in Sjtjutjyn, ungefähr fünfzig Meter hinter der niedergebrannten Molkerei der Kolchose Worosjilow, am Grab IV. Rottenführer Müller leitet die Exhumierung.

Mommas Zwilling wurde hier zwischen Disteln, rostigen Öltonnen und ausrangierten Panzerketten begraben.

Eine Frau aus dem Transport, die wir mitgebracht haben, steht neben Manfred.

Ihre Bewegungen sind steif, leise.

Die Körper dort unten sind dunkel und modrig, Köpfe liegen an Füßen, Füße an Köpfen. Sie wirken sonderbar gliederlos und leicht, wie miteinander verwachsen, nicht mehr in ihrer eigenen Form.

Sie nickt, als eine Tiefe von vier Metern erreicht ist, ungefähr in der Mitte der Grube, zehn bis zwölf Meter von der Stelle entfernt, an der ich stehe.

Ich gehe hin.

Sie zeigt nach unten. Ein Männerkörper: Jacke, Hose, ein Schuh fehlt. Manfred nickt einem Mann aus dem Arbeitslager Trawniki zu, der ein Kommando brüllt.

Zwei Arbeitsjuden heben die Leiche an, der Kopf schlägt auf die Erde.

Manfred schreit, sie nicken hastig und legen dem Toten eine Hand in den Nacken.

Ich sitze in der Hocke.

Der Kopf des Mannes ist länglich, die Haut dunkelbraun, der Haaransatz niedrig. Das Austrittsloch liegt am rechten Wangenbein. Das Projektil hat den Knochen zersplittert, Oberlippe und Nasenflügel fehlen. Er muss den Kopf gehoben haben, als der Schuss fiel.

Die farblosen Augen sind in den Schädel gesunken.

Das Gesicht ist nicht zu verwenden.

Als einer der Arbeitsjuden den Schädel mit einem Spaten vom Rumpf trennt, läuft schwarze Flüssigkeit aus dem Hals, dann schiebt er den Körper zurück in die Grube. Er bleibt neben der Frau von vorhin liegen, mit der Schulter an ihrem Nacken.

»Und was jetzt?«, frage ich. »Für eine Identifikation können wir das Gesicht nicht gebrauchen.«

»Komm«, fordert Manfred mich auf. »Ich kenne jemanden, der uns helfen kann.«

Die Präparation

»Präparat ist beschädigt«, stellt er in seinem Judendeutsch fest.

Manfred sagt *davaj* und nickt Semjon zu, der mit der flachen Hand zuschlägt. Der Jude sammelt seine Brille auf und kommt mit gesenktem Kopf zu uns, er wendet den Blick ab. Seine Hand zittert, als er die blutige Prothese wieder in den Mund setzt.

Manfred sagt etwas zu Semjon, das ich nicht verstehe, der stellt sich an die Tür.

Ich setze mich in die entfernteste Ecke. Manfred hat die Ermittlungen übernommen, ich begleite ihn nur. Er war es auch, der den Juden im Labor des Krankenhauses gefunden hat und mit uns hierher gefahren ist, in die Werkstatt des Juden. Das Dorf liegt am Anfang der Puschtscha, der Wildnis, nicht weit von den unzugänglichen Wäldern. Das Dorf ist judenrein, liegt aber im Partisanengebiet, doch Manfred hat uns abgesichert. Draußen stehen sicherlich hundertfünfzig Mann.

Der Jude steht wieder an seinem Arbeitstisch und fängt an auszupacken, die Zeitungen sind feucht vom Eis und der dunklen Flüssigkeit, die der Kopf abgibt. Ich ahne den von der Kälte des Eises zurückgehaltenen Geruch. Bald wird er den Raum füllen.

Nun geht er zu einem Glasschrank, dessen Scheiben eingeschlagen sind, der Inhalt ist über die Schrankfächer und den Fußboden verstreut.

Seine Hände arbeiten mit kleinen Bewegungen, sein hagerer Kopf zuckt ruckartig wie bei einem Huhn, zwischendurch bückt er sich und hebt irgendetwas aus dem Durcheinander auf dem Fußboden auf. Er geht zurück an die Drehbank, greift nach ein paar Flaschen mit Flüssigkeiten, dreht die Glasstopfen heraus und riecht daran. Er legt sich Pipetten, Skalpell, Schleifsteine, Pinsel, Handschuhe, eine kleines Töpfchen Farbe, einen Hobel und verschiedene Holzklötze zurecht, außerdem Werg, Holzwolle, Strahldraht und eine Schere.

»Die Augen«, sagt er. »Ich habe keine Augen mehr.«

Manfred bleibt einen Moment zögernd stehen, ohne etwas zu sagen. Dann geht er zur Tür hinaus in den Sonnenschein.

Der Jude stellt sich neben den Kopf und studiert ihn eine Weile schweigend, als würde er Anlauf nehmen, dann greift er zum Skalpell und legt an beiden Seiten des Kopfes einen runden Schnitt hinter den Ohren und entlang des Haaransatzes im Nacken. Er zerrt an der Haut und faltet sie auf, fasst mit der rechten Hand fest zu und korrigiert seinen Griff mit drei Fingern der linken, dann löst er den Skalp mit kleinen vorsichtigen Bewegungen erst vom Hinterkopf, dann von der Schädeldecke und dem oberen Teil der Stirn. Vorsichtig schneidet er die Ohren ab und hält vorn an den Augenhöhlen kurz inne, bevor er sie freilegt. Ein Schnitt an der Nasenwurzel, und er zieht den Rest der Kopfhaut ab, nur der Mund hängt noch fest.

Mit einem kleinen Taschenmesser teilt er vorsichtig die Lippen, löst das Gesicht ganz ab und legt die Haut auf den Tisch.

Danach kratzt er das Fleisch vom Schädel.

Als er damit fertig ist, greift er zur Säge. Das Gehirn ist im Hirnschädel eingefallen. Er stellt einen Topf auf eine Gasflamme und kocht die Knochen ab.

Ich hole meine Streichhölzer heraus, als er die Flüssigkeiten zum Gerben holt.

Der Jude wendet sich an mich und sagt »Bitte….«, als ich mir eine Efka anzünde.

Semjon tritt heran, bereit zuzuschlagen, aber ich schüttele den Kopf, kneife mit zwei Fingern die Glut ab und stecke die Zigarette wieder in die Packung.

»Komm, Semjon«, sagte ich. »Lassen wir ihn in Ruhe arbeiten. Das kann Stunden dauern.«

*

Die Sonne blendet, einen Moment kann ich mich nicht orientieren.

Unsere Kolonne fährt noch ein paar hundert Meter auf dem Feldweg aus dem Dorf. Der kleine Platz mit der niedergebrannten Synagoge und der Kirche ist voller Fahrzeuge: Unsere sechs Panzerspähwagen 222, vier Lastwagen, sechs Kübelwagen, der RSO und der Tross der Panjewagen. Die Auspuffgase der Lastwagen sind blau und stinken in der Hitze, Soldaten laufen hin und her, und doch liegt eine eigenartige Langsamkeit über der ganzen Situation, eine Trägheit angesichts der Beute: zwei Hiwis zerren eine Kuh am Kopf aus einem Stall, ein Ukrainer hat die Hand am Maul einer schwarzen Stute mit weißer Blesse, die vor einen Panjewagen gespannt ist. Die Hand zuckt, wenn das Pferd ins Futter beißt, Schaum tritt aus dem Maul.

Die Flanken dampfen in der Hitze.

Es ist kein einziger Dorfbewohner zu sehen, aber wir wissen, dass das Dorf nicht unbewohnt ist.

Sie warten drinnen, in ihren Häusern, wie damals, als Steiner 1941 hier war und ihre jüdischen Nachbarn einen Kilometer von hier in die Wälder geführt hat.

Das Sonderkommando 1005 ist jetzt dabei, die Gräber zu exhumieren. Wir haben alles gesehen, als wir hierhergefahren sind: die Arbeitsjuden, die die Leichen auf Transportbänder legen und die sich auflösenden und halb verwesten Toten in brennende Gruben kippen. Und am Rand der alten Gräben leuchtend weiße Badewannen, die vor Säure dampfen, H_2OHCl zum Extrahieren von Metallen. Die Stapel von modrigen Knochen, Kiefern, halben Schädeln. Juden, die mit Brecheisen und Zangen an den Schädeln der Leichen zerren und sich abmühen, SS-Männer, die an den Böschungen stehen oder sitzen und das Sortieren überwachen.

Einer saß auf einem Baumstumpf an der Straße und ordnete die kleinen Klumpen Zahngold mit dem Zeigefinger. Er steckte die Hand in die Tasche, als wir an ihm vorbeifuhren, und winkte uns übertrieben lebhaft zu.

Die letzten Plünderungen, die letzten Spuren.

Ein unglaubliches Glück, dass unser Konservator noch am Leben ist.

Als ich den Zigarettenstummel mit der Hand vor dem Wind abschirme und anzünde, geht mir durch den Kopf, dass Manfred 1941 auch hier war, an diesem Ort, zusammen mit Steiner. Und Manfred hat den Juden damals gerettet. Natürlich. Er hat ihn aus der Reihe geholt, als er dessen Wunderwerk von Werkstatt sah.

Bist du sentimental gewesen, Manfred? Hast du an Dr. Zeisler gedacht?

Damals, als wir mit all unseren Bekassinen, Regenpfeifern und Grünschenkeln, die wir im Schilf an der Elbmündung oder im Wattenmeer fanden, in Dr. Zeislers Kellerladen kamen, Sanderlinge, Steinwälzer, deren Flügel sich in Stolperdraht verfangen hatten; es war unsere Vogelperiode in der Untersekunda, wir waren unzertrennlich und stellten Fallen auf, Schnüre, in wasserdichten Stiefeln, am frühen Morgen mit dem Fernglas hinaus, Vogelzüge notieren und Nester nummerieren, Eier zählen, in den Klippen sitzen, Zigaretten rauchen und über diese grau-grüne Welt schauen.

Er war überhaupt kein Doktor, aber wir nannten ihn Dr. Zeisler, weil er die Tiere fürs Gymnasium präparierte. Vögel konnte er am besten. Hunderte von Vögeln lagen blass und staubig in seinen Schubläden, und wir versorgten ihn mit weiteren Exemplaren; einmal schenkte er mir ein Präparat, ein Wintergoldhähnchen mit zwei roten, gefleckten Eiern im Nest, das leicht grüne Gefieder glänzte. Die Löcher in den Eiern hatte er gekittet und mit einem etwas schwächeren Rot übermalt.

Ein perfektes Stillleben, beinahe lebendig.

Ich schenkte es Eline. Es war das einzige Mal, dass ich sie weinen sah.

Ich weiß nicht, warum, warum weine ich? Wieso bringst du mich zum Weinen?

Weil sie tot sind?

Nein, weil du grausam bist …

Ich gehe zu meinem Kübelwagen, nehme mir eine Flasche Brombeerwein, setze mich aufs Trittbrett und warte. Ich weiß, dass Manfred uns warten lassen wird, bis der Jude fertig ist.

Ein schwarzer Hahn mit einem feuerroten Kamm läuft über den Platz, bei jedem seiner kleinen Tritte wirbelt Staub auf. Jetzt bleibt er stehen und wendet mir seinen kleinen gefiederten Kopf zu.

*

Manfred isst schweigend, nur Motorengeräusche, ferne Rufe und sein Schmatzen sind zu hören, wenn er an einem Flügel nagt oder eine schwarze Feder ausreißt, die beim Rupfen vergessen wurde.

Das Licht ist bereits schwächer geworden, bald wird Tau fallen.

Zwischen Pferden und Soldaten, die gerade noch ausweichen können, schlingert eine Zündapp mit Seitenwagen über den Feldweg. Der Fahrer bremst vor uns, ein Feldwebel schält sich aus dem Seitenwagen und holt ein Glasgefäß aus seiner Ledertasche. Mit beiden Händen hält er es am Deckel und am Boden fest. Es ist voller Augen.

»Aus dem Zentralkrankenhaus«, erklärt er und überreicht mir das Gefäß.

»Gibt's blaue?«, erkundigt sich Manfred und wischt sich die Finger ab.

»Nein. Nur grüne.«

»Idiot!«, brüllt Manfred den Feldwebel an. »Grüne!«

Er nimmt zwei grüne Glasaugen in die Hand und schiebt sie mit den Fingern auf der Handfläche hin und her.

*

Die ersten Wagen sind vor einigen Minuten losgefahren. Die Häuser am Rand des Dorfes brennen bereits, nur hier und da gibt es vereinzelt Schüsse. Aus der Werkstatt höre ich den Knall einer kleinen Handfeuerwaffe. Manfred kommt mit einem geflochtenen Korb in der Hand heraus. Semjon wirft an der Tür einen kurzen Blick über die Schulter, dann steckt er einen Lappen an und wirft ihn hinein.

Der Sog, als sich die Benzindämpfe entzünden. Einen Augenblick später knistert das trockene Holz.

Manfred steigt ein, tätschelt mir die Wange und wirft die Tür des Kübelwagens zu.

»Du träumst«, sagt er. Ich lege den Gang ein und schließe zur Kolonne auf.

Er nimmt Bronstejns' Kopf aus dem Korb und stellt ihn aufs Instrumentenbrett.

»Was sagst du jetzt?«

Der Kopf ist auf eine Holzplatte montiert, die Löcher in der Haut sind mit Pastellfarbe abgedeckt. Ich klopfe ihm mit einem gekrümmten Zeigefinger an die Stirn.

Es knistert wie Holzwolle.

Die grünen Augen glänzen.

»Ich weiß nicht recht«, erwidere ich.

Als er mir einen Zigarillo anbietet, muss ich ihn bitten, ihn mir im Mund anzustecken.

»Ist doch klasse«, sagt Manfred, wendet sich an Semjon und die beiden schwäbischen Brüder auf dem Rücksitz und bietet auch ihnen Zigarillos an. »Oder was?«

»Sieht genauso aus wie Franz«, sagt Michael nach einer kurzen Bedenkzeit.

»Franz Bibermann?«, fragt Hans. »Der Kaufmann an der Ecke?«

»Ja, Krötenpapa.«

»Verdammt, Mann, du hast recht!«, ruft Hans. »Krötenpapa. Hatte er nicht ein Hautproblem?!«

»Ich habe ihn gehasst«, sagt Michael. »Dieses dumme Schwein.«

»Franz Bibermann...«, murmelt Hans. »Meine Fresse!«

Michael zieht ein Etui aus der Brusttasche und gibt es Manfred.

»Ihn ständig ansehen zu müssen, ertrag ich nicht.«

Manfred öffnet das Etui und nimmt eine Kassenbrille mit schwarz verspiegelten Gläsern heraus, vorsichtig legt er die elastischen Bügel hinter die zerbrechlichen Ohren und schiebt die Brille auf ihren Platz über der Nasenwurzel. Mit den Zeigefingern korrigiert er den Sitz.

»So …«

»Ich fühl mich nicht besonders«, sage ich kurz darauf.

»Ja, irgendwas war mit dem Huhn, oder?«, erwidert Manfred.

Auf den Straßen

Die Sonne ist dick, die Sonne ist fett. Die Landschaft bläht sich und zerfließt an den Rändern. Ich öffne den Uniformrock und bitte Manfred zu halten. Er sieht mich an und kann sich kaum halten vor Lachen.

»Seht ihn euch an ... ein richtiger Norddeutscher.«

Ich lache nicht.

Ich halte mir die Hand vor den Mund, schlucke ein paarmal.

Dann bitte ich um das Fernglas, Michael reicht es mir.

Ich stehe im Wagen auf, der Wind bläst mir um den Kopf. Von der Straße wirbelt Staub auf.

Ich setze das Fernglas an die Augen, eine flimmernde, bebende Riffelung wie im Lauf einer Büchse, alles verschwimmt im Hitzedunst.

Mir versagen die Beine. Ich setze mich wieder.

»Du bist ja ganz blass, Heinrich.«

»Ja, Manfred, ich bin ganz blass. Wo wollen wir hin?«

»Wart's ab.«

»Verflucht, antworte doch einfach!«

Er wendet sich mir zu und sieht mich überrascht an, er hat den Arm auf den Sitz gelegt.

»Wart's ab, sage ich.«

*

SS marschiert in Feindesland
Und singt ein Teufelslied
Ein Schütze steht am Wolgastrand
Und leise summt er mit ...

»Noch einmal! Komm schon, Heinrich – verdammt, bist du langweilig. Los, noch mal!«

»Na gut, wenn du es sagst.«

»Gut!«

Manfred steckt den Zeigefinger in die Luft und zeigt auf uns, auf mich, Hans, Michael und Semjon, denn dreht er den Finger herum und dirigiert: »Eins, zwei, drei …«

SS marschiert in Feindesland
Und singt ein Teufelslied …

Ich greife nach der Flasche, die Michael mir reicht.

*

Navahrudak, wir halten vor Oskar Dirlewangers Haus. Alter Freikorpsmann, direkt nach der Machtübernahme verurteilt wegen Päderastie, jetzt Oberführer mit einem eigenen Bataillon, der Sondereinheit Dirlewanger. Der größte Partisanenschlächter Weißrusslands, selbst Generalkommissar Kube oder die Polizeiführer haben ihn nicht unter Kontrolle. Himmler romantisiert ihn, er bezeichnet ihn als den Räuberkönig Heinrich des Ersten, als einen teutonischen Kosaken – immer wieder dieser Feldzug gegen die Slawen 928. Er nennt ihn Freibeuter, Marodeur, Wildschütz und Landsknecht. Aber Dirlewanger ist ein verdammter Mörder, jawohl, und ich bin besoffen, ich schwimme im Schnaps.

Manfred ist gegangen.

Ich sitze mit der Flasche im Auto und friere.

Die Flasche ist rundlich, die Flasche ist interessant.

Sie hat einen Korkpfropfen, der wegen des Unterdrucks *plopp* macht, wenn ich ihn herausziehe.

Ich ziehe ihn noch einmal heraus, *plopp*.

Und noch einmal *plopp*. Und jetzt mit dem Daumen.

Plopp. Oder doch eher *blopp*, und wenn der Druckausgleich nicht so heftig ist, *schwupp*.

Ich warte und trinke.

Trinken und warten.

Plopp.

Wie ein Schädel, der von einem Kuhfuß zerschmettert wird.

Ich habe Fieber, ich muss pissen.

Ich fasse nach dem Türgriff und falle aus dem Wagen.

Michael, der auf der anderen Seite des Autos steht und raucht, kommt auf mich zu.

»So«, sagt er und stellt mich auf die Beine. »Oberleutnant der Polizei …«

»Wo ist Manfred?«, will ich wissen. »Scheiße, wo ist er?«

Ich zeige auf Dirlewangers Haus, das hübsche schmiedeeiserne Tor, den Weg und die breite Treppe hinauf zu dem gelb gekalkten Haus. Ein Spalier roter Rosen. Darauf zeige ich auch.

»Wann ist er reingegangen? Wie spät ist es?«

Ich krempele meinen Hemdsärmel auf und schaue auf die Uhr, aber die Zeiger verschwimmen vor meinen Augen.

»Es ist Stunden her …«

»Wir sollen Dirlewanger mitnehmen«, sagt Michael, schiebt die Unterlippe vor und zieht die Mundwinkel nach unten. »Ohne Dirlewanger passiert überhaupt nichts.«

»Was sollen wir machen?«

»Warten Sie's ab …«

»Ich geh da jetzt rein und hole ihn.«

»Nein«, sagt er. »Das machen Sie nicht«, fügt er ruhig hinzu.

Ich bleibe einen Moment stehen, dann biete ich Michael die Flasche an. Er wischt sich den Mund mit dem Uniformärmel ab, fährt mit dem Daumen über die Öffnung, drückt den Daumen in den Flaschenhals, wieder dieses Geräusch, und setzt die Flasche an den Mund; seine Lippen werden feucht, als er einen ordentlichen Zug der schwarzen Flüssigkeit nimmt.

»Erst ploppt's, dann schmeckt's.«

»Was?«

»Patentverschluss, verstehen Sie?«

»Nein, was?«

»Das Bock von Schwabenbräu …«

Ich nehme ihm die Flasche aus der Hand und trinke selbst. Ich sehe ihn an, während ich trinke, diese rote Fresse, diese mehligen Augen, diese mehlig freundlichen Augen, sie verändern sich, schwimmen über vor Mitgefühl; er setzt seinen Zeigefinger auf meine Brust und pocht.

»Sie«, sagt er.

»Hm?«

»Man wird dünnhäutig bei all diesem Scheiß hier, was?«

»Was meinen Sie?«

Er atmet mir schwer ins Gesicht, die rechte Hand auf meiner Schulter.

»Als hätte jemand ein großes Loch in einen geschlagen, das Ganze ist nur …«

»Das Ganze ist nur …«, wiederhole ich, »… was?«

»Ja, und es muss nur ein kleines Loch gebohrt werden, dann fliegt alles wieder raus aus dem Arsch, einfach so … pffff …«

»Pfff?«

»Ja, alles, was wir haben … wie heißt das noch …die Seele«, sagt er und dreht sich von mir weg, mit einem Mal nüchtern. »Daran denke ich oft.«

Ich kommentiere sein Bekenntnis nicht, sondern drücke ihm die Flasche in die offene Hand; er hat den Mund geöffnet, hindert mich aber nicht, als ich durch das Tor auf Dirlewangers Anwesen zugehe.

Als ich im Garten stehe, kommen mir Zweifel.

Der sorgfältig geharkte Weg zum Haupthaus, die kleinen Kiesel, das Spalier.

Es ist leer hier, still.

Mit einem Mal bekomme ich Angst, die Angst des Betrunkenen.

Ich gehe am Haus vorbei und folge einem anderen Weg, erreiche ein achteckiges Gartenhaus. Als ich um die Ecke biege, steht dort ein Mann, in gestreifter Gefangenenkleidung mit Mütze. Er ist ebenso verblüfft wie ich, schaut mir in die Augen und bemerkt sofort seinen Fehler.

Ich brülle: »Mütze runter!«

Er stolpert, er ist wie ein Hund an einen Ring im Boden angekettet, dann kommt er wieder auf die Beine, hebt seine Mütze auf und hält sie in den Händen.

»Sprichst du Deutsch?«

»Ja, Herr …«

Er sieht zu Boden.

»Ich suche den Oberführer.«

»Zoo«, erwidert er. »Vielleicht ist er im Zoo.«

Was ist das für ein Akzent? Jiddisch, Holländisch? Gibt es hier auch holländische Juden? Er zeigt auf ein paar Treibhäuser in der großen Anlage.

Ich folge dem Weg und gelange in ein System von Pferchen und kleinen Hütten. Ziegen, Katzen, Strohballen. Im ersten Moment erkenne ich nicht, dass es sich bei der Person, die in einer kleinen Einfriedung auf einem Schemel hockt, um eine Frau handelt. Sie ist kahl, auf der Schädeldecke die Spuren rötlicher Haare, ihre Haut ist grau, die Fingernägel heruntergebissen. Sie gibt einem Fuchs die Flasche. Unter seinem räudigen, ebenfalls roten Pelz ist er dürr, den Rücken hat er sich blank gescheuert, ein haarloser Schwanz. Die Flasche steckt tief in seinem Maul, Milch läuft über seinem schwarzen Gaumen, er ist wahnsinnig vor Hunger. Die Frau verschwindet beinahe in ihrer gestreiften Jacke, jetzt hebt sie den Kopf, ich kann die Schädelknochen unter der Haut erkennen, ihre kleinen braunen Zähne. Trotzdem lächelt sie, ein leichtes Erröten, das sofort wieder aus ihrem Gesicht verschwindet, aber es bleibt auf den Lippen, glühend wie Tuberkulose – und genau in diesem Augenblick werden sie eins, das räudige Tier und ihr abgezehrter, gebückter Körper. Auch der Fuchs wendet mir jetzt seinen langen Kopf zu, sieht mich eine Sekunde mit seinen schwarzen, bösen Augen an, *sie haben keine Angst mehr vor uns*, denke ich, dann befreit er sich aus den Armen der jungen Frau und schleicht davon, die Pfoten berühren kaum die Erde. Sie sieht direkt durch mich hindurch.

Bin ich unsichtbar geworden?

Wir werden unterbrochen.

Ein rotpickeliger SS-Schütze kommt von den Schuppen am Ende dieses kümmerlichen Zoos her angerannt, rasend vor Wut. Er hat eine Peitsche in der Hand und Dirlewangers Insignien am Kragenspiegel, die gekreuzten Gewehre und Handgranaten. Er packt die Frau am Kragen, zerrt sie auf die Beine, wirft sie zu Boden und schlägt ihr mit dem Peitschenstiel auf die Schulter. Er schwitzt, sie liegt auf dem Bauch und hält sich den Kopf, während er seine Verwünschungen herausbrüllt. Dann hält er inne und wendet mir seinen roten Kopf zu, ein schäumend hellroter Mund; er fährt sich mit dem Uniformärmel über die Stirn, schnauft.

»Wurden Sie von ihr belästigt?«

»Nein.«

»Verdammte Judenhuren. Die ...«

»Oberleutnant der Polizei, Hoffmann«, unterbreche ich ihn. »Ich suche Oberführer Dirlewanger.«

»Was?«

»Ja, Oskar Dirlewanger.«

Er scheint erst jetzt richtig zu sich zu kommen. Was ist los mit ihm? Wozu dieses Schauspiel? Dann wird mir klar, dass er die Frau beschützt, hat sie bewusst auf den Bauch fallen lassen, damit sie keine Verletzungen davonträgt, er hat nur halbherzig zugeschlagen, hat gebrüllt statt zu prügeln. Er hat ein Verhältnis mit ihr, Rassenschande, daher ist er ständig bei ihr und schreit sie an, deshalb hält er sie an der kurzen Leine und lässt niemanden in ihre Nähe.

Damit niemand sie umbringt.

Liebt er sie? Geht sie mit seinem Kind schwanger?

Ich erkundige mich, warum es hier einen Zoo gibt, was das soll.

»Es ist schön«, sagt er.

»Was?«

»Es ist schön, ein Vogeljunges mit nur einem Bein aufwachsen zu sehen, wenn man erlebt hat, wie es vor dem Nest gelegen hat. Da hat Dirlewanger recht. Es beruhigt, etwas wachsen zu sehen.«

Soll ich ihn melden? Soll ich die Angelegenheit untersuchen? Er hat mir nichts getan, er hat nur sein kleines verliebtes Herz. Soll ich es zerquetschen?

»Ah ja, und wo finden Sie die Tiere?«

»Bei der Hasenjagd. Das ist genauso, als würde man Dynamit in einen Bach werfen… sie liegen da, betäubt vom Luftdruck, man kann sie einfach aufsammeln.«

Soll ich? Ene mene muh. Vermutlich ist es ein Dienstvergehen, es nicht zu untersuchen, es nicht zu melden. Dirlewanger wurde auch wegen irgendeiner Geschichte in Polen oder Krakau durch das Hauptamt SS-Gericht belangt.

»Was haben Sie gesagt, wie heißen Sie?«, erkundige ich mich.

»Maier, Klaus Maier.«

»Guten Tag, Schütze Maier.«

Der Weg führt zwischen zwei kleinen Hundehütten hindurch, eine Katze springt mir vor die Füße, in der Dunkelheit eines Stalls gibt es Ziegen und Küken, die in einem Haufen Korn kakeln. Ich sehe mich nach Kindern um, aber es gibt keine Kinder. Stattdessen sehe ich einen weiteren Schützen, der mit einer Kelle Korn in einen Trog füllt.

»Wo ist Dirlewanger?«

»Wer will das wissen?«, fragt er und sieht mich an. Auch er sieht gut ernährt aus, Dirlewanger sorgt ordentlich für seine Leute.

Ich erkläre ihm, wer ich bin. Er murmelt: »Entschuldigen Sie, Entschuldigung«, legt die Kelle beiseite und fordert mich auf: »Folgen Sie mir«.

Wir kommen an ein paar Garagen vorbei und gehen eine weiße Mauer entlang, bis wir einen Hügel erreichen. Ein Hain voller Apfelbäume.

»Dort«, sagt er und weist mit dem Finger die Richtung.

Manfred steht mit dem Rücken zu mir am Fuß der Böschung. Dirlewanger hat Bronstejns' Kopf unter dem Arm und schaut zu Manfred auf. Manfred gestikuliert mit hitzigen, kurzen Bewegungen. Dirlewanger lächelt, gibt ihm den Kopf zurück und geht in die entgegengesetzte Richtung.

»Was ist los?«, erkundige ich mich, als Manfred zu mir heraufkommt.

»Was machst du hier?«

»Antworte einfach.«

Er sieht mich an, als hätte er nicht gehört, was ich gesagt habe.

»Verflucht, wir sollen mitkommen!«

Ich packe Manfred bei den Schultern und schüttele ihn.

»Manfred, zum Teufel, wovon redest du?«

Er schüttelt mich ab, eine flache Hand an meiner Brust, ich taumele ein paar Schritt zurück und stolpere.

»Du bist ja besoffen.«

»Na und?«

»Das wird die ganz große Hasenjagd. Morgen geht's los. Genau in dem Gebiet um Belize. Operation Hermann.«

»Eine Partisanenaktion?«

»Ja. Momma ist doch Partisan, oder? Er muss dort in den Wäldern sein. Verdammt noch mal.«

Er bleibt stehen, kommt dann zwei Schritte auf mich zu, reicht mir die Hand und zieht mich hoch.

»Du musst Bach-Zelewski überzeugen … jawohl, das ist deine Aufgabe! Wir übergehen Oskar, wir gehen direkt an die Spitze!«

»Bach-Zelewski, den Polizeiführer? Wie sollten wir mit ihm reden können?«

»Er ist in Iwenez. Komm.«

Hasenjagd

Iwenez, zwei Stunden östlich von Lida. Der Platz vor dem kleinen hölzernen Rathaus. Wir warten, bis wir vorgelassen werden, um unser Anliegen vorzubringen. Die Motoren laufen im Leerlauf, hier stehen über zweihundert Fahrzeuge, verteilt nach Kampfgruppen, insgesamt achttausendachthundert Mann, alle unter Curt von Gottbergs Kommando – die Kampfgruppe Gottberg. Aber hier ist auch der Höhere Polizeiführer Bach-Zelewski, der mächtigste Mann in den Ostgebieten. Anhand der Generalstabskarte legen sie letzte Hand an die Operation Hermann – zusammen mit den Kommandeuren der SS-Polizeiregimente 2 und 31, der 1. SS-Infanteriebrigade, den Letten, den beiden ukrainischen SchuMa-Bataillonen und Dirlewangers Sonderbataillon.

Manfred geht mit seiner Hutschachtel nervös im Sonnenschein auf und ab. Ich sitze auf der Aktentasche mit den Unterlagen zu Momma Bronstejns.

»Bist du bereit?«, will Manfred wissen.

»Ja, ich bin bereit.«

»Wieso dauert das so lange?«

»Ich weiß es nicht, Manfred.«

Operation Hermann, der Anfang: morgen, 13. Juli. Die Naliboki-Wälder werden von Norden, Westen und Süden in einem Dreieck von Iwenez bis zu den befestigten Dörfern Naliboki und Rubesjewitsch abgeriegelt, laut SD befindet sich in diesem Gebiet die größte Konzentration an Partisanen in ganz Weißrussland. Die vier Phasen der Partisanenstrategie: 1. Aufmarsch und Bildung eines Kessels, 2. Verkleinerung des Kessels und endgültige Definition der Kampfzone, 3. Ein letzter konzentrierter Angriff, 4. Durchkämmen. Das Problem: Die Wälder von Naliboki sind keine Wälder, sondern Puschtscha – Sümpfe, Urwald, Dickicht, Hügel, unterirdische Bunker, Biber und Mücken. Und mittendurch fließt die Memel, die alles feucht hält und das Unterfangen unmöglich werden lässt. Sie ist der Grund dafür, dass wir Weißrussland nicht halten können – ein Feuchtgebiet aus stinkendem gelbem Wasser mit nur wenigen Hügeln, bewaffneten Stützpunkten, bewachten Straßen, gesicherten Eisenbahngleisen, Brücken und Telefonleitungen. Und alles rostet, verwittert und verrottet in diesem Wald.

Bach-Zelewskis Ziel: Das Bandenunwesen in den Naliboki-Wäldern ausrotten, egal, ob es sich um Polen, Juden oder Russen handelt. Bach-Zelewskis Teilziel: Dem Reich Lebensmittel und Sklaven liefern. Manfreds Ziel: Momma finden und vielleicht Bach-Zelewski beeindrucken. Meine Aufgabe: Bach-Zelewski davon überzeugen, dass alle drei Ziele miteinander kombinierbar sind.

»Es ist wie beim Griechischexamen in der Obersekunda«, behauptet Manfred. »Akylos und Balanos in der Odyssee, Scheiße. Was ist die Eichel und was die Buchecker? Es ist ein Glücksspiel.«

»Akylos ist die Eichel …«

»Ach, halt's Maul, Heinrich! Glaubst du, die lassen uns rein?«

»Ich weiß es nicht, Manfred.«

»Wirke ich nervös?«

»Ja.«

»Gib mir 'ne Zigarette.«

In Nawahradak hat Manfred den Kopf von Mommas Zwilling in einem staubigen Fotoatelier aus der Jahrhundertwende fotografieren lassen, unter dem schwarzen Tuch ein buckelnder Tattergreis mit nadelspitzem Oberlippenbart, einen Arm hinter der Kamera erhoben; der präparierte Kopf stand auf einer dorischen Gipssäule, daneben ein paar Rohrkolben in einem Elefantenfuß. Die Magnesiumexplosion des Blitzes. Manfred hat dreißig Abzüge des Fotos anfertigen lassen.

Den Kopf trägt er in einer Hutschachtel aus Blech mit einem Metallhandgriff. Er hebt oft den Deckel ab.

Wie auch in diesem Moment, als ein Adjutant auf die Treppe tritt und uns heranwinkt.

»Sie haben zwei Minuten«, sagt der Adjutant, bevor er die Tür zur Stabssitzung öffnet. Er spreizt Daumen und Zeigefinger. »Zwei.«

Der Raum ist dunkel, aber ich erkenne den operativen Leiter Curt von Gottberg am großen Kartentisch in der Mitte des Saals, die meisten anderen sind mir unbekannt. Dirlewanger blickt hastig auf, ohne dass sein Blick ein Wiedererkennen signalisiert, setzt dann wieder den Finger auf die Karte und zieht damit einen Strich. Von Gottberg nickt.

Bach-Zelewski muss der große Mann sein, der mit den Händen auf dem Rücken an einem Fenster steht, von dem aus man den Platz davor übersehen kann.

»Höherer SS- und Polizeiführer Bach-Zelewski …«, beginnt Manfred.

»Wer spricht mich da an, Curt?«

Der Mann am Fenster wendet sich von Gottberg am Tisch zu, und nun erkenne ich Bach-Zelewski aus der Wochenschau, das Haar im Nacken und an den Schläfen kurz geschoren, die Kassenbrille, die weichen Falten des Nackens; das Gesicht wirkt schlaff, er kneift die Augen zusammen, als wäre er stark kurzsichtig.

Manfred räuspert sich und tritt einen Schritt auf Bach-Zelewski zu.

»Hauptsturmführer Schlosser …«

»Mit Ihnen rede ich nicht!«, brüllt Bach-Zelewski.

Manfred bleibt stehen, als hätte er eine Ohrfeige bekommen.

Von Gottberg hebt langsam den Kopf.

»Curt«, fährt Bach-Zelewski fort, »wer hat ihm das Recht gegeben, den Mund aufzumachen?«

»Er ist einer von Steiners Jungs«, erwidert von Gottberg. »Er hätte gern ein Kommando bei der Operation Hermann.«

»Dann sucht dieser kleine Schwanzlutscher also einen neuen Beschützer?«

»Das weiß ich nicht«, antwortet von Gottberg, »aber er glaubt, dass Huberts Mörder irgendwo in den Wäldern steckt.«

»Ach ja … Hubert«, sagte Bach-Zelewski. »Und was hat er da in der Hutschachtel? Den Beweis?«

Er sieht uns noch immer nicht an.

»Er soll uns zeigen, was er in der Schachtel hat«, fügt Bach-Zelewski hinzu und schnalzt ein paarmal leise mit den Lippen.

»Darf ich?«, sagt Manfred und nickt von Gottberg zu, der die Arme ausbreitet.

Manfred tritt an den Kartentisch, öffnet die Schachtel und hebt den Kopf mit beiden Händen heraus.

»So sieht er aus«, erklärt er. »Das hier ist sein Zwillingsbruder Elias. Der Täter heißt Momma. Momma Bronstejns. Bronstejns mit s.«

Niemand sagt ein Wort. Dirlewanger starrt den Kopf an, als würde er sich langweilen.

»Ha!«, platzt Bach-Zelewski plötzlich heraus. »Das ist ein beharrlicher Mann, Curt! Was hast du gesagt, wie heißt er?«

»Hauptsturmführer Schlosser. Manfred Schlosser, Herr Polizeiführer.«

»Erich. Nenn mich Erich. Curt, solche Burschen brauchen wir. Was sagst du, Oskar?«

Dirlewanger sagt noch immer nichts, zieht seine Zigaretten aus der Brusttasche und steckt sich eine in den eingefallenen Mund. Er reißt ein Streichholz an seinem Stiefel an.

»Hubert«, sinniert Bach-Zelewski, er steht jetzt am Tisch und zeigt mit dem Finger auf den ausgestopften Kopf. »Ich kannte Hubert von früher. Und, oh, die hübsche Gisela! Warum glauben Sie, dass der … oder sein … ha! … Zwillingsbruder es getan hat?«

»Ich habe einen Kriminalbeamten mitgebracht.«

Manfred nickt mir zu, und ich trete mit meiner Aktentasche vor.

»Heinrich Hoffmann, Oberleutnant der Polizei, von der Kripo in Hamburg«, fügt er hinzu. »Er hat ihn gefunden. Durch sorgfältige Polizeiarbeit. Es begann mit einem kleinen Mädchen, das einige Tätowierungen gesehen hatte …«

Bach-Zelewski setzt sich jetzt, er schiebt den Stuhl lärmend unter den Tisch.

»Fritz, wir brauchen noch mehr von diesem herrlichen Kuchen!«, ruft er und zeigt danach auf mich, »und Sie werden mir jetzt ein Märchen erzählen.«

In diesem Moment kommt ein junger SS-Schütze mit einem Silbertablett herein, auf dem eine große, mit Marzipan belegte Torte liegt. Glasierte Himbeeren als Krönung.

Ich räuspere mich und fange an.

*

Nachdem ich Bericht erstattet habe, werde ich aus dem Raum geschickt. Manfred bleibt, als die Tür hinter mir geschlossen wird, den Kopf über die Karten gebeugt; von Gottberg steht mit einem Teller Torte hinter ihm, Bach-Zelewski ist am Telefon und erzählt das Märchen bereits weiter, *Der kleine Jude mit den Tätowierungen*.

Ich sitze draußen auf dem Platz im Schatten, als sie herauskommen. Bach-Zelewski geht als Erster die Treppe hinunter, er raucht eine Zigarette. Dahinter von Gottberg und Dirlewanger. Manfred strahlt in der dritten Reihe wie eine kleine Sonne.

Manfred hat vier Kompanien der 8. SS-Kavalleriedivision bekommen, außerdem freie Hand und ein Stück des südlichen Sektors, Ausgangsposition Iwenez.

Die Fotografien von Elias Bronstejns sind an die Kompanieführer sämtlicher Regimenter verteilt, damit Momma auf keinen Fall versehentlich erschossen wird.

*

Am nächsten Tag um 09:00 Uhr sind die Sperren aufgebaut, und wir gehen in die Wälder.

Manfred hat ein Pferd bestiegen, als er für die Wochenschau fotografiert wird. Er hat sich einen verzierten Kosakensattel besorgt und die Hutschachtel mit dem Kopf an den Sattelknopf gebunden.

In der rechten Hand hält er eine kurze Lederpeitsche.

Michael fährt den Kübelwagen, ich sitze hinten und starre auf seine Ohren.

Semjon und Hans halten ihre Waffen bereit.

Manfred vollführt jetzt zu Ehren der Kameras eine ausladende Handbewegung und schreit *vorwärts*, wir tauchen in die Landschaft ein und verschwinden.

*

Am nächsten Vormittag an einem Feldweg, in einem Bereich nordöstlich von unserem Sektor, niedrige Zäune und ein Dorfschild: Dory. In dem grellen Sonnenlicht wirken die Flammen wie bloße Splitter, doch die Hitze können wir bis hierher spüren; es ist Dirlewangers Sonderbataillon von der linken Flanke, ein flackerndes Schattentheater; sie haben die Möbel und sämtliche anderen Habseligkeiten vor die knisternde Kirche geschafft, das Flirren des Brandes steigt fünfzig Meter hoch in die Luft, irgendjemand hat eine Platte auf ein Reisegrammofon gelegt, in voller Lautstärke wird ein Marsch gespielt, während sie mit schussbereiten Waffen in Sesseln sitzen.

Die Tiere stehen in einem Gatter zusammengetrieben zum Abholen bereit.

Von den Einheimischen ist niemand zu sehen.

Nur Pauken und Trompeten.

Dieses tiefe Knarren aus der Kirche.

»Wo der Tod ist, bin ich nicht«, sagt Manfred. »Und wo ich bin, ist der Tod nicht.«

»Das ist aus der Bibel«, erklärt Michael. »Oder?«

»Genau«, sagt Hans. »Jehova persönlich.«

»Es ist von Epikur«, sage ich.

»Epiwem?«, fragt Hans.

»Kur«, antwortet Manfred und grinst mich an. »Ein alter Grieche. Kennt ihr nicht.«

Als wir ein paar Stunden später auf ein Polizeiregiment an der rechten Flanke stoßen, beenden wir Phase 1: Aufmarsch und Kesselbildung.

*

Am selben Abend in den Wäldern, unsere Kübelwagen haben sich im Morast festgefahren.

Die Hinterreifen wirbeln Schlamm und Steine auf, vier Hiwis schieben, Michael hat sich umgedreht, schreit. Manfred ist von seinem Pferd gestiegen, wir rauchen und schauen über die unendlichen Wälder und ihr Auf und Ab – voller Morast, Kribbelkrabbelviecher und Mücken und bisher nicht ein Partisan.

»Was ist Kok-sagys?«, will Manfred wissen. »Weißt du's?«

»Kok-was?«

»Kok-sagys … hier.«

Er zieht einen zerknüllten Zettel aus seinem Uniformrock und gibt ihn mir. Ich falte ihn auseinander, woher hat er den Zettel? Tagesbefehl Nr. 160/43/10.7.43 des Reichsführers SS. Adressat: Bach-Zelewski, mit Kopie an von Gottberg. Er kommt direkt von Himmler.

Ich starre ihn an.

»Was ist? Lies …«

»1. Der Führer hat entschieden, dass die bandenverseuchten Gebiete der Nordukraine und von Russland-Mitte von jeder Bevölkerung zu räumen sind. 2. Die gesamte arbeitsfähige männliche Bevölkerung wird…«

»Nein«, sagt er, reißt mir den Zettel aus der Hand und findet die Stelle mit dem Finger. »Hier: … 5. Die bevölkerungsmäßig evakuierten Gebiete… sind zum Teil mit Kok-sagys zu bebauen… Die Kinderlager sind an den Rand dieser Gebiete zu legen, so dass die Kinder als Arbeitskräfte für den Kok-sagys-

Anbau zur Verfügung stehen.« Kok-sagys. Was zum Henker ist Kok-sagys?«

»Kok-sagys?«

»Kok-sagys.«

»Kok-sagys!«

»Die endgültige Lösung des jüdischen Kommunismus, Kok-sagys.«

»Heil Kok-sagys!«

»Geheiligt werde dein Name…«

»Manfred«, sage ich ernst, »hier soll alles komplett von Menschen gesäubert werden? Das gesamte Gebiet? Ist das wirklich die Absicht des Reichsführers?«

»Ja. Wenn wir sie finden, ja. Und sämtliche umliegenden Dörfer.«

*

Michael findet sie am Morgen des dritten Tages.

Das Loch hat einen Durchmesser von nicht viel mehr als ein paar Zentimetern, zwischen einigen Wurzeln und einer Sandbank. Michael kniet auf einem Bein, den Fuß hat er in den Sand gebohrt, mit dem anderen Stiefel steht er im Bach, sein ganzer Körper liegt schräg; er hat die Finger im Loch und schaufelt mit der Hand, der Sand spritzt zur Seite, es ist ein Luftloch. Ich schaue es mir an.

»Ich habe einen Tunnel gefunden!«, ruft er, die Männer laufen zusammen. Auch Manfred, er raucht.

»Eine Rauchgranate!«, befiehlt er.

Er sieht mich an, glücklich.

»Die Schweine bauen Tunnel, überall können die Ausgänge sein.«

»Genauso wie damals, als wir zu Hause Füchse gejagt haben«, sagt Michael. »Kannst du dich noch erinnern, Hans?«

»O ja«, erwidert Hans. »Es geht darum, die Ausgänge zu lokalisieren und die Höhle auszugraben. Aber immer erst mal alle Löcher finden.«

Ein junger Sturmmann kommt angelaufen.

»Welche Rauchfarben haben wir?«, erkundigt sich Manfred.

Der Sturmmann läuft zu den Lastwagen und schleppt eine Kiste heran.

Manfred öffnet sie, die Zigarette im Mund.

»Lila, gelb, blau ... was meinst du, Heinrich?«

» Ist mir egal.«

»Ach, komm schon ... mach mit!«

»Na ja ... dann lila.«

»Gut.«

Manfred nimmt eine lange dicke Granate aus der Kiste, nimmt Hans das Gewehr aus der Hand, montiert die Gewehrgranate, setzt sie auf das Loch und feuert. Er schießt noch zwei weitere ab. Wir hörend das dumpfe Grollen der explodierenden Granaten im Tunnelsystem.

Manfred sammelt eine Kompanie und befiehlt ihnen, sich im Wald zu verteilen. Wir warten.

»Hier!«, wird aus dem Wald gerufen.

»Und hier!«, von einer anderen Stelle.

Der lila Rauch steigt an sechs, nein, sieben Stellen auf, die letzte lila Säule ist vielleicht zweihundert Meter entfernt.

An allen Ausgängen und im Tunnelsystem sind Sprengladungen und Sprengrohre installiert. Als die Ladungen detonieren, sehen wir, wie der Boden sich hebt und bebt, allerdings platzt der Graben nicht auf, die Druckwelle verläuft nach unten und nach innen. Meine Ohren sind vom Luftdruck verschlossen.

Die abkommandierten Dorfbewohner fangen an zu graben, von den Rändern hinein ins Zentrum. Nach einer Stunde stoßen wir auf die ersten menschlichen Überreste, die Bauern legen sie auf die Lichtung. Die Zeit vergeht.

Manfred versucht, sie zu identifizieren, ich sehe, wie sein Mund sich bewegt. Er zählt.

Michael kommt auf seinen kurzen Beinen angestolpert.

»Komm, komm, wir haben ein paar gefunden, die noch zu erkennen sind.«

Als wir am Rand des fünf, sechs Meter tiefen Lochs stehen, sehen wir sie dort unten. Sie müssen durch die Druckwelle gestorben sein. Es sind drei, ineinander verschlungen.

Ein Hiwi befestigt sie an einem Seil, sie werden hochgezogen und ins Gras gelegt. Es handelt sich um zwei ältere Frauen und einen Jungen, der vielleicht zehn oder elf Jahre alt ist. Manfred geht in die Knie und legt zwei Finger an die Halsschlagader des Jungen.

»Er lebt!«

Er hebt ihn hoch und gibt ihm ein paar Ohrfeigen. Der Junge wirkt betäubt, wie in einer anderen Welt.

Er steht da und schwankt mit geschlossenen Augen. Manfred brüllt ihm ins Gesicht.

Michael tritt hinzu, zieht seine P 38 und hebt den Arm in Richtung des Jungen.

»Nein, verdammte Scheiße!«, schreit Manfred und schlägt Michaels Arm beiseite. »Nicht so …«

Michael blinzelt mit seinen Schweinsäuglein.

»Wie dann?«

»Ja, wie dann … das weiß ich auch nicht, noch nicht.«

Ich habe die Orientierung verloren. Wir fahren im Morast herum, Böschungen hinunter.

Der Junge sitzt zwischen Michael und Hans.

Die Flasche geht um.

Der Maschinengewehrschütze lädt durch, entsichert und dreht sich nach links. Das ganze Auto bebt, als er eine Salve auf den Wald abgibt.

Manfred streckt den Kopf aus dem Fenster, er steuert mit einer Hand, der Wagen beschreibt einen Bogen, er korrigiert die Richtung und schreit: »Heil Hitler!«

Jetzt dreht der Schütze sich um und schießt erneut, ich höre das Dröhnen an den Stämmen, die explodierende Borke.

Wir trinken noch einen Schluck, ich reiche dem Schützen die Flasche.

Wir johlen.

»Hallo! Heeeeiiil Hitlaaaaar!

Manfred steht auf dem Dach, der Schütze hält seine Beine fest. Manfred pisst.

Mit der anderen Hand schmeißt er die Flasche zwischen die Bäume.

»Steiner … du altes Naziscweinschwein! Ich liebe dich! Prost!«

Er kriecht wieder herunter.

Ich sehe, dass ihm die Tränen gekommen sind.

»Er hat mir alles beigebracht, Heinrich«, sagt er und streckt mir die Hand entgegen.

Am Zeigefinger trägt er einen großen Goldsiegelring mit den SS-Runen.

»Den habe ich von Hubert. Vierundzwanzig Karat. Mit Diamanten. Ist er nicht … hässlich?«

Er wischt sich die Augen aus und kichert, dann dreht er den Ring mit dem Daumen.

»Ich wollte ihn nicht tragen … aber jetzt …«

Michael legt ihm eine Hand auf die Schulter. Er schlägt sie weg.

Dann sieht er mich an.

»Heinrich?«

»Ja?«

»Jetzt weiß ich, wie er sterben soll … Momma.«

Weißrussisch, schwarzbunt

Manfred hat das Kommando zwischenzeitlich abgegeben, weil unsere kleine Gesellschaft den Wald verlassen hat und zurück nach Lida gefahren ist. Vor der Kolchose 31 haben wir gehalten, die Motoren laufen im Leerlauf, obwohl wir bereits seit einer Dreiviertelstunde warten. Manfred ist in der Kolchose, mit Hans, Michael und ein paar litauischen SS-Männern ist er hinter dem Betontor verschwunden. Flache Zementgebäude, deren Blechdächer in der Sonne stumpf aussehen, verrostete Maschinen – die Kolchose wurde bereits vor zwei Jahren verlassen und vollkommen ausgeplündert, die Tiere konfisziert, die Bauern weggejagt, den Parteibonzen hat man einen Strick um den Hals gelegt, sie wurden im Kornspeicher aufgehängt. Sowie wir nicht hinsahen, waren ihre Stiefel verschwunden, ich fand sie eine Woche später an einem neunjährigen Jungen in Lida – die bleichen verhungerten Beine in den großen feisten, schwarz polierten Stiefeln eines Politkommissars. Manfred hat erfahren, dass sich auf dem Gelände der Kolchose jetzt eine Zuchtstation des Instituts für Landwirtschaft befindet. Sie gehören entweder zu Görings Vierjahresplan, Kubes Kolonisten oder der Universität München, und sie kreuzen norddeutsche Rassen mit den vernachlässigten russischen, das großohrige Irkutsk mit den Hannöverschen – die mit den langen Schinken und den kleinen Ohren. Dänische Landrasse mit einer zusätzlichen Rippe mit Zivilskaja, der sowjetischen Kurzrippe mit Flecken und dreizehn Paar Zitzen oder so. Es ist verbotenes Terrain, ich habe keine Ahnung, was dort drinnen gezüchtet wird, Monster. Mir ist es gleich, die Sonne scheint, und einen Moment kommt es mir vor, als wäre dieser hellgrüne Sonnenschein, die Birkenblätter, dieses leise Rascheln schön, mir ist im Augenblick wirklich alles vollkommen egal, es riecht nach Heu und Sand; ich ziehe die vorletzte Efka aus der Packung und zünde sie an, als ich sehe, wie Manfred einen RSO heranwinkt, der auf seinen Raupenketten rückwärts auf den Hof rangiert. Die Litauer kuppeln einen Viehwagen an.

Michael hält den Jungen aus dem Wald an den Schultern fest.

»Komm schon, Heinrich!«, ruft Manfred, er schlägt Michael auf den Rücken. »Komm jetzt, verdammt noch mal!«

Es gibt einen Laufgang von den Schweinekoben zu einem System von Pferchen, der kleinste ist etwa fünf mal fünf Meter groß. Hier stellt Manfred mich hin, zwei Hände auf meiner Schulter, *warte hier …*

Der Matsch ist gewaltig durchwühlt, man sieht die Spuren der Klauen, die gepaarten Hufe zeichnen sich im Morast ab.

Manfred steckt mir eine Zigarette in den Mund und gibt mir Feuer.

Er reißt die Augen auf, als er sagt: »Schweinchen!«

Der Junge ist kahl geschoren. Er reagiert nicht, als der Litauer ihn ruft.

Der geht zu ihm und schlägt ihm mit der geballten Faust auf die Wange, der Junge stolpert und schaut den Litauer mit großen Augen an. Der Litauer brüllt.

Der Junge bewegt den Mund, aber er versteht nichts.

Der Litauer hebt den Gewehrkolben.

»Verflucht, er ist taub, Bulbis!«, ruft Manfred ihm zu und grinst. Er hält sich die Ohren zu. »Taub, er kann nichts hören! Hallo!«

Der Litauer verzieht das Gesicht zu einem verlegenen Grinsen, dann wendet er sich wieder dem Jungen zu. Er zieht sich am Kragen und dann an den Ärmeln, um dem Jungen klarzumachen, dass er sich ausziehen soll.

Doch der Junge versteht die Aufforderung nicht und starrt den Litauer an, verfolgt die Hände mit seinem Blick.

Der Litauer macht übertriebene Bewegungen, er konzentriert

sich, seine Zungenspitze zeigt sich, aber der Junge begreift es trotzdem nicht.

Manfred lacht.

Dann ruft er: »Komm jetzt!«

Der Litauer schnallt seinen Gürtel auf und zieht die Hose herunter, nickt dem Jungen zu. Jetzt versteht er.

Soll er alles ausziehen?

Jedes Mal, wenn der Junge etwas ausgezogen hat, sieht er den Litauer an, der ihm zunickt.

Auch das hier?

Ja, auch das.

Schließlich hat er nur noch Unterhose und Stiefel an; die Mangelernährung hat seinen Körper krumm werden lassen, der Nabel ist ein straffer Knoten.

Auch die Stiefel?

Ja, auch die Stiefel.

Er bleibt stehen, tritt von einem Fuß auf den anderen und blickt wieder zu Boden. Er zieht die Stiefel nicht aus.

Der Litauer geht auf ihn zu, schlägt ihn nieder, zieht ihm die Stiefel aus und wirft sie auf den Mist. Der Junge steht auf, schaut auf die Stiefel.

Dann bückt er sich und zieht die Unterhose aus.

Der Litauer ist schnell.

Er packt den Jungen zwischen die Beine und an die Brust und wirft ihn in den Pferch.

Manfred, Hans und Michael können sich kaum halten vor Lachen. Einer der Litauer zieht einen Flachmann heraus und lässt ihn kreisen. Der Junge ist vollkommen verdreckt, er bleibt still stehen und schaut zu Boden. Dann hebt er den Blick und lächelt verlegen.

Er kann die quiekenden Schweine im Koben nicht hören.

Sie poltern gegen die Stalltür.

Er kann nicht hören, wie ein Litauer die Umzäunung hinaufklettert und den Haken von der Tür tritt.

Einer der Eber, der schwarze mit den Flecken am rechten Ohr, ist mit drei Sätzen bei dem Jungen, stößt ihn mit der Schulter an der Hüfte und versetzt ihm einen Schlag mit dem Kopf.

Der Junge fällt, kommt wieder auf die Beine, will davonlaufen, rutscht aus. Der Eber ist hinter ihm her, er ist jetzt wütend und stößt den Jungen mit der Stirn in den Rücken, der Junge stolpert über die Einfriedung und stürzt.

Er muss sich am Kopf verletzt haben.

Er liegt mit dem Gesicht im Matsch.

Er liegt still.

Der Eber stößt ihn mit dem Rüssel an, schnüffelt und grunzt. Der Junge bewegt den Kopf, der Eber läuft zurück, vier, fünf Meter, dreht sich um und rennt dann mit dem Rüssel im Matsch wieder auf ihn zu, dreht den Jungen mit dem Kopf auf den Rücken.

Der Junge hat Dreck im Mund.

Michael geht auf die andere Seite und sticht ihn mit einem Stock in die Seite, dann zieht er die Mundwinkel hinunter und zuckt die Achseln.

»Er ist tot!«, ruft er.

»Ach«, brummt Hans.

Der andere Eber hat sich im Hintergrund gehalten, er ist etwas kleiner, hellrot mit weißen Ohren und großen schwarzen Flecken am Körper; an der Seite wurde ihm ein Metallventil mit einem Glasverschluss einoperiert, sodass man das Mageninnere sehen kann. Aus der Operationswunde tropft Flüssigkeit. Jetzt kommt er angelaufen und tanzt über das Schlammbad, den großen runden Kopf bis zum Nacken gestreckt. Die Nasenlöcher sind feucht und beben.

Die grunzende hellrote Schnauze.

Er steckt die Zunge zwischen die Lippen des Jungen und verteilt einen schaumigen Streifen Sabber über den Mund des Toten.

Der mit den gefleckten Ohren pisst einen harten Strahl in den Morast.

Der Weißohrige schlägt als Erster zu.

Zunächst gelingt es den beiden Ebern nicht, dem Jungen eine Wunde zuzufügen, sie stoßen und werfen die Köpfe herum.

Dann haben sie es geschafft.

Manfred fasst mir ans Kinn, hält meinen Kopf fest.

»Sieh dir das an, Heinrich, sieh genau hin …«

Ich sehe das hellrote Fleisch im Glasauge des Ebers, es wird eingesogen und im Magen umhergewirbelt.

»So«, sagt er. »So soll es sein.«

Er lässt mich los, und ich drehe den Kopf zur Seite.

»Es muss nur langsamer gehen«, sagt er. »Sehr viel langsamer.«

Das Wasser ist süß und kühl, ich schöpfe es mit der Hand und trinke, spritze es mir in den Nacken, strecke den Kopf ganz in den Eimer, massiere die Kopfhaut, stöhne.

Michael und Hans haben gegrinst. Ich hatte Blickkontakt mit Manfred, ich hielt die Hände auf die Knie gestützt, ich konnte es nicht bei mir behalten.

Sein Blick war steinhart.

Ich bin auf die Beine gekommen und mit unsicheren Schritten an den Brunnen gegangen, ohne mich umzusehen. Jetzt geht es mir besser.

»Es ist nur ein kreatürlicher Effekt«, sagt Manfred, legt mir die Hand in den Nacken und drückt zu. »Das liegt daran, dass wir Tiere sind. Und Tiere mögen es nicht, andere Tiere leiden zu sehen.«

»Ich kann nicht mehr, Manfred. Warum sollte ich mitkommen? Ich habe meinen Teil der Arbeit getan.«

»Na, na«, erwidert er. »Genauso ist es, wenn jemand gähnt. Dann gähnt man mit. Dafür muss man sich nicht schämen.«

Ich reiße mich los.

»Ich will nicht mehr mitmachen, Manfred. Das hier ist keine Polizeiarbeit, das ist Schlächterei.«

»Aber du musst, Heinrich. Du musst dabei sein, um ihn zu finden.«

Ich will noch etwas sagen, aber er hebt einen Zeigefinger und legt ihn an den Mund.

»Ich bin nicht bei der SS«, sage ich und sehe ihm in die Augen, ich halte seinem Blick stand. »Ich werde um meine Versetzung …«

Ich schaffe es nicht auszuweichen.

Das erste Mal trifft er mich direkt über dem Auge.

Mit dem zweiten Schlag trifft er mich auf den Mund.

Der furchtbare Schmerz des Goldrings.

Ich sitze hinter der Kolchose auf einem Baumstumpf und schaue über den Fluss. Wenn ich nicht auf den Lappen beiße, blute ich aus dem Mund. Manfred hat den Jungen befohlen, Weiden zu schneiden, die Äste stapeln sich in großen Haufen. Einer der Knirpse sitzt dort mit einem Messer, entrindet die Äste und wirft sie auf einen Stapel. Sie sind zu fünft, nicht älter als zehn oder zwölf, ein Teil des Gefolges menschlicher Wracks, die immer auftauchen, sobald wir erscheinen. Hinterbliebene, Jungen und Mädchen mit Rotznasen, Barfüßige, Alte, Gebrechliche, Schwachsinnige, die unflätig daherreden; einer von ihnen hat eine Fahne an einem Stock befestigt, mit Hammer und Sichel, darüber hat er SMERT SUKAM geschrieben, *Tod den Huren*. Er wedelt damit, brabbelt vor sich hin und zeigt uns seine Tätowierungen am Bauch, vier Zwiebeltürme und ein Andreaskreuz. Sie kommen aus dem Unterholz oder aus den flachen Hütten, um zu sehen, ob ein wenig für sie abfällt, ein paar Kopeken oder Reichsmark, ein Laib Brot, eine Tüte Salz.

Manfred unternimmt einen Inspektionsrundgang.

Jetzt kommt er zu mir.

Er hält irgendetwas Geflochtenes in der Hand, es sieht aus wie der Deckel eines Wäschekorbs. Die andere Hand liegt auf dem Rücken.

»Schön, nicht?«, sagt er und zieht den Arm hinter dem Rücken hervor; in der Hand hält er einen Dreizack aus einem gegabelten Ast und ein Holzschwert. »Sieh dir das an. Ein Gladiolus, eine Fascina und eine … wie heißt das noch?«

»Parma«, sage ich und zeige mit dem Kopf auf den geflochtenen Schild.

»Ja, natürlich. Parma. Du warst immer so tüchtig, Heinrich. Wie hießen sie … die Thraker und wie die mit dem Dreizack und dem Netz?«

»Retiarius …«

»Ja!«, ruft Manfred und schlägt mir auf den Rücken. »War es nicht Aischylos, der gesagt hat: ›Der Duft von frischem Menschenblute lacht mich an!‹? Sie wussten schon, wo's langgeht, die alten Griechen.«

Er fasst mich an die Schulter und dreht mich zu sich, kneift die Augen zusammen.

»Lass mich dich ansehen«, sagt er.

»Es ist nichts.«

»Mach den Mund auf.«

Er greift nach meiner Hand und zieht den Lappen beiseite, ich spüre, wie die Wunde im Unterkiefer aufplatzt.

»Das muss gesäubert werden«, erklärt er und pfeift nach einem Sanitäter.

*

Später, noch immer am Flussufer. Manfred steht mit gespreizten Beinen da, der Strahl ist dick und zäh.

Der Sanitäter pult mir die Reste von »unten rechts drei« mit einer Pinzette aus dem Unterkiefer und gibt mir eine Morphiumspritze direkt in die Wunde.

Manfred entschuldigt sich. »Ich weiß nicht, was mit mir los war. Das ist … ich kann's nicht erklären.«

»Ein Reflex?«

»Ja, ein Reflex. Genau.«

Er zieht die Hose hoch, knöpft sie zu und dreht sich um, dann holt er seine Efka aus der Brusttasche und kommt auf mich zu. Die Zigaretten ragen aus dem Päckchen. Ich nehme zwei, stecke Manfred eine in den Mund und gebe ihm Feuer.

»Kannst du mir vergeben?«

»Ja«, sage ich. »Wenn du diesen Scheißring wegschmeißt.«

Eine Sekunde erstarrt er. Dann tritt er einen Schritt zurück, zerrt den Ring vom Finger und lässt das schwere Schmuckstück auf der Handfläche liegen. Der stumpfe Glanz des Goldes, das hektische Blinken der Diamanten.

»Vierundzwanzig Karat. Und Diamanten … weißt du, wie viel der wert ist?«

Er blickt mir jetzt direkt in die Augen.

»Nein.«

Dann wirft er ihn in den Fluss.

»Bist du jetzt glücklich?«

»Ja.«

Wir bleiben eine Weile stehen und rauchen, schauen über den warmen, grünen Fluss, Insekten summen.

»Man schnappt irgendetwas auf«, beginnt Manfred kurz darauf. »Ein Bild, den Fetzen eines Gesprächs, bleibende Eindrücke. Eigentlich ist es doch merkwürdig, denke ich manchmal, dass *wir* uns an sie erinnern sollen. Dass sie nur noch in unserer Erinnerung leben sollen.«

»Wer?«

»Na, die Juden.«

Er verzieht den Mund zu einem Lächeln und spuckt ein paar Tabakkrümel aus, die Zungenspitze zwischen den Lippen.

»Neulich erst habe ich Michael angeschrien, weil er immer so stumpfsinnig ist. Weißt du, wie ich ihn genannt habe?«

»Nein.«

»Klotz!«

»Klotz?«

»Ja, ist mir so rausgerutscht … Klotz!«

Jetzt wendet er mir den Kopf zu und grinst.

»Mentsh … vergiss nie, Mentsh zu bleiben … sonst wären wir doch bloß Mumkhes fon Daytshland, oder? Mumkhes fon Daytshland.«

»Was?«

»Tja, Experten aus Deutschland …«

»Manfred …«

»Was ist?«

»Ich komme mit zurück. Aber nur unter einer Bedingung.«

»Und?«

»Ich will niemanden mehr töten.«

In der toten Zone

Manfred lässt mich im Kommandowagen sitzen, als wir zur zweiten Phase der Operation Hermann in die Wälder zurückkehren: *Verkleinerung des Kessels und Definition der Kampfzone*. Ein Blick aus dem Wagen: Herabstürzende Stukas, ein heulender Schwarm, und wenn sie wieder hochziehen, Serien gewaltiger Explosionen.

Sie kommen aus den Wäldern und zerren Tiere hinter sich her. Kühe, Pferde, Ziegen, kleine handgefertigte Bauer mit Vögeln und Fröschen. Ein Ukrainer aus dem SchuMa-Bataillon hält einen Igel im Arm, in einer Tasse hat er ein bisschen Milchersatz angerührt, eine kleine schlabbernde Zunge.

Reihen von Sklaven, mit Schlingen um den Hals verbunden, schwankend.

Der innere Kongo.

Manfred diktiert mir den Tagesbericht.

Er liefert die Zahlen und die Worte: Blutopfer, Bandit, Beute.

*

```
Tägliche Mitteilung. Abschrift
Fernschreiber. 16. Juli 1943
Absender: Hptstführer Schlosser, SS-Kavallerie 2
Betr. Operation Hermann, südwestlicher Sektor
Operation begann 10:00 Uhr.
Sperre wurde entlang der Koordinaten
54°1N, 26°19'O aufgebaut.
Stoßtruppen formiert in 1/2/40.

Gesammelte Kräfte:
SS-Kavallerie            2/4/75
```

SchuMa	3/6/130
Orpo	/1/21
Litauische HiWi	3/7/139

Bewaffnung:
3 Panzerabwehrkanonen
1 Flak
24 MG 42

Transport:
3 Lastwagen
1 selbstfahrende Kanone
3 Kübelwagen
2 Sdkfz: 1 233'er, 1 250'er-Kommandowagen
324 Pferde

Verluste, unsere: 1 leicht Verletzter (Orpo). Zwei Bunker geräumt. 3 verlassene, befestigte Lager verbrannt. 988 Banditen getötet, davon 251 Juden.
Beute: 1 deutscher Karabiner Modell 98, 6 Pistolen, Munition, 40 Holzminen.
128 Männer, 73 Frauen, 19 Kinder ins Reich abtransportiert.
120 Pferde, 21 Kühe, 214 Ziegen nach Iwenez geschickt.

Hauptsturmführer Manfred Schlosser
Für die Richtigkeit der Unterschrift:
Oberleutnant der Polizei Heinrich Hoffmann

*

Am Feuer, abends. Es ist der fünfte Tag der Operation. Der sommerlich helle Himmel hoch oben über uns.

Hier unten ist alles durchweicht, die feuchte Dunkelheit der Bäume, das fette Gras und der Morast lassen uns nicht los.

Manfred hängt seine Stiefel an zwei Stöcken über die Flammen, als wollte er Stockbrot rösten.

Er knickt ein Eselsohr in mein Exemplar von Ernst Jüngers *Das Abenteuerliche Herz*. Er summt einen Schlager, befeuchtet seinen Finger und macht noch ein Eselsohr.

»Manfred?«

»Hm?«

»Wir haben sechs Pistolen und einen Karabiner gefunden. Wie passt das mit neunhundertachtundachtzig Partisanen zusammen?«

»Banditen ... sie heißen Banditen, laut Himmlers neuestem Dekret von heute.«

»Dann eben Banditen. Es passt trotzdem nicht zusammen.«

»Du hast es selbst geschrieben.«

»Scheiße, Manfred, es ist eine Lüge. Und hör auf, mein Buch zu ruinieren!«

Er setzt sich halb auf, stützt sich auf den Ellenbogen.

»Es ist ganz einfach, Heinrich. Wenn sie tot sind, können sie keine Banditen mehr werden, oder?«

»Das ist nicht komisch, Manfred.«

»Nein, in diesem Punkt hast du recht. Es ist nicht komisch.«

Manfred legt das Buch beiseite, steht auf und dreht seine Stiefel.

»Es ist politisch«, fährt er fort. »Manchmal glaube ich, wir packen das alles falsch an.«

»Was meinst du?«

»Tja, indem wir zwischen Worten und der Wirklichkeit unterscheiden. Sonderbehandlung, Liquidierung, Säuberung, judenrein. Es handelt sich um Mord, Heinrich. Verdammt, wir sind doch keine Putzfrauen oder Funktionäre, oder? Die Juden werden schließlich nicht nur mit Bohnerwachs behandelt, als ginge es um irgendwelche verdammten Bakterien. Sie werden ausgeplündert, wir nehmen ihnen alles und lassen sie die Peitsche spüren, nackt verpassen wir ihnen eine Kugel in den Nacken, während ihre Kinder dabei zusehen müssen ... Gebete, Angst, dieses Bibbern vor dem Tod ... Elohim Yisrael ...«

»Manfred, hör auf!«

»Ach, Scheiße! Halt ausnahmsweise einmal deine verdammte Schnauze. Genau das tun wir … genau das tun wir, verflucht noch mal. Wir brennen ein Dorf nieder, müssen aber sagen, wir hätten tausendzweihundert Partisanen getötet. Nein, Banditen! Banditen und Säuberungen … das eine Wort stammt aus einem Scheißbuch für Jungen, das andere aus dem Darmsystem … Winnetou und Rizinusöl!«

»Nicht so laut, Manfred!«

»Hast du Angst? Hast du Angst, im …«

»Keller zu enden? Ja.«

Manfred sieht mich einen Moment an, enttäuscht, verletzt.

»Das ist Himmler«, sagt er leise. »Dieser Idiot …«

»Was ist Himmler?«, frage ich überrascht.

»Er war bei uns, im Oktober 41 in Minsk. Er wollte eine Aktion sehen, und Steiner hatte ein paar Juden für ihn aufgehoben. Himmler stellte sich an den Rand des Grabens, viel zu nah, aber niemand wagte, etwas zu sagen. Du hättest ihn sehen sollen! Er konnte es nicht bei sich behalten. Er kotzte und wurde ohnmächtig … Und jetzt will er das Ganze umdichten, damit sie es sich daheim gemütlich machen können, mit der Gewissheit, dass alles ordentlich geregelt ist und abgewickelt wird. Als ob Mord kühl ablaufen kann, Gaskammern und Zyklon B … als ob es sich um eine Wissenschaft handelt … das ist sentimental, das ist einfach dumm … Als ob uns unsere Scheißkategorien helfen könnten.«

»Carl Schmitt sagt, wir sind nur wir selbst, weil wir einen Feind haben … das ist doch eine Kategorie.«

»Genau! Aber warum können wir es nicht einfach wie dieser Jünger ausdrücken. Wir haben eine Grenze überschritten, dass alle Menschen gleich sind. Dies hier …« Er steht auf und breitet die Arme aus. »Dies hier ist eine neue Welt … und die Morde sind der Zutritt in eine neue Welt, eine Urwelt …«

»Ach ja? Und als du den Jungen zu den Schweinen geschickt hast, da hast du eine neue Welt geschaffen?«

»Ja! Die Wahrheit ist ...«

»... konsequent, das sagtest du bereits. Aber das ist grotesk und böse.«

»Wer sagt das?«

»Ich.«

»Du? Was ist mit deinen geliebten Römern? Die haben Mord doch geradezu zelebriert, sie haben ihn doch regelrecht hübsch gemacht, aber du glaubst, du könntest dich an ihren weißen Statuen und der schönen Poesie ergötzen – oh, Cicero und Capitol – und die Gewalt vergessen? *Das* ist grotesk, Heinrich.«

»Scheiße, du hast einen kleinen Jungen ermordet!«

»Genau das hat Steiner mich gelehrt. Die Konsequenz ... so etwas durchzustehen und anständig zu bleiben. Diese Gemeinschaft ...«

Er wischt sich mit dem Ärmel über die Augen, einen Moment wirkt er unendlich klein und schwach in der summenden Nacht. Er wippt auf seinen nackten Füßen.

»Weißt du überhaupt, was das ist«, fährt er fort, »Gemeinschaft, Liebe ...?«

»Es ist auch nur eine Lüge«, erwidere ich. »Eine böswillige Lüge.«

Manfred winkt ab.

»Was willst du dann, Heinrich?«

Er setzt sich und zieht die Stiefel an. Man hört das feuchte Saugen, als der Fuß in das dicke Leder gleitet.

»Willst du lieber allein sein?«

*

Als ich einige Zeit später erwache, ist es noch immer Nacht.

Manfred ist nicht da, sein Schlafsack ist verschwunden.

Ich setze mich auf, seine Satteltaschen sind auch fort. Und die Hutschachtel.

Ich schlüpfe aus dem Schlafsack, schlage die Zeltplane zur Seite.

Die anderen Zelte sind abgebaut.

Das Feuer ist ausgebrannt, wo sind die Wachtposten?

Spuren von Fahrzeugen.

Mit einem Mal bin ich hellwach, ich greife nach meiner PPK und krieche aus dem Zelt.

»Ist hier jemand?«

Ein Brei nächtlicher Geräusche. Das Schaukeln des Windes in den hohen Tannen.

Hier ist niemand, kein Mensch.

Die Dunkelheit und die Sterne, und ein Stück entfernt der sprudelnde Bach.

Ein Zweig knackt. Sofort schlägt der Puls schneller.

»Wo zum Teufel seid ihr?«

Ein Schwingen, ein Knirschen, dann der Schlag eines Spatens.

Es ist hinter den niedrigen Birken, im Gebüsch, in meinem toten Winkel.

Mit ein paar Schritten bin ich dort.

Ein paar hinterlassene Dosen, halb vergraben, die Reste eingemachter Früchte.

Ein Schatten, ich schnelle herum und drücke ab.

Das Projektil pfeift ins Gebüsch.

Ich renne dorthin.

Zweige peitschen mir ins Gesicht. Die PPK, rechts, links.

Ich bleibe stehen.

Blätter, diese flackernde Dunkelheit.

Dort drüben ist jemand. Ein Körper bewegt sich, ich feuere erneut.

Der hintere Körperteil in der Luft, zuckende Beine.

Schuss, Borkensplitter, Mündungsfeuer.

Der weiße Spiegel verschwindet mit einem Rascheln des Waldbodens.

Ein Reh. Es war nur ein Reh, das von den Dosen mit den Früchten gefressen hat.

Ich kontrolliere das Magazin. Ich habe noch eine einzige Patrone.

Ich bin ganz allein im Wald.

In dem diffusen Morgenlicht gehe ich zurück zum Zelt, ein bleicher Nebelschaum hat sich bereits über die Dinge gelegt.

Als ich mich bücke, um die Heringe herauszuziehen, höre ich wieder dieses Geräusch.

Dort ist jemand, jetzt am Fuß des Hügels. Ich stehe auf und gehe langsam die Böschung hinunter.

Das Geräusch wird lauter, deutlicher, ein Klopfen, das Pochen eines Steins, Platschen.

Es ist hinter den Steinen, genau dort, wo der Bach eine Biegung macht, ein paar Meter unter mir.

Dort sitzt jemand mit dem Rücken zu mir.

Er sieht aus wie ein Kind, das einen viel zu großen Mantel trägt.

Mit hastigen Bewegungen wäscht er irgendetwas im Bach.

Etwas Rotes zieht sich durchs Wasser, in Klumpen.

Noch immer kann ich das Gesicht nicht sehen, aber die Hände erkenne ich jetzt deutlich, er hat seine Finger in etwas Blutigem. Hautfetzen, Fleisch.

Er dreht mir den Kopf zu.

Er hat keinen Mund, keine Lippen.

Ich kann direkt auf die Knochen sehen – er hat drei Reihen Zähne im Gaumen.

»Willst du auch eine Behandlung?«, fragt er.

Ich springe auf, als er sich zu seiner vollen Größe erhebt.

»JA, DU BRAUCHST …«

»Wo um alles in der Welt bist du gewesen? Du warst drei Stunden verschwunden!«, schimpft Manfred, bereits zu Pferd, als ich angelaufen komme. »Wir wollten schon ohne dich fahren.«

»Er … hast du ihn gesehen? Unten am Bach?«, sage ich und schaue auf die Zelte und die Pferde, die gerade gesattelt werden, die gelöschten Feuer.

»Wen?«

»Da war ein Junge, der hatte drei Reihen Zähne. Aber er hatte kein … Gesicht.«

Manfred wendet sich an irgendjemanden auf der anderen Seite und zieht an der Kandare, das Pferd dreht sich.

»Tja … aber gut, dass du da bist«, sagt er und gibt dem Pferd einen Klaps mit der Peitsche. An der Flanke des Pferdes zeichnen sich die Muskeln ab, als er den Hügel hinabgaloppiert.

*

Der siebte Tag, am Feuer.

Manfred liest noch immer *Das Abenteuerliche Herz*, aber eher halbherzig. Er knickt keine Eselsohren mehr in das Buch, kratzt sich stattdessen, furzt, steht auf und vertritt sich die Beine.

»Dieser Junge, von dem du geredet hast«, sagt er.

»Ja, was ist mit ihm?«

»Ich glaube, wir haben ihn. Hatte er einen viel zu großen Mantel an?«

»Ja.«

»Michael hat ihn wie einen Fasan aufgestöbert und erschossen. Du hattest recht. Er hatte drei Zahnreihen, ich habe es kontrolliert. Vorne die Milchzähne, dann die normalen Zähne und dahinter noch eine Menge kleiner spitzer Beißerchen. Er sah aus wie ein Hai, der kleine Mann. Es war allerdings kein Kind, er war uralt. Im Übrigen glaubt der Führer, es sei finnisch.«

»Was?«

»Er glaubt, der Wortstamm *Rus* ist das finnische Wort für *Schweden* … die Weißrussen sind Schweden. Wie war das jetzt … oder ist es das schwedische Wort für *Finnen*? Ich hab's vergessen.«

»Warum können sie nicht einfach Weißrussen sein?«

»Was weiß ich. Es hängt irgendwie mit ihrer Kopfform zusammen. Sie ist nicht so wie bei den Slawen. Kann sein, dass es sich um eine seiner sonderbaren Theorien handelt.«

»Aber wir haben doch nichts gegen Schweden und Finnen, oder?«

»Nein.«

»Warum bringen wir dann ihre weißrussischen Brüder um?«

»Das weiß ich nicht, du Scheißwortklauber! Wie der hier.«

Er schlägt das Buch auf, schaut mich frech an und wirft es ins Feuer.

»Was machst du denn da?« Ich springe auf.

Ich stecke die Hände ins Feuer, bekomme das bereits verrußte Buch mit zwei Fingern zu fassen und lasse es ins Gras fallen.

»Scheiße, verdammte!«

Manfred ist ebenfalls wieder aufgestanden, er hebt die Fäuste, lässt den Kopf pendeln und schlägt ein paar schnelle Jabs in die Sommernacht.

»Willst du Prügel beziehen? Komm schon! Los … du kleiner Lügner.«

»Hör schon auf.«

»Ach, all deine Gedichte an meine Schwester, *Abend, ein Wort, daraus Tiefsinn und Trauer rinnt. Wie Honig aus den Waben …* Tiefsinn! Mein Gott!«

»Hast du in meinen Sachen geschnüffelt?«

»Ja, weil dir nicht zu trauen ist.«

Er bewegt die Schultern, duckt den Körper, weicht nach links aus, täuscht eine Finte an und schlägt einen Uppercut.

»Komm schon!«

»Ich will nicht.«

»Ich habe übrigens eine ganz neue Ästhetik erfunden … die genau auf solche Schwachpisser wie dich zutrifft.«

Er entspannt sich, streckt die Hand nach mir aus.

»Komm schon, gib mir die Hand.«

Ich gehe zu ihm und strecke meine Hand aus. Er holt aus.

»So! So muss es sein!«

Ich taumele zurück, halte mir die Wange.

»Wie eine Ohrfeige? Ja, ja … wie originell …«

»Ja. Das ist das Prinzip, nicht wahr? Was bedeutet eine Hand? Nichts, oder? Du kannst nicht wissen, ob es um einen Händedruck geht oder um eine Faust in die Fresse!«

»Der Zusammenhang …«

»Der Zusammenhang? Es geht doch nur um deine eigene Angst vor dem, was du nicht verstehst. Hier gibt es keinen Zusammenhang. Der Bauer, dem du gerade eine Reichsmark geschenkt und dessen kleinem Mädchen du den Kopf getätschelt hast, bohrt dir eine Sekunde später sein Schlachtermesser in die Eingeweide. Wir finden mitten im Wald eine Missgeburt ohne Gesicht und mit drei Reihen Zähnen. Ein Junge oder ein Greis? Wir haben keine Sprache für das hier.«

»Und worauf läuft deine neue Ästhetik hinaus?«

»Es gibt keine Zuflucht, Heinrich. Ich will die Ästhetik der Unsicherheit. Klingt gut, oder? Du darfst nicht wissen, ob es Spaß oder Ernst ist, du darfst nicht wissen, ob ich komme, um dich zu töten … es wird hysterisch! Die Ästhetik der Hysterie, klingt das besser?«

»Ich weiß es nicht.«

»Alles muss sich im Handumdrehen verändern, du wirst nie sicher sein können, du sollst vor Entsetzen lachen. Es sind Nietzsche und Münchhausen! Und noch ein paar andere, ha! Ich weiß auch schon, wie es heißen soll.«

»Wie denn?«

»Manfredismus.«

»Manfredismus?«

»Genau. Du wirst es lieben.«

*

Neunter Tag, am Feuer.

Heute Morgen fanden wir Semjon, den Hiwi, mit dem Kopf im Morast, der Hinterkopf und die rechte Seite des Kiefers fehlten. Ein Unfall, eine verirrte Granate. Ich sollte etwas empfinden. Der lange Körper schwappte im Schlamm. Ich dichtete es im Tagesbericht um in »`Banditenfeuer`« und schrieb »`Verluste, unsere: Ein Gefallener (Hiwi)`«, bestätigte die Richtigkeit der Unterschrift und schickte den Bericht zum Fernschreiber. Er hat mir das Leben gerettet, meine Zigaretten geraucht, er hat ein Kind mit bloßen Händen ermordet.

Heute gibt es Kaninchen.

Manfred ist ausgetreten, ich kann ihn irgendwo in der Wildnis hören, er entleert sich und stöhnt, während das Tier über dem Feuer ebenfalls sein Inneres austropft. Es ist inzwischen Routine, dass nur wir beide am Feuer sitzen – um uns herum das Rumoren und Plaudern des gesamten Lagers, stinkende Männer und schnaubende, störrische Tiere, Schnaps und Waffenöl, ein Bugsieren, Drücken und Schieben, Gegenbefehle und brüllende Motoren, Schreie und plötzlich totenähnlicher Schlaf. Jetzt sind nur Manfreds Rascheln, die leise Unterhaltung der Wachtposten und Kommandos zu hören, eine plötzliche Salve in die Wildnis von einem der MG-Schützen, das Flackern des Waldes in dem künstlichen Licht.

Manfred hat das Kaninchen abgezogen und mit Honig eingerieben. *Morgen passiert's*, hat er gesagt. *Und du hast zwei Tage nichts gegessen.*

Ich drehe den Spieß mit dem stramm glasierten Körper und dem schmelzenden Nagerkopf über der Glut.

Ich habe keinen Hunger, ich bin todmüde und kann nicht schlafen.

Morgen leiten wir Phase 3 ein: *Der letzte konzentrierte Angriff auf den verkleinerten Kessel.*

Ich kann keinen Kessel erkennen, nur Bäume und Dunkelheit, Bäume und Licht.

Ich versuche an Eline zu denken, kneife die Augen zusammen.

Kurz darauf öffne ich sie wieder.

Aus der Innentasche ziehe ich das aus den Flammen gerettete *Abenteuerliche Herz*, es ist schweißgetränkt und stinkt. Manfred hat wie ein Vandale darin gewütet, er hat Stellen angestrichen, Ausrufezeichen und andere kleine Zeichen hineingeschrieben – Stenografie, ein Code oder unbeholfene Zeichnungen, Diagramme oder was, Tiere? Ein Abschnitt ist durch seine Striche fast nicht mehr lesbar, »Das Entsetzen«.

Ich lese die letzten Zeilen durch seine Bleistiftornamente.

Ahnst du, was vorgeht in jenem Raum, den wir vielleicht eines Tages durchstürzen werden und der sich zwischen der Erkenntnis des Unterganges und dem Untergang erstreckt?

Manfred hat ein hässliches Dreieck an den Rand gezeichnet und durch einige Zahlen an jedem Winkel ergänzt; ich drehe das Buch und sehe, dass es sich um Koordinaten handelt. Ich erkenne sie wieder. Es ist das Dreieck Naliboki, Iwenez, Rubesjewitsch. Die Operation Hermann.

Er ist hier, *jener Raum*.

Jetzt höre ich, wie er sich hinter mir anschleicht.

Pssst!

»Manfred«, sage ich, hebe den Arm mit dem Buch und wende mich um, »was soll denn der Scheiß?« Aber hinter mir ist niemand, ich springe auf und stehe mitten in der leeren Nacht.

»Manfred?«

Pssst!

Ich drehe mich in Richtung des Geräuschs, plötzlich panisch, höre aber nur ein Rauschen aus der Dunkelheit des Waldes und den Pulsschlag der Glut, die magere Leiche auf dem Bratspieß.

Ich horche angespannt, es ist ganz still, nicht ein Laut.

Ich bücke mich nach meiner Waffe und schaue in den leeren Kopf des Kaninchens.

Es knistert, als der Körper des Kaninchens sich dreht und der Kopf an dem Bratspieß sich schräg legt.

Pssst!

»Und jetzt, Kaninchen?«, sage ich, als ich meine Zigaretten in der Brusttasche finde, den Mund spitze und die Zigarette anzünde. »Wolltest du von jemandem grüßen?«

Psst!

Fleischsaft spritzt auf, als der Bauch aufplatzt.

Psst…

Als ich in der Nacht aufwache, umklammert mich Manfred von hinten.

Ich versuche, mich aus der Umklammerung zu befreien, ohne ihn zu wecken, aber mit jeder Bewegung ziehen sich seine Arme und Beine fester um mich.

»Manfred, du erwürgst mich.«

Er antwortet nicht, ich habe sein Knie im Rücken, sein Kinn an meinem Schulterblatt.

Ich reiße einen Arm los und will seine Finger auseinanderbiegen, aber die Gelenke sind starr, ganz kalt. Die Fingernägel blau.

»Manfred, was ist los mit dir?«

Ich versuche ihn abzuwerfen, aber stattdessen rolle ich selbst herum, noch immer habe ich das Gefühl, in einem Schraubstock zu stecken, sein Gesicht ist ganz nah.

Ich höre nicht, dass er atmet.

»Manfred, verflucht!«

Der Kiefer fällt herunter, aber er gibt keinen Laut von sich.

»Wach endlich auf!«

Jetzt öffnet er die Augen.

Die Pupillen sind groß und starr.

Wie mit einem bläulichen Häutchen überzogen.

Jetzt bin ich in seinem Auge.

Zunächst ist dort nichts, dann höre ich ganz tief in der Dunkelheit das Klicken.

Danach das Aufblitzen von etwas Schwarzem, eine Hand mit Ringen, ein Nacken.

Es ist eine Frau, sie wendet mir den Rücken zu, in einem schwarzen Samtkleid mit Puffärmeln.

Sie hebt ihr Kleid, sie trägt Lackschuhe.

Sie knallen auf den Boden, jetzt erhöht sie das Tempo.

Ist das ein Stepptanz?

Sie winkt mir, wendet sich mir zu.

Und nun singt sie:

Ich weiß, es wird einmal ein Wunder geschehn
und dann werden tausend Märchen wahr.
Ich weiß, so schnell kann keine Liebe vergehn,
die so groß ist und so wunderbar.

Phase 3: Der konzentrierte Angriff

Manfred sitzt neben meinem Kopf in der Hocke, schwarze und grüne Streifen im Gesicht.

»Hallo«, sagt er, als ich nicht reagiere.

Es ist früher Morgen, der zehnte Tag.

»Schmier dir damit das Gesicht ein«, sagt er und reicht mir eine Dose.

Ich krieche aus meinem Schlafsack. Es ist Schuhcreme, schwarz.

»Hm«, brumme ich. »Und was soll ich damit?«

»Wir haben kein Grün mehr«, erklärt er und verlässt das Zelt.

Er hat ein Netz über seinen Helm gezogen, in das er Stroh und Blätter gesteckt hat.

»Es wird heute eine Menge Funkverkehr geben. Meinst du, du schaffst das?«

»Ja, ja.«

»Kein Jaja hier. Bist du sicher?«

»Ja.«

»Und du hast die Signalcodes?«

»Ja.«

»Und die Übersicht über die Einheiten? Die Karten?«

»Ja.«

»Ja, wozu? Übersicht oder Karten.«

»Ich habe das schon mal gemacht, Manfred.«

»Na und?«

»Ja, sowohl zur Übersicht wie zu den Karten.«

»Es gab kein Grün mehr«, erkläre ich dem Funker und dem Fahrer, als ich mit schwarz bemaltem Gesicht in den bereits fahrenden Kommandowagen steige.

Sie sind angespannt und erwidern nichts. Ich setze mich und schaue über das abschüssige Gelände, Laubwald, Unterholz und das Rasseln der Panzerketten durch den Morast. Der Wald um uns herum scheint überall lebendig zu sein, Wellen von schwarz-grün gefleckten Soldaten bewegen sich durchs Terrain. Still und effizient, nur der Lärm der Motoren verrät uns. Manfred schließt zu uns auf und legt eine Hand auf den Seitenpanzer.

»Eigentlich ganz schön, oder?«

»Ja«, antworte ich und setze mich wieder, als ich bemerke, dass ich meine Hand auf seine gelegt habe.

Ich falte die Karte auseinander. Das gesamte Gebiet wurde gestern und vorgestern aus der Luft fotografiert, alle auffälligen Landmarken sind mit Koordinaten versehen. Die Ausgangspositionen unserer Einheiten sind in dem Bereich aus kleinen Höhenrücken, Schluchten und Urwald eingezeichnet, der den verkleinerten Kessel bildet, der letzte Punkt, an dem wir noch nicht gewesen sind. Ein Gebiet von ungefähr vier bis fünf Quadratkilometern, an zwei Seiten umgeben von Sümpfen und Seen, in denen unsere Fahrzeuge nicht operieren können, wo es aber freies Schussfeld für die Stuka- und Heinkels-Staffel gibt, die uns ständig überfliegt und Kondensstreifen in den Himmel zeichnet. Wenn es hier größere Partisaneneinheiten gibt und nicht nur panische Juden und vertriebene Bauern, müssen sie an uns oder Dirlewanger vorbei, der nordöstlich von uns in einem Trichter von über zwei Kilometern Durchmesser liegt.

Wir sollen den Angriff leiten.

Es ist zehn vor sechs, als wir zwischen ein paar Bäume fahren, im Schutz eines Abhangs, um kein feindliches Feuer auf unsere Antenne zu provozieren, die wie ein Bettrahmen rund um den Panzerwagen liegt. Hinter uns richten Sanitäter einen Verbandsplatz ein und schlagen das große grüne Zelt auf. Vor uns liegt ein Hügelkamm, dann eine breite Lichtung, danach geht es in die Dunkelheit des Waldes, die Kampfzone.

Einen Augenblick später beginnen die Stukas den Angriff, sie formieren sich und stürzen herab.

Die Luft bebt, als die Bomben detonieren.

Als sie verschwunden sind, ist es ganz still.

Die Rauchsäulen nach den Einschlägen.

»Die Zweite Kompanie rückt an der rechten Flanke vor«, gibt Manfred dem Funker durch. »Fünfhundert Meter vorrücken bis zur Lichtung. Danach die Dritte von links.«

Der konzentrierte Angriff auf den Kessel hat begonnen.

*

Es regnet.

Manfred ist auf den Hügel vor uns gestiegen, um sich einen Überblick zu verschaffen.

Der Fahrer hat vor einer halben Stunde eine Plane über den Wagen gezogen und sie an der Antenne befestigt; es hört nicht auf zu regnen, und ich stoße in regelmäßigem Abstand unter die Plane, um das Wasser ablaufen zu lassen.

Von hier aus sehe ich nur einen kleinen Streifen des Himmels und den oberen Teil der Büsche und Gräser des Abhangs.

Hin und wieder tritt Manfred mit seinem Fernglas ins Bild.

Wir operieren mit drei Gruppen, zwei Gürtel aus Stoßtruppen, die sich in einem Abstand von drei- bis vierhundert Metern die Hügel hinaufbewegen, und unten eine breite Schützenlinie, um Flüchtige abzufangen, wenn sie an den ersten beiden Gruppen vorbeigekommen sein sollten.

Kurz nach sieben hat es Feindberührung gegeben.

Ein paar Minuten waren im Funkgerät deutlich hektische Stimmen und das Hacken von Maschinengewehren zu hören gewesen, im Hintergrund langsame russische Maschinenpistolen.

Danach Stille, mehrere Schüsse, mehrere Anrufe, zwischen zehn und elf wurden Rauchgranaten in etwas geschossen, das sich als leerer unterirdischer Bunker erweisen sollte, dann wieder Stille.

Jetzt gab es lange nur Positionsmeldungen, ich trage sie mit einem roten Buntstift in die Karte ein.

Ich stoße unter die Plane.

Manfred streckt seinen Kopf herein.

»Scheiße, wieso passiert nicht endlich was. Wo zum Teufel stecken die?«

*

Eine halbe Stunde später essen wir unter unseren Regenumhängen gekochten Mais vom Primuskocher, es regnet noch immer. Die Wolken sind sehr nah.

Die Hutschachtel steht zwischen Manfreds Beinen.

Es ist unerträglich heiß.

»Glaubst du eigentlich, dass Momma da drin ist?«, fragt er und fährt sich mit der Zungenspitze über die Zähne. »Oder ist das alles nur ein Hirngespinst?«

»Was meinst du?«

»Na ja, die ganze logische Kette – der tätowierte Hahn, Workuta, Schibbolet, die Zwillinge in Zaludok, Momma –, war das nur ein Witz, den irgendein Idiot erzählt hat?«

»Ich weiß es nicht. Vielleicht. Aber wer ist dann der Idiot?«

Er schluckt, leckt sich die Finger, öffnet die Metallbügel seiner Blechschachtel, hebt den Kopf heraus und streckt ihn mir mit beiden Händen hin.

»Er hier, vielleicht?«

Elias Bronstejns' grüne Glasaugen schauen mich an.

Der niedrige Haaransatz, das längliche Gesicht.

Der Mund ist von innen vernäht, der Faden wurde durch die dicken Lippen herausgezogen.

»Und wenn er das nun überhaupt nicht ist, sondern nur irgendein zufälliger Narr?«

»Ja, und dann?«

»Tja, dann …« Manfred klappt den Sitz heraus, der am Seitenpanzer befestigt ist, und stellt den Kopf darauf. »Dann sind wir die Dummen.«

Das Funkgerät schnarrt.

Faust 1 an Hermann 2. Wir haben noch einen unterirdischen Bunker lokalisiert.

»Hier Hermann 2. Geben Sie die Position durch …«, erwidert der Funker.

Ein paar hundert Meter südlich der Höhe 11. Wir haben zwei Ausgänge gefunden …

Ich zeichne die Position ein.

Wir haben keine Rauchgranaten mehr. Sollen wir eine Gruppe hineinschicken oder sprengen?

»Schicken Sie eine Gruppe runter«, befiehlt Manfred über meine Schulter hinweg.

Verstanden …

*

Ein paar Minuten später.

Faust 1 an Hermann 2.

»Hier Hermann 2.«

Es ist ein größeres System dort unten, wir haben nicht alle Ausgänge gefunden … Sollen wir weitermachen oder auf Rauchgranaten warten?

»Hatten Sie Feindberührung?«

Nein, noch nicht, aber wir haben Munition und Vorräte gefunden.

»Weitermachen!«, ruft Manfred.

Halt, warten Sie mal …

Manfred übernimmt den Funkempfänger.

»Hallo! Hier Hermann 2!«, ruft er.

Aus dem Funkgerät ist nur ein Sausen zu hören, dann wird es wieder eingeschaltet.

Wir hören Schüsse, es klingt nach deutschen Waffen.

Wir liegen unter heftigem Feuer. Es wimmelt …

Dann ein Knall und Stille.

»Ruf die Dritte Kompanie an, liegen die nicht ein Stück weiter oben?«

Ich überprüfe die letzte Positionsmeldung.

»Hermann 2 an Georg 2, Georg 2, hören Sie mich?«

Hier Georg 2.

»Was ist los bei euch?«

Ich kann nichts sehen, aber es ist heftig hier oben.

»Haben Sie einen Überblick, um wie viele Partisanen es sich handelt?«

Zweihundert bestimmt. Sie haben Mörser und MGs.

»Haben Sie Kontakt zur Ersten Kompanie?«

Sie kommen wie die Pilze aus dem Boden!

Stille.

Dann wieder Funkkontakt.

Faust 1 an Hermann 2.

Die Kompanie in der Mitte des Hügels.

Sie sind durchgebrochen …

»Wohin, wie viele sind es?«

Wir haben sechs Verwundete und einen Toten.

»Wie viele sind durchgebrochen?«

Der Soldat bespricht sich mit jemandem im Hintergrund, Rufe sind zu hören, Explosionen.

Zwanzig, dreißig, mindestens … Sie sind auf dem Weg …

»Wohin?«

Direkt auf Sie zu.

Wieder sieht Manfred mich an.

»Was haben wir hier unten?«

»Die Orpos, eine Abteilung Hiwis und eine Abteilung der SS-Kavallerie.«

»Schützenlinie bilden!«, brüllt Manfred dem Funker zu. »Und die MGs bereit machen!«

»Faust 2, bilden Sie eine Schützenlinie, es kommen Partisanen auf Sie zu«, gibt der Funker weiter.

Hier Faust 2. Wir können nichts sehen.

»Sie müssten in ein paar Minuten da sein, zirka zwanzig bis dreißig.«

Manfred klopft dem Fahrer an den Helm.

»Fahren Sie den Hügel hinauf und sichern Sie das Gelände von dort. Ich gehe hinein.«

Er springt heraus, der Panzerwagen setzt sich in Bewegung.

Als wir unter den Bäumen hervorkommen und den Hügelkamm hinaufrollen, hören wir in ungefähr einem Kilometer Entfernung Explosionen im Nebel, sehen können wir aber nur den Waldrand und die Lichtung vor uns.

Manfred reitet an uns vorbei, den Abhang hinunter, über die Lichtung.

Zwei Hiwis laufen hinter ihm her.

Jetzt sind sie fünfhundert Meter voraus zwischen den Bäumen verschwunden.

Der Schütze entsichert das MG.

Dann ist es wieder still.

Ich beobachte durch mein Fernglas die Bäume, kann aber keine Bewegung erkennen.

Manfred ist vor fünf Minuten losgeritten. Der Schütze steht direkt neben mir, die Augen auf den Wald gerichtet, den Finger am Abzug des Maschinengewehrs. Ich habe ihn schon einmal gesehen, als wir Steiner bei Belize fanden, es ist der Schwachkopf, der auf die Hunde geschossen hat.

Eine MG-Salve rechts, ich schwenke mein Fernglas dorthin, der Wald besteht jedoch nur aus flimmerndem Licht. Dann noch eine Salve, rasche Explosionen, Rufe. Ich sehe einen Hiwi mit seinem Karabiner in der Hand aus dem Wald auf uns zulaufen. Er dreht sich um seine eigene Achse, als er von hinten getroffen wird, ein Schuss aus dem Wald.

»Sind Sie bereit?«, frage ich den Schützen.

Ich klopfe ihm auf den Helm und zeige auf den Wald.

Ich halte das Fernglas auf die Stelle, wo der Hiwi herauskam, als im Wald wieder Schüsse zu hören sind.

Ein Mann mit Jacke und Mütze tritt zwischen den Bäumen hervor, er geht in die Hocke und sieht sich um, bevor er sich umdreht und ein Zeichen in den Wald gibt. Er hält eine russische Maschinenpistole in der Hand, die Trommel hinter dem Lauf. Jetzt tauchen vier weitere Männer hinter ihm auf, alle tragen Karabiner und Rucksäcke.

Sie zögern einen Moment, bevor sie auf die Lichtung treten und zu laufen beginnen.

Sie kommen direkt auf uns zu.

Wir lassen alle fünf ganz bis ins Freie kommen, bevor wir feuern.

Das Maschinengewehr schlägt gegen die Schulter des Schützen, die Patronenhülsen rasseln auf den Boden.

»Teufel noch mal!«, brüllt er.

Wir verpassen ihnen eine Extrasalve, als sie bereits am Boden liegen.

»Scheiße, zum Teufel noch mal!«, brüllt der Schütze erneut.

»Beruhige dich«, sage ich, aber auch mein Kopf glüht vor Erregung.

Habt ihr sie?

Es ist Manfreds Stimme im Funkgerät.

»Ja.«

Gut, wir räumen hier auf, dann komme ich zurück.

»Habt ihr Momma gefunden?«, erkundige ich mich.

Nein. Die Verletzten werden gerade zum Verbandsplatz gebracht.

Der Schütze dreht das MG wieder in Richtung Waldrand, lädt durch.

»Halt, das sind unsere Leute!«, schreie ich ihn an.

Zwei Sanitäter kommen mit einer Bahre aus dem Wald.

Einen Augenblick später zwei weitere.

Im Wald wird wieder geschossen.

*

Ein paar Minuten später.

Die ersten beiden Bahren sind zum Verbandsplatz hinter uns gebracht worden.

Die letzten beiden Sanitäter haben gerade die Mitte des Hügels erreicht, als wieder geschossen wird, der hintere Träger bekommt einen Schlag in den Rücken und stürzt in den Matsch. Der verletzte SS-Mann fällt von der Bahre und schreit.

Das Funkgerät schnarrt.

Heinrich!, schreit Manfred.

Ich habe den Panzerwagen bereits verlassen und rutsche mit den Füßen zuerst den Hügel hinunter.

Dem Sturmmann fehlt der Unterschenkel, er liegt auf der Seite, schlenkert mit dem Beinstumpf und brüllt.

Der tote Sanitäter liegt am Boden im Gras. Der andere gibt dem Verletzten eine Morphiumspritze und zieht die Aderpresse stramm, er beißt in die Gaze. Wasser spritzt auf, als eine weitere MG-Salve an uns vorüberstreicht und wir den Verletzten wieder auf die Bahre ziehen. Mehrere Einschläge in den Körper des Toten, kleine Explosionen in den Pfützen. Ich greife nach der hinteren Tragestange und bekomme Blickkontakt mit dem Sanitäter.

Längliches, geschwärztes Gesicht, blaue Augen.

»Jetzt«, sage ich, er dreht sich um und greift zu.

Die Kugeln pfeifen uns um die Ohren, als wir uns den Hügel hinaufkämpfen.

Der Verletzte hat das Bewusstsein verloren.

*

Als wir den Kamm erreichen, stellen sie das Feuer ein.

Drei Reiter kommen aus dem Unterholz hinter uns, sie sehen aus wie Manfred und zwei Männer von der SS-Kavallerie. Vier Schäferhunde hetzen hinter ihnen her.

Wir laufen nun den Hügel hinab, die Reiter sind bereits wieder verschwunden.

Mit einem Mal ist es in dem strömenden Regen ganz still.

Der Mann auf der Bahre bewegt sich nicht mehr, ist er tot?

Der Verbandsplatz dort unten, in hundert Metern Entfernung, vielleicht können wir es schaffen.

Der Ärmelstreifen des Sanitäters. Totenkopf.

Was macht jemand aus Steiners Division hier? Die nackte Leiche in Belize…

»Sie«, sage ich. »Aus welcher Einheit kommen Sie?«

Plötzlich zieht er an der Bahre, ich falle vornüber.

Er hält seine Waffe in den Händen und zielt auf mich, als ich den Kopf hebe.

Ein Ruck durchfährt meinen Körper.

»Momma? Bist du es?«

Er erstarrt einen kurzen Moment und sieht mich aus seinen hellblauen Augen an.

Ich sehe keine Furcht darin.

Was ist es dann, Hohn?

Jetzt kann ich direkt hinter dem Hügel Hufschlag hören.

Die Hunde bellen.

Momma wendet sich langsam den Geräuschen zu.

Dann dreht er sich wieder zu mir um.

Ich spüre einen Schlag am Hals und taumele zurück.

»Hast du ihn gesehen?«

Manfred ist von seinem Pferd gesprungen und schüttelt mich.

»Ja, er… bin ich getroffen?«

Ein gemeiner Schmerz an der Seite des Halses.

Adrenalin pumpt durch meinen Körper.

»Hier«, sagt Manfred und gibt mir einen Lappen, den ich an den Hals presse.

Als ich auf die Beine komme, sitzt Manfred bereits wieder im Sattel und holt die beiden anderen Reiter auf der anderen Seite des Verbandsplatzes ein – schwere Körper, die durchs hohe Gras mähen. Einer der Hunde überschlägt sich, als er getroffen wird, kurz bevor er das Gebüsch hinter dem Operationszelt erreicht.

Dann mehrere Schüsse.

Schreie.

Zwei, drei Schüsse.

Ich setze mich, versuche mich zu beruhigen.

*

Fünf Minuten später kommt Manfred zurück.

Er zieht einen Mann an einer Schlinge um den Hals hinter sich her, dessen Hände auf dem Rücken zusammengebunden sind.

Sie haben ihm das Schwarze aus dem Gesicht gewischt.

Sein Oberkörper ist nackt.

Als sie vor mir stehen, sehe ich die Tätowierungen auf dem Rücken, direkt über dem Hosenbund.

Zwei große Augen, die aussehen wie Schmetterlingsflügel. Auf der Schulter ein Hahn mit einem Ohrring, direkt unter den Schulterblättern.

Das Mädchen aus Belize hatte recht.

Etke.

Sein Gesicht ist übel zugerichtet, aber er sieht aus wie sein ausgestopfter Bruder.

Nur die Augen sind falsch.

Sie sind nicht grün, sondern staubblau.

Manfred beugt sich herab und tätschelt mir die Wange.

»Hast du meine Nachricht nicht gehört?«

»Nein, welche?«

»Dass er durchgebrochen ist. Dass sie deutsche Uniformen tragen.«

»Nein, ich bin aus dem Panzer gesprungen, um ihm zu helfen.«

Manfred richtet sich auf, zieht an dem Seil und setzt sich in Bewegung. Er hält Momma an der straffen Leine.

»Hallo«, rufe ich ihm hinterher.

»Was ist?«

»Ich will ihn verhören«, erkläre ich.

»Du?«

»Ja!«

»Seit wann bist du so blutdürstig, kleiner Mann?«

»Ich habe ihn schließlich gefunden!«

Manfred dreht sich auf dem Sattel um, als ich zu ihm aufschließe.

Er hebt mein Kinn mit seiner Reitpeitsche und lässt sie den Hals hinuntergleiten.

»Wie geht's der Wunde?«

»Was?«

»Na, dem Hals. Hat er den Knochen getroffen?«

»Es ist nichts«, erwidere ich. »Ich will ihn verhören, vielleicht ist er es ja gar nicht!«

»Er ist es«, sagt Manfred. »Aber komm doch zur Vorstellung, wenn ich mit dem kleinen Schwulenarsch hier fertig bin.«

Er zeigt mit dem Kopf auf Momma.

Vorstellungen

Ich bleibe den ganzen nächsten Tag zu Hause, die meiste Zeit verbringe ich in der Badewanne.

Meine Mascha kommt hin und wieder und schrubbt mir den Rücken mit einer Bürste aus Schweineborsten. Sie reinigt und betupft auch meine Wunde am Hals, das Projektil hat mich am Schlüsselbein gestreift, ich bin gelb, orange und blau. Oder sie leert die Wanne und gießt aus einer großen Kanne frisches Wasser ein. Sie hat ihre Ärmel aufgekrempelt und wischt sich mit einem Arm über die Stirn. Ihr Nacken ist feucht. Sie trägt den gleichen Zopf wie Etke.

Wenn ich nur nach ihr greifen könnte.

Hasst sie mich?

Ist das von Bedeutung?

Stattdessen greife ich nach der bauchigen Flasche auf dem Tisch neben der Badewanne.

Ich denke an Momma und daran, was Manfred mit ihm im Keller veranstalten wird. An den Ukrainer, der dem Juden aus Zaludok die Luftröhre durchgeschnitten hat. Hat er das Tuch mit seinen Instrumenten schon ausgerollt, Messer, Zangen und Scheren ausgewählt? Welche Geheimnisse wird er aus ihm herausholen? Woher kannte er Steiners Route? Hat er gesehen, wie Steiner seine Familie tötete? War es Rache? Oder ein absurder Zufall? Ein Witz, erzählt von einem Idioten? Warum darf ich ihn nicht verhören?

Und immer wieder muss ich an Momma denken, wie er die Waffe auf mich richtete.

Was ist in diesem Moment geschehen?

Hohn, Wut … oder?

»Herr, warum lachen Sie?«

»Was?«

»Sie lachen, Herr.«

Mascha wringt den Badeschwamm aus und schrubbt meinen Rücken.

»Da war ein Mann, der mich töten wollte, Mascha.«

»Und was ist daran so komisch, Herr?«

»Nichts.«

»Warum haben Sie dann so gelacht?«

»Ich bin vermutlich ein wenig wütend auf ihn. Er wirkte so … gleichgültig.«

*

In der Vorhalle herrscht geschäftiges Treiben, als ich Manfreds weißes Krankenhaus betrete.

Ich rauche meine Zigarette zu Ende und bleibe einen Augenblick zögernd an den Treppen stehen. Aber ich muss mit Momma sprechen, also nehme ich die Treppe in den Keller. Auf dem Absatz stoße ich auf Michael, der auf dem Weg nach oben ist.

»Der Herr Oberleutnant der Polizei«, sagt er und legt mir die Hand auf die Schulter, als wir aneinander vorbeigehen.

»Ich will zu Manfred«, sage ich und drehe mich halb um.

»Ach ja?«, erwidert er.

Er nimmt seine Hand nicht weg.

»Ich will ihn verhören«, füge ich hinzu und lege meine Hand auf seine. »Manfred hat gesagt …«

Er zieht mich dicht an sich heran, sein Mundgeruch weht mir direkt ins Gesicht, diese wässrigen Augen.

»Verschwinde!«, sagt er. »Sonst …«

»Sonst was?« Ich reiße mich los.

»Sonst holen wir dich«, sagt er lächelnd.

»Wir?«

»Ja, wir.«

Als ich Manfred später aus der Offiziersmesse anrufe, habe ich Michael am Apparat und knalle den Hörer auf.

*

Ich sitze mit meinem Kirschwasser im Park.

Ich habe nie herausgefunden, wie die junge Telegrafistin hieß, der ich eine Ohrfeige gegeben habe.

Ich habe das Gefühl, als wäre es unendlich lange her. Ich hätte mich gern entschuldigt, aber niemand kommt aus den Büros des Gebietskommissars, es gibt nur Soldaten auf Fronturlaub, Verbundene, an Krücken Humpelnde, Schweigende.

Ich schaue mir das Foto von Eline an, aber die schimmernden Lippen haben keinerlei Effekt. Das halb abgewandte Gesicht. Sie ähnelt noch immer Zarah Leander.

Ich bin halb betrunken und unglaublich müde, als ich mich in den halb leeren Saal des Wehrmachtskinos setze.

Die träge Stimmung, als der Vorhang sich öffnet. Wieder die lärmenden Märsche der Wochenschau. Niemand erwähnt mehr den Kursker Bogen, jetzt sind es Belgorod und *der Raum bei Orel*, eroberte sowjetische Panzer und abgeschossene Iljuschins, Gefangene werden gezeigt – sind wir dabei zu verlieren? Als die Landkarte auf der Leinwand auftaucht, ist Kursk weit hinter der Frontlinie. Wir *sind* dabei zu verlieren. Ein Hauptmann der Luftwaffe dreht sich um und bittet um Feuer, ich zünde uns beiden Zigaretten an. Begreift er nicht, dass wir gerade aus der Bahn gefegt werden, dass die Russen kommen, und ob sie uns vergeben? Begreift er denn gar nichts? Er sagt *psst*, als ich mich vorbeuge, um ihn zu fragen, denn in diesem Moment geht der Vorhang für den Hauptfilm auf.

Ich breite die Arme aus und lehne mich zurück.

Ich versinke in meinem Mantel, ertrinke.

Dieser spitze Geschmack nach Kirsche auf dem Höhepunkt des Rausches.

Ich gähne.

Ich rutsche auf dem Sitz nach vorn, als ich *Ich weiß, es wird einmal ein Wunder geschehn* höre und der Vorspann über die Leinwand rollt. *Die große Liebe.* Zarah Leander ist Sängerin im Varieté Scala. Viktor Staal spielt den Jagdflieger auf Urlaub. Sie sieht aus wie Eline in ihrem schwarzen Kleid. Der Hauptmann vor mir klatscht begeistert, als sie *Mein Leben für die Liebe* beendet; er dreht sich zu mir um, aber ich schaue nur auf die Leinwand, wo Viktor Staal sie nach der Vorstellung durch die Stadt verfolgt und sie vor ihrem Hauseingang von einem Fliegeralarm überrascht werden.

Als die Leander die Fenster in ihrer Wohnung öffnet, um zersplitterte Scheiben zu vermeiden und Staal am anderen Ende des Zimmers das Licht löscht, wendet sie sich plötzlich in der Dunkelheit an mich und flüstert:

Stimmt es, was sie sagen?

Sie hält meinen Blick fest.

Stimmt es?

Ich kneife die Augen zusammen und öffne sie wieder. Sie sieht mich noch immer an.

Es heißt, dass du nicht tust, was wir sagen …

Ich sehe mich um, sie redet tatsächlich mit mir.

Ich bewege lediglich die Lippen.

»Was?«

Es heißt, du frisst unsere Kaninchen …

»Wer, ich?«

Es heißt, du warst weich. Hast du damit aufgehört?

Sie wartet die Antwort nicht ab, sondern wendet sich wieder dem Film zu, denn jetzt kommt Viktor Staal auf sie zu und legt seine Hand auf die Fensterbank; sie schauen einen Augenblick über das verdunkelte Berlin und die ersten Flakstöße, sein Gesicht füllt die gesamte Leinwand aus, und die Frisur sitzt perfekt, als er sagt:

Donnerwetter! Schön, was?

Hm, wie im Märchen.

Nein, viel schöner, wie die Wirklichkeit.

Ich sehe mich in der Dunkelheit des Kinos um. Der Hauptmann

vor mir verscheucht eine Fliege im Nacken und stöhnt in den halb leeren Saal.

*

Am nächsten Morgen ruft Manfred an und nennt Ort und Zeit: Krankenhaushof, 16:00 Uhr.

Ich soll vor den anderen da sein.

Ich lege nach dem Anruf den Hörer auf und bitte Mascha, meine Galauniform vorzubereiten.

Ich benutze den Rasierapparat, stutze den Nacken und die Schläfen, rasiere die Seiten frei, Nazifrisur.

Ich sitze auf einem Schemel und putze meine Stiefel mit einer Bürste, bis sie schwarz glänzen.

Ich hole mein Pistolenholster, schiebe die PPK in das schwarze Leder und befestige es am Gürtel. Ich habe keine Auszeichnungen, kein Kupfer.

Ich reibe mir vor dem Spiegel Pomade ins Haar, kämme mir einen Scheitel, korrigiere ihn mit dem Finger.

Ich knöpfe den obersten Knopf zu und setze meine Schirmmütze auf. Oberleutnant der Polizei.

Ich setze die Sonnenbrille auf. Die Gläser sind grün.

*

»Das ist hier nicht das Forum Romanum …«

Die Lautsprecher knistern. Manfred steht im Innenhof des Krankenhauses auf einem kleinen Podest.

Er hat sich Mühe gegeben, alle sind sie gekommen, Generalkommissar Kube, Bach-Zelewski, Dirlewanger, von Gottberg und eine Menge Leute, die ich nicht kenne. Wehrmachtsoffiziere und hochrangige SS-Männer, Kindler aus Lida, ein paar Unteroffiziere von Dirlewangers Sonderkommando, sogar Haber und Grünfeldt sind aus Minsk gekommen. Grünfeldt trägt eine Art Jägerhut mit Feder. Ich sitze auf einem der Zuschauerplätze nahe der Treppe. Auf das Kopfsteinpflaster des Platzes hat man Sand gestreut. Ein System von Pferchen führt zur Arena, einer zwanzig mal dreißig Meter langen, achteckigen Einfriedung mit etwas über zwei Metern Zaunhöhe und einem Laufgang zu den Ställen. Am Zaun hat Manfred Sturmmänner postiert. Als ich vor einer Stunde kam und mir das ganze Arrangement angesehen habe – die Fahnen, die Lautsprecher, den Geruch von frisch lackiertem Holz, die Banner, den ganzen deutschen Zirkus –, erschien auch ein Kamerateam der Propagandakompanie der 3. SS-Panzergrenadierdivision, Steiners Männer. Manfred schritt das Ganze ab, bevor die übrigen Gäste kamen, ich erkundigte mich nach dem Verhör, aber er wehrte mich mit einer Handbewegung ab und flüsterte: »Vielleicht können wir dem Führer einen Film über die ganze Geschichte schenken. Glaubst du, er würde es mögen, oder ist es zu…«

»…bizarr«, ergänzte ich.

»Nein. Zu wenig. Steiner hatte die SS-Nummer 937, einer der alten Kämpfer. Oder vielleicht Himmler, wenn er nicht will… verdammt!«

Manfred sah nervös aus, als die Gäste eintrafen. Es gelang ihm erst, seine Hände ruhig zu halten, als die Leute sich hingesetzt hatten und zwei Schweigeminuten für Hubert Steiner abgehalten wurden. Während des Ehrensaluts, den zwölf Offiziere aus Steiners Division schossen, wirkte er angespannt. Er kämpfte damit, sein Gesicht zuckte, jetzt wirkt er vor dem Mikrofon jedoch beinahe vergnügt.

»Und dies ist, wie Sie sehen werden, auch kein Christ, der den Löwen vorgeworfen wird, nein…«

Hier setzt er eine Pause.

Er trägt Sonnenbrille und den gesamten Christbaum an Auszeichnungen, das EK I mit Balken und Eichenlaub und das Panzerkampfabzeichen in Silber. Er breitet die Arme aus.

Die Kamera surrt.

»Es ist ein Itzig, der den… Schweinen vorgeworfen wird!«

Die Tribüne tobt und lacht, die feierliche Stimmung ist mit einem Schlag vergessen.

»Man könnte meinen«, fährt Manfred fort und übertönt die Versammlung, »es handelt sich hierbei um schlechten Geschmack, um einen bizarren Spaß, der Huberts Andenken nicht gerecht wird, aber ich hoffe, er kann von dem Himmel aus, an den er unter keinen Umständen geglaubt hat …«

Allgemeine Heiterkeit.

»… die Komik sehen. Und dass wir ihm mit Soldatenehre ein … Blutopfer bringen.«

Plötzlich, wie ein Blitz aus heiterem Himmel, klingt seine Stimme wieder belegt, er legt einen Moment die flache Hand aufs Mikrofon.

»Entschuldigung, aber wie viele von Ihnen wissen, war Hubert … war … mein … Schluss mit den Sentimentalitäten! Er hat so etwas verabscheut, beinahe ebenso sehr wie die Juden … lasst das Fest beginnen!«

Das Mikrofon hat eine Rückkoppelung und quietscht, nichts geschieht.

»Jetzt!«, schreit Manfred mit sich überschlagender Stimme.

Eine Tür des Krankenhauses öffnet sich und Momma tritt auf den Platz.

Manfred hat ihn zum Thraker gekürt. Sein Kostüm ist sorgfältig aus Weiden und Stroh geflochten und mit Federn geschmückt. Der massive Helm, der Gladius und die Parma, der kleine runde Schild.

Michael schubst und tritt ihn in den Laufgang, er hat eine Peitsche dabei.

Momma fällt und verliert den Helm. Michael versetzt ihm einen Schlag mit der Peitsche, er kommt wieder auf die Beine.

Momma blickt zu Boden.

Michael setzt ihm den Helm auf den Kopf, packt ihn im Nacken und stößt ihn in die Arena.

Die Sonne ist brutal.

Die Sonne ist abscheulich.

Momma steht mitten in der Arena.

Eine Wunde am Schenkel ist aufgeplatzt.

Die Füße in den Sandalen sind blutig und hornig.

Er hat keine Kontrolle über seine Knie, sie schlagen gegen einander.

Jetzt pinkelt er sich in die Hose.

Bach-Zelewski weist seinen Nebenmann darauf hin, sie lachen.

Kurz darauf kommen sie herein, die beiden großen Tiere.

Ich weiß, dass Manfred sie hat hungern lassen, seit sie den tauben Jungen getötet haben.

Als Michael die Tür des improvisierten Stalls am Ende des langen Laufgangs auftritt, sehe ich, dass Manfred noch weitere Tiere hat; sie hämmern gegen die Einfriedung, es sind zehn, zwölf Stück, ein mehrköpfiger Güterzug aus Fleisch, der gleich die Arena erobern wird.

Es sind zu viele. Aggressiv, panisch. Es ist ein Flaschenhals, eine Raserei aus zuckenden Beinen, sie gehen aufeinander los, jetzt laufen sie herein und nehmen die Arena in Besitz, mit den Schnauzen im Sand.

Einen Moment sind sie konfus.

Stille.

Dann entdecken sie Momma.

»Ich habe mein Fernglas vergessen«, sage ich zu meinem Nebenmann, einem SS-Soldaten, den ich nicht kenne.

»Tja, meins bekommen Sie jedenfalls nicht!«, antwortet er und setzt es an die Augen.

Ich drehe mich um und gehe die Treppe hinunter, als ich den ersten Zusammenstoß höre.

Hurrarufe.

Allgemeine Heiterkeit.

Als ich den Park erreiche, bereue ich es und gehe zurück, ich muss ihn sehen, seinen letzten Augenblick, aber dann entscheide ich mich doch dagegen, es ist zu grotesk, zu bösartig. Ich gehe wieder in den

Park, setze mich auf die Bank und schaue einmal mehr hinauf zu den Büros der Zivilverwaltung.

Ich bleibe eine Weile sitzen und warte, dann laufe ich zurück.

Der Eingang zum Krankenhaushof, den ich vor zwanzig Minuten verlassen habe, ist verschlossen, ich muss bis zum Haupteingang auf der anderen Seite des Gebäudes gehen. Von drinnen höre ich Tumult, die Schreie der Tiere, das Johlen der Zuschauer.

Am Haupteingang des Krankenhauses stoße ich auf einen SS-Wachtposten und erkläre ihm mein Anliegen. Er gibt mir Anweisungen, ich gehe in die große Halle. Rechts komme ich in einen langen, weiß gestrichenen Gang und folge den Geräuschen. Die Glastür am Ende des Gangs ist abgesperrt, ich gehe zurück, die Treppe hinunter in den Keller. Die Türen zu Manfreds geheimen Räumen sind verschlossen, aber der leere Obduktionssaal steht offen. Die Metalltür, die direkt zu den Tribünen führt, lässt sich ebenfalls nicht öffnen, ich gehe zurück und wende mich nach links, in einen Flur voller Warmwasserkessel. Ich gehe weiter, biege in einen weiteren Flur und erreiche einen schmaleren Gang, der wieder an einem Korridor mündet. Dort steht ein Sturmmann.

»Zum Krankenhaushof, führt dieser Flur dorthin?«

»Ja, da vorn links, dann sehen Sie die Treppe, Herr Oberleutnant. Sie wissen nicht zufällig, wo eine Toilette ist? Ich habe solch einen Durchfall.«

»Leider nein.«

Ich finde die Treppe, doch als ich hinaufkomme, stehe ich am anderen Ende des Hofs, in einer kleinen Ecke zwischen der Krankenhausmauer und dem hohen Zaun der Arena, zirka fünfzig Meter vom Eingang und den Zuschauerplätzen entfernt. Überall an der Einfriedung stehen SS-Männer, bereit zuzuschlagen, sollte Momma versuchen, die Absperrung zu überwinden, aber hier ist niemand. In einiger Entfernung sehe ich die oberste Reihe der Tribüne. Ich will gerade wieder umkehren und hinuntergehen, als ich bemerke, dass die Zuschauer aufgestanden sind und in die Arena blicken, in meine Richtung.

Momma muss sich direkt auf der anderen Seite des Zauns befinden.

Hier stehen ein leerer Stuhl und eine Thermoskanne.

Sie muss dem Sturmmann gehören, dem ich eben begegnet bin.

Ganz deutlich kann ich die Tiere hören.

Ich stelle mich auf den Stuhl und schaue über den Zaun, unter mir schubsen, zucken und grunzen drei der breiten Tiere, sie sind sich gegenseitig auf den Rücken gestiegen, und dort, nicht mehr als einen halben Meter unter mir, wird Momma aufrecht stehend an die Bretterwand gedrückt. Er hat den Helm verloren, der Kopf ist mit Bisswunden übersät, die Augen hält er geschlossen. Auch am Hals und an den Schultern wurde er gebissen, ein Arm ist gebrochen. Er schwankt, reagiert aber nicht, als eins der Tiere sich auf die zwei anderen wirft, den Abstand jedoch falsch einschätzt, wie rasend nach ihm schnappt und an den Zaun knallt. Alles wackelt, auch ich verliere fast das Gleichgewicht. Einen Moment ist es ruhig.

Dann hebt er den Kopf und sieht mich mit seinen kleinen blauen Augen an.

Das Schwarze mit den gefleckten Ohren, das den tauben Jungen getötet hat.

Ich kann meine Augen nicht von ihm abwenden.

»Töte mich …«

Ich zucke zusammen, als Momma spricht.

»Sei barmherzig …«

Bevor ich reagieren kann, dreht er sich um und packt mich mit seinem gesunden Arm im Nacken. Ich biege seine Finger auseinander, panisch. Er bohrt sie in meinen Nacken und presst mich auf den Zaun, ich kann ihn nicht abschütteln, stemme mich mit Knien und Schenkeln gegen die Bretter.

»Ich sage dir, wo das Gold ist.«

Sein Atem in meinem Gesicht, dieses massakrierte Gesicht.

»Lass mich los!«

»Steiner hat es versteckt. Er hat gesagt, ich soll es aus ihm herausbekommen.«

»Wer?«

»Der, der vorhin geredet hat.«

»Manfred?«

In meinen Ohren klingelt es. Mommas hastige Atemzüge.

Die aufgebrachten Tiere. Manfred dort drüben. Die große Stille auf den Tribünen.

Ich höre die Schritte des Sturmmannes, der zurückgekommen sein muss, doch das ist vollkommen egal. Alles hat sich umgekehrt. Alles brennt an den Rändern. Steiner. Gold. Manfred? Was zum Teufel geht hier vor?

Mit meiner freien Hand zerre ich die PPK aus dem Holster, halte sie über den Zaun.

»Strehling«, flüstert Momma, »Strehling hat das Gold.«

Er dreht seinen Kopf der Waffe zu, seine blauen Augen sehen mich an, als er den Mund um den Pistolenlauf schließt.

Er nickt.

Die Tiere geraten in Panik und springen zurück, als ich abdrücke.

Ich sehe, wie Manfred ebenfalls zusammenzuckt, danach ein Moment des Zögerns.

Dann zerrt der SS-Mann mich vom Zaun.

Es geht langsam. Es ist ein Schauspiel, ein wahnsinniges Fieber.

Ein Feldwebel steht hinter dem Zaun und erschießt die aufgeregt quiekenden Tiere, das Hirn explodiert, es reißt ihnen die Beine unter dem Bauch weg.

Mich haben sie heraufgeschleppt, vor das Büfett.

Es ist gewaltig.

Ich habe ihr Fest ruiniert.

Manfreds hysterische Stimme. Er packt mich am Kragen.

»Verdammte Scheiße, was ist da passiert?«

»Hast du nicht gesehen, er wollte mich hinunterziehen, er war …«

Dirlewangers Gespenstergesicht, erstarrt vor Hohn.

Grünfeldt mit seinem dämlichen Hütchen glotzt sich die Augen aus dem Kopf.

Kugeln neugieriger Köpfe, ohne Gesichtszüge, mit Stielaugen und flüsternden Mündern.

»Ich habe Panik bekommen … ich weiß nicht, was passiert ist. Dass ein Jude …«

Bach-Zelewski am Büfett, die flatternde Papiertischdecke und das Gebäck, er zieht einen glasierten Windbeutel aus dem Marzipan der großen Torte und steckt den kleinen luftigen Kuchen in den Mund, wobei er mich teilnahmslos ansieht. Ich bin noch immer nass von dem Eimer Wasser, den Michael mir über den Kopf gegossen hat.

»Entschuldige«, sage ich. »Entschuldige.«

Manfred hat jetzt die Hand mit der Zigarette am Mund, wiegt den Kopf.

Er sieht direkt durch mich hindurch.

Bach-Zelewski tritt die Zigarette aus.

»Scheißfeigling«, sagt er. »Kripoleute sind solche Scheißfeiglinge.«

»Er ist so etwas nicht gewöhnt«, verteidigt mich Manfred und tritt einen Schritt vor, er lächelt, als er vor mir steht. »Sie hätten ihn draußen in der Puschtscha sehen sollen … da hatte er Angst, nasse Füße zu bekommen.«

Er packt mich bei den Schultern.

»Aber was soll man machen? Er ist mein Freund.«

*

Manfred hat den Wagen gerufen.

»Ich weiß nicht, was ich mir dabei gedacht habe«, sage ich.

Er dreht sich zu mir um, die Hände in den Taschen, dann zieht er eine zerknüllte Packung Efka heraus und steckt mir eine Zigarette zwischen die Lippen.

»Scheiß drauf«, erklärt er. »Ich habe mit dem Kamerateam geredet, die haben alles im Kasten. Vielleicht wirst du weltberühmt mit deinem *coup de grâce* ... wenn er ihn haben will.«

»Der Führer?«

»Nein. Das ist unrealistisch, sagen die klugen Leute. Aber Himmler vielleicht. Wenn ich nicht zumindest Kaltenbrunner dazu bringe ... verdammt, Hubert muss ein Staatsbegräbnis bekommen! Findest du, das war zu viel?«

»Was?«

»Na, der ganze Zirkus. Vielleicht hast du recht. Es war zu bizarr.«

Der Wagen kommt, ich steige ein, Michael sitzt am Steuer, einer der schwäbischen Brüder. Er stinkt nach Schnaps. Der Wagen fährt nicht los. Manfred klopft ans Fenster. Ich drehe das Fenster herunter.

»Heinrich?«

»Ja?«

»Sieh mich an.«

»Ja?«

»Was hat er zu dir gesagt?«

»Wer?«

»Hör auf, ›wer‹ zu sagen, Heinrich.«

Er hält meinen Blick fest.

»Er konnte Deutsch, Manfred.«

»Ach?«

»Natürlich hat er etwas zu mir gesagt.«

»Und was?«

»Er hat gebettelt, verflucht ... Scheiße, was willst du eigentlich?«

Er richtet sich auf, klopft aufs Dach.

»Du weißt, wie sehr ich dich liebe, oder?«, sagt er.

Der Opel setzt sich in Bewegung.

Gold

Der Opel bleibt stehen, als ich meine Villa aufschließe.

Ich ziehe die Gardine im Wohnzimmer einen Spalt weit auf. Der Wagen steht noch immer vorm Haus.

Michael streckt den Arm aus dem Seitenfenster und reckt den Kopf aus dem Auto, um irgendetwas vom Fußweg aufzuheben.

»Herr?«

Mascha steht in der Tür, sie sieht erschrocken aus.

Sie hat die Ärmel aufgekrempelt, ihre Hände sind noch nass.

Ich muss geschrien haben.

»Ach, entschuldige«, sage ich. »Hier.«

Ich ziehe mein Portemonnaie heraus, zähle Geldscheine ab und lasse Münzen auf den Sofatisch fallen. Es sind etwas mehr als zwanzig Mark, nichts.

»Warte …«

Ich nehme fünf Zehnmarkscheine aus der Schatulle und trete an meinen Schreibtisch.

»Nimm das und sieh zu, dass du hier wegkommst.«

»Herr?«

»Ja. Pack – hast du nicht irgendeinen Platz, wo du hinkannst?«

Mit einem Mal bekommt sie einen roten Kopf.

»Gospodin, sind Sie wütend? Habe ich etwas falsch gemacht?«

»Was? Nein!«

Ich schreibe eine Nachricht an das Hotel Vogel, es ist *Nur für Deutsche*, aber die Offiziere verstecken alle ihre einheimischen Liebhaberinnen dort, sie nennen es Hotel Vögeln. Niemand wird sie dort suchen. Ich unterschreibe, Oberleutnant Hoffmann, reiße die Seite vom Block und gebe sie ihr.

»Geh dorthin und warte, bis ich komme.«

Sie liest den Bescheid und sieht mich an, jetzt weint sie, und ich schließe ihre Hand um das Geld.

»Du musst keine Angst haben, geh einfach.«

Sie nickt, rührt sich aber nicht.

»Los, über den Garten, beeil dich. Verschwinde. SOFORT!«, schreie ich, als sie noch immer zögert.

Ich sehe sie durch den Garten laufen, sehe, wie sie sich nach beiden Seiten umsieht und über den Weg hinter der Hecke verschwindet. Als ich wieder auf die Straße schaue, bekomme ich Blickkontakt zu Michael, kurz bevor er Gas gibt und losfährt.

Ich setze mich in den Schaukelstuhl und schaukele, die PPK liegt in meinem Schoß.

Steiner hat das Gold.

Er hat gesagt, ich soll es aus ihm herausholen.

Manfred…

Ich fahre aus dem Stuhl auf, als ich draußen im Flur etwas knarren höre. Nichts. Ich stehe im Flur und wippe auf den Bodenbrettern, sie kreischen, sind still, knirschen. Unten im Keller ist etwas, es raschelt, dreht sich. Ich halte die Waffe im Anschlag, als ich die Treppe hinuntergehe und horche. Nichts. Doch, es rumort im Wohnzimmer, es schaukelt, tickt. Ich gehe die Stufen rückwärts hinauf, drücke mich die Wand entlang bis ins Wohnzimmer, entsichere die PPK, springe in die Tür. Wieder nichts. Der Schaukelstuhl schaukelt. Ich halte die Rückenlehne fest, bis er still steht. Aber er steht nicht still, denn meine Hände zittern, und jetzt, hinter mir, Schritte, jemand bleibt stehen. Ich fahre herum.

»Mascha!«

Sie steht mit dem Mantel über dem Arm vor mir.

»Ich hatte meinen Passierschein vergessen«, sagt sie leise.

»Verdammte Scheiße, Mascha! Ich hätte dich erschießen können!«

»Ich gehe ja schon.«

»Nein. Jetzt ist es auch egal. Bleib einfach.«

»Was?«

»Nein, verschwinde!«

»Was möchten Sie, Herr? Was soll ich tun?«

»Geh. Nein. Ich weiß es nicht, Mascha. Ich muss nachdenken. Bring mir den Cognac.«

Und als sie hinausgeht: »Und Mascha, sieh mal nach, ob uns jemand von der Straße aus beobachtet.«

»Herr?«

»Ein Auto, verdächtige Personen, jemand, der stehen bleibt, dieselben Wagen … schreib die Nummer der Autos auf und schau, ob die Nummern sich wiederholen. Verstehst du?«

»Herr?«

»Geh endlich, verflucht noch mal!«

Vor mir auf dem Schreibtisch: der ungarische Cognac. Eine Schachtel mit der 7.65er PPK.

Ich habe die fehlende Patrone ersetzt und ein zusätzliches Magazin gefüllt.

Mein Kopf zwischen den Händen. Sei methodisch. Atme. Entspann dich. Denk nach.

Die Sekunden, bevor ich abgedrückt habe.

Ich schreibe die Sätze aus dem Gedächtnis auf.

Momma hat gesagt:

Steiner hat das Gold.

Er hat gesagt, ich soll es aus Steiner herausbekommen …

Der, der vorhin geredet hat …

Er muss Manfred sein. Manfred hielt die Rede, er *hat vorhin geredet.*

Ich schreibe:

Kannte Manfred Momma vor dem Angriff bei Belize?

Hat Manfred etwas mit Steiners Tod zu tun?

Hat Manfred den Angriff bei Belize arrangiert?

Warum durfte ich Momma nicht verhören?

Was ist das für Gold?

Ich klopfe eine Efka aus der Packung, stecke sie mir an und ziehe den Rauch tief in die Lungen, während ich meine Notizen betrachte. Dann knülle ich den Zettel zusammen und verbrenne ihn im Aschenbecher, die Aschereste zerstoße ich.

Noch einmal von vorn.

Ich schreibe:

Steiner hatte Gold versteckt.

Strehling hat das Gold.

Gold. Alle stehlen, in den Lagern, an den Massengräbern, voneinander. Gold, Bargeld, Schmuck. Prinzipiell steht darauf die Todesstrafe, aber es wird toleriert, wenn es nicht übertrieben wird, und je höher jemand in der Hierarchie steht, desto größer ist der Toleranzbereich. Die Pfauen, die höheren Funktionäre mit ihren goldenen Marschallstäben und Rembrandts. Steiner war Obergruppenführer, er konnte sich alles erlauben. Und er hat Manfred diesen grotesken SS-Ring mit den Runen und den Diamanten geschenkt, den Manfred als Entschuldigung in den Fluss warf.

a) Es gibt einen Goldschatz.
b) Strehling hat ihn. Aber wer ist Strehling?
Ein Mann, ein Ort, ein Code?

Ich überlege weiter.

Momma hat gesagt:

Töte mich… sei barmherzig…

Momma hat mich angebettelt. Er hätte alles gesagt, um zu sterben. Hat er das auch getan, als er auf Manfreds Stahlbett lag? Hat er Manfred mit Gold gelockt? Manfred hat ihm nicht geglaubt und in die Arena geschickt.

Ich lächele und gieße mir ein weiteres Glas Cognac ein.

Hat Steiner dasselbe getan? Der große Redner, der SS-General, der Doktor, sein *Blut und Boden*, bettelte auch er in der Scheune in Belize um sein Leben, als sein eigenes Blut auf den weißrussischen Boden spritzte? Als Momma mit dem Schächtmesser vor ihm stand und anfing zu schneiden, versuchte er da, sich Pardon zu erkaufen? Und Etke, die das Ganze auf dem Heuboden hörte. Hörte sie *Strehling* und nicht *Schibbolet*? War es meine eigene fixe Idee nach ein wenig Bibellektüre? Oder war es Mommas Rache, sein eigener privater Jordanfluss? Oder? Jetzt kichere ich dämlich. Dachte Steiner, Momma sei auf der Jagd nach seinem Gold, als er Schibbolet sagte und dann mit Strehling herausplatzte? War das Ganze ein Scheißzufall, eine Verwechslung an der Schwelle des Todes? Glaubte Steiner, es könnte ihn retten?

Ich schreibe:

Strehling = Schibbolet. Eine Botschaft für einen gnädigen Tod?

Ich schreibe:

Weiß Manfred, dass ich es weiß?

Ich verbrenne meine Notizen im Kamin und setze mich in meiner Galauniform in den Sessel, dem Schaukelstuhl gegenüber, die PPK liegt in meinem Schoß, in der Hand halte ich die fast leere Flasche. Ich werde zu einem großen, der rauschenden Nacht zugewandten Ohr.

Werde auch ich im Keller auf Manfreds Stahlbett liegen?

Sitzt er jetzt in seinem weißen Krankenhaus und denkt ebenfalls nach, so wie ich hier sitze und warte, während die Zigarettenglut die Dunkelheit punktiert?

Wer blinzelt als Erster?

ELINE

Korrespondenz

Lida, 4. Juli 1943
Brief 7

Liebste honigsüße E!
Danke für das Päck

Alles steht noch genauso da wie vor vierzehn Tagen, als ich mein Büro verließ.

Nur mein Adjutant ist neu, ein langer, blonder Junge mit pomadisierten Haaren, er lispelt und stammt aus Wien. Er hat die Lippen eine Spur zu lange um die Zunge gekräuselt, um den Luftstrom zu kontrollieren, als er sich vorgestellt hat: *Fressszl.* Liegt Wäspli erschossen in einem Graben, wurde er von einer Splittermine zerrissen, oder ist er in dem Container in Manfreds Keller?

Ich nehme meinen Füllfederhalter und schreibe das Wort zu Ende

chen

Ich werfe den Brief in den Papierkorb, ordne meine Unterlagen. Starre auf das Glas Honig, *unberührt von dem großen Krieg*.

In der Nacht ist nichts passiert.

Mascha rüttelte mich um fünf wach. Die leere Flasche rollte über den Boden.

Ich bin mit steifen Beinen hierhergekommen, bin kreuz und quer durch die kühlen Straßen gegangen, in einem Torweg verschwunden, durch einen Garten und einen Gang mit staubigen Rosen entlanggelaufen, dann zurück auf die Hauptstraße.

Kein Beschatter. Nicht ein Mensch.

Wenn Manfred mich haben wollte, hätte er mich heute Nacht geholt.

Konklusion: Sei du selbst, ein Feigling. Bring Ordnung in deine Papiere und lächele.

Lass Manfred sein Judengold.

Der letzte Fall liegt noch immer auf meinem Schreibtisch. Der Mord an dem Juden Feigl. Ich kann mich kaum daran erinnern.

Zwei SS-Männer haben sich besoffen geprügelt, die Hauptsturmführer Breker und Kindler, und Breker hat Kindlers Vorzeigejuden Feigl erschossen, um ihn zu ärgern. In der Mappe liegt noch Brekers Version, *es war ein versehentlich ausgelöster Schuss*, aber Breker starb zusammen mit Steiner. Ich nehme das Führerporträt von der Wand, stelle die Kombination meines Safes ein und nehme Kindlers Bericht heraus, der zufällig die Wahrheit enthält, *Aktenzeichen LZ 512-A, – GHETTO LIDA/A. Feigl, Zusammenfassung*

Es kann daher festgestellt werden, dass die tödlichen Schüsse auf den Juden Jozef Feigl durch SS-Hauptsturmführer Heinz Breker abgegeben wurden, der der SS-Dienststelle Lida angegliedert ist. Laut der Verordnung über Straffreiheit im Ostraum fällt der Sachverhalt demnach nicht unter die §§ 211 oder 212 des deutschen Strafgesetzes. Es wird keine Anklage erhoben.
Der Fall ist abgeschlossen.

H.H. Oberleutnant d.P., Distrikt Lida

Ich lege den Bericht in die Mappe mit den anderen Akten, Zeugenaussagen und Fotografien und verschließe sie mit einem Gummiband.

»Frezl!«, rufe ich.

»Herr Oberleutnant«, meldet er sich, als er vor mir steht.

Ich reiche ihm die grüne Hängemappe mit dem Feigl-Bericht.

»Einen fürs Archiv und einen an Sturmbannführer Kindler … lassen Sie einen Boten kommen«, sage ich und füge hinzu, als er mich verständnislos anblickt: »SS-Dienststelle Lida, 3. Büro.«

»Jawohl, Herr Oberleutnant.«

»Gut«, murmele ich, als er verschwindet.

Ich lehne mich zurück, *gut*. Mit einem Mal habe ich gewaltigen Hunger und bin mit mir selbst zufrieden. Ich stecke den Finger in das Honigglas, probiere, werde gierig, stecke die ganze Hand hinein und nehme den Klumpen in den Mund, lasse das spröde Wachs am Gaumen schmelzen und sauge es auf; den prickelnden Zucker spürt mein Körper sofort. Ich leere das Glas, lecke einen Finger nach dem anderen ab und lehne mich wieder zurück.

Dumm und glücklich.

Es ist vorbei.

*

Lida, 24. Juli 1943
Brief 7

Liebe E,
es ist lange her, seit ich geschrieben habe, aber die letzten Wochen waren – ja, hektisch. Ich hoffe, Du hast Deinen kleinen Liebsten nicht vergessen? Ich habe Dich nicht vergessen. Ja, tatsächlich, es klingt vielleicht ein wenig paradox – aber ich habe noch nie so oft an Dich gedacht wie jetzt. Als ob ich Dich weniger vermissen würde, wenn ich Dir eine Ladung Wörter schicke. Ja, es ist dumm. Ich weiß es. Aber das weißt Du ja längst.
Kannst Du Dich erinnern, wie wir mit Schlittschuhen auf der Alster standen und Du so getan hast, als könntest Du nicht hören, dass ich gesagt habe *Ich liebe Dich*? Ich bin hinter Dir hergelaufen, aber Du bist mir ständig mit großen Achten ausgewichen, bis Du gestol-

pert bist und Dir den Arm gebrochen hast. Das war nicht unbedingt der beste Anfang… Du warst sechzehn,
ich neunzehn. Und kannst Du Dich noch daran erinnern, was Du gesagt hast, als wir uns am Zug verabschiedeten? Sieh zu, dass Du erwachsen wirst, Heinrich.
Ich glaube sagen zu können, dass die letzten elf Monate mich dazu gemacht haben. Erwachsen. Und deshalb…

Ich hole die relevanten Formulare aus der Schublade, die ich vor einem Monat bestellt habe. Der Ariernachweis, *bis zu den Urgroßeltern*. Den Schuldnernachweis und die Ehegenehmigung des Gesundheitsamts.

Rein bis ins Blut, Arier, schuldenfrei, akzeptiert.

Das Blau der Stempel.

Ich schreibe den Brief zu Ende. Setze mit der Hand ein PS darunter, unter Dein Heinrich

PS: Willst Du mich heiraten?

»Frezl«, rufe ich erneut.

Der junge Frezl hält den Brief an Eline in der Hand, als er sich umdreht.

»Da ist ein Billett für Herrn Oberleutnant gekommen.«

»Ein Billett?«

»Ja, ein kleiner Brief. Ich hatte es vergessen.«

Er läuft hinaus und kommt wieder zurück, legt ihn mir auf den Schreibtisch. Auf dem kleinen lila Kuvert steht nichts. Ich nehme meinen Brieföffner und schaue zu Frezl auf, er zieht sich zurück.

Ist Eline mir zuvorgekommen? Ein kleines Versteckspiel, die mädchenhafte Farbe, das dicke Büttenpapier. Hatte sie einen Kurier aus Hamburg? Vielleicht Ingo aus dem Lazarett? Der Brief riecht nach nichts, kein Lavendel. Möglicherweise liegt eine getrocknete Blume darin.

Ich ziehe den in der Mitte gefalteten Brief heraus und schlage ihn auf.

Alles in meinem Gehirn beginnt zu schreien.

»Wer hat den Brief abgeliefert?«

»Ich weiß es nicht.«

Frezl ist das Blut zu Kopf gestiegen, diese durchsichtige Haut.

»Es war …«

»Wer!«

»Nein. Ich habe ihn nicht gesehen … er …«

»SS, Wehrmacht, SD? Wer!?«

Frezl seufzt. Ich laufe die Treppe hinunter, mein Puls rast.

Die Straße ist leer.

Frezl putzt sich die Nase, als ich zurückkomme. Er will etwas sagen, aber ich würge ihn mit einer Handbewegung ab.

Ich starre auf das Telefon. Ist das ein kranker Witz? Manfreds Schocktherapie. Verwirre das Opfer. Lila Kuvert, kleines Billett … ein Liebespfand, eine Ohrfeige.

Manfredismus. *Du sollst nicht wissen, ob ich komme, um dich zu töten.*

Der Brief liegt noch da.

Darin steht:

WER IST STREHLING?

Ich greife nach dem Hörer.

»Hauptsturmführer Manfred Schlosser«, verlange ich bei der Vermittlung.

»Augenblick.«

Ich höre, wie die Verbindung hergestellt wird, und bekomme seinen Adjutanten an den Apparat.

»Oberleutnant Hoffmann, ist Hauptsturmführer Schlosser zu sprechen?«

»Leider nein.«
»Wissen Sie, wann er zurückkommt?«
»Es kann einige Tage dauern.«
»Tage? Wieso?«
»Der Hauptsturmführer ist nach Hamburg gereist.«
»Nach Hamburg? Wann?«
»Gestern. Direkt nach der Vorstellung. Mit dem Flugzeug.«
»Mit dem Flugzeug? Was? Wie kann ich ihn erreichen?«
»Es geht nicht.«

»Geht es Ihnen nicht gut, Herr Oberleutnant?«
Frezl legt mir eine Hand auf die Schulter, ich hocke auf den Knien.
Ich muss einen Moment ohnmächtig gewesen sein, irgendetwas stimmt mit meiner Atmung nicht. Sie ist im ganzen Raum zu hören.
»Was?«
»Ich habe etwas gehört und dann ...«
Ich stehe auf, bürste etwas von meinem Uniformrock.
»Es ist nichts. Nichts.«
Er sieht mich mit seinen hellen Augen an.
»Gehen Sie schon. Ich weiß nicht, was passiert ist.«

Als Frezl das Zimmer verlassen hat, trete ich ans Fenster, ziehe die Jalousie herunter, drehe an den Holzlamellen und schaue hinaus. Ein schwer beladener Lastwagen poltert durch die Falkowska-Straße, ein Motorrad mit Seitenwagen dreht vorn rechts um die Ecke. Im Schatten des Bahnhofsgebäudes hält ein Auto mit getönten Scheiben. Ich fixiere den Wagen. Irgendjemand sitzt darin.
Ich gehe wieder ans Telefon und höre ein Klicken, bevor ich die Telefonistin an den Apparat bekomme.
Irgendjemand hört jetzt mit.
Wieder ans Fenster, mit meinem Fernglas.
Der Wagen steht noch immer dort.
Jemand hat das Nummernschild beschmiert. Ein Mercedes, keine

Dienstgradabzeichen, es könnte jeder sein. Jetzt sehe ich, dass der Wagen ein wenig schaukelt, als ob der Fahrer jederzeit bereit ist, den Fuß von der Kupplung zu nehmen und um die Ecke zu biegen.

Jemand wartet auf mich.

Wenn es nicht Manfred ist, wer ist es dann?

Alle wissen, dass ich die Ermittlungen geleitet habe. Aber wer weiß, was Momma zu mir gesagt hat?

Der SS-Mann, der mich von der Einzäunung zog?

Die schwäbischen Brüder, Hans oder Michael, die gestern vor meiner Villa warteten?

Wer?

Es könnte jeder sein, der einen Teil der Beute will.

Es durchfährt mich wie ein elektrischer Schlag, als mir bewusst wird, dass ich allein bin, ohne Schutz, ohne Manfred.

Auf der Toilette spritze ich mir Wasser ins Gesicht, bleibe einen Augenblick im Dunkeln stehen und warte, die Hände auf dem Waschbecken. Ich versuche, mein Herz zu beruhigen, während ich in den Spiegel schaue, aber es spielt verrückt, die Nerven liegen blank, alles kreischt jetzt, ein elektrischer Impuls bis in die Zähne und schnurstracks weiter in die Ohrmuschel, die Pupillen werden immer größer im sich überschlagenden Puls.

Es ist einfach …

»Was?«

Ich schlage mit dem Kopf an den Spiegel. Wieder höre ich Zarah Leanders Stimme.

Es ist einfach zu töten, sagt sie, *aber es fällt schwer zu vergessen …*

»Ist es einfach zu töten?«

Nein, zu lieben, du Dummkopf.

Sie ist weg.

Nur mein runder Kopf ist im Spiegel zu sehen, die viereckige Brille.

Als ich mich aufrichte, zittern mir die Beine, ich habe keine Kontrolle über meine Knie.

Dann kann ich plötzlich stehen.

Ich bin ruhig, nur meine Hände zittern noch.

Im Kopf bin ich vollkommen klar.

Manfred.

Ich muss ihn erreichen.

Er muss mich retten, er hat mich in diese Geschichte hineingezogen.

Als er in Kolozec die Pistole auf mich richtete und sagte: *Ich glaube, irgendjemand will uns am Arsch kriegen.* Generalkommissar Kube, der in Minsk seine Leute auf mich angesetzt hat, weshalb? Dirlewanger, der nicht mit Manfred reden wollte, als er vor der Operation Hermann mit dem ausgestopften Kopf zu ihm kam. Momma, der von Strehling wusste. Ein herrenloser Schatz? Was geht hier vor? Bin ich in ein noch groteskeres Spiel geraten, eine noch dreckigere SS-Intrige?

Manfred muss etwas herausgefunden haben, aber was?

Ich muss nach Hamburg und ihn finden, aber zunächst muss ich an denen vorbei, die vor der Tür stehen.

Ich habe eine einzige Chance, sie ist klein, aber sie existiert.

Zurück im Büro probiere ich meine Stimme aus, sie kippt über.

Ich versuche es noch einmal.

»Frezl!«

Sofort steht er vor mir. »Ja, Herr Oberleutnant?«

»Haben Sie den Bericht an Kindler geschickt?«

»Ich warte auf den Boten.«

»Bestellen Sie ihn ab und besorgen Sie mir zuerst die Telefonbücher von Göttingen, Frankfurt und Hamburg.«

»Göttingen, Frankfurt und Hamburg?«

»Ja. Sie bekommen sie in der Zivilverwaltung. Wissen Sie, wo das ist?«

»Ja, drüben am Park, oder?«

»Genau. Und wenn Sie schon dort sind, bringen Sie bitte eine Telegrafistin mit. Sie sitzt in der zweiten Reihe, die Zweite vom Fenster aus gesehen. Es ist sehr wichtig, dass sie es ist.«

»Die Zweite vom Fenster, zweite Reihe – wissen Sie ihren Namen?«

»Nein.«

»Nein?«

»Sie ist klein, sie ist … blond, nein, das weiß ich nicht. Vielleicht hat sie eine Narbe über der Augenbraue. Kriegen Sie das hin?«

Er nickt, versteht den Auftrag aber eindeutig nicht. Ich öffne den Schrank und nehme meine alte Reisetasche heraus, ein schwarzes Ding aus rissigem Leder mit den Wanderabzeichen meines Vaters aus Tirol. Dann entscheide ich mich anders.

»Nein. Bringen Sie mir nur die Telefonbücher in einer Tüte. Aber lassen Sie es niemanden sehen. Und die Telegrafistin will ich in genau einer Stunde hier sehen …«

Der Fluchtplan

Es ist ein Prototyp, StG 44, Sturmgewehr 44, es stand in dem abgeschlossenen Waffenschrank im Keller des Polizeihauptquartiers neben dem Schießstand, nagelneu, direkt von der Firma C. G. Haenel, der Waffen- und Fahrradfabrik. Es ist schwer, fünf Kilo, würde ich meinen, über einen Meter lang, ein Koloss aus Kammern und Knöpfen, klickend und schimmernd vor Waffenöl, ein Modellflugzeug, ein Raumschiff, Fritz Langs Metropolis. Ich werfe die Kiste mit der Munition auf den Tisch, 8mm Kurzpatronen rasseln auf die Tischplatte, ich stopfe eine nach der anderen in das gebogene Magazin, dreißig Stück.

Die Waffe hackt mir in die Schulter, als die Projektile in die Kammer schießen und aus dem Lauf geschleudert werden, die Pappfigur am Ende des Schießstandes zerlegt sich in Papier und Staub.

Der Sog der Mechanik, als ich wieder durchlade.

Ich schieße noch eine Runde, brüllend.

Das Sturmgewehr passt gerade so in die Tasche meines Vaters.

Ich nehme acht zusätzliche Magazine für meine PPK und zehn Handgranaten mit, bevor ich gehe.

Ich kann den Mercedes aus dem Weg räumen.

Frezl hat die sechs Telefonbücher auf meinen Schreibtisch gelegt, als ich zurück ins Büro komme. Personen und Firmen. Göttingen und Frankfurt landen auf dem Boden, die aus dem Auto können dort nach Strehling suchen.

Es gibt acht Strehlings in Hamburg, gleichmäßig über die Stadt verteilt. Heinz, Gerda, Wiltraut, Dieter, Urs, Wilhelm, Rolf und Heinrich. Nein, der wohnt in Schenefeld. Das ist auch eine Möglichkeit. Ebenso wie Kiel oder das ganze Holstein. Mist. Aber

Manfred ist nach Hamburg gefahren. Das hat sein Adjutant gesagt.

Er weiß ebenso viel wie ich. Strehling hat das Gold, das hat Momma gesagt.

Ich notiere mir die Adressen, hole mein Codebuch heraus und schreibe eine verschlüsselte Nachricht mit den Codes für den 4. Mai. Mein alter Partner bei der Kripo weiß, dass er dieses Datum aufschlagen muss, wenn ich telegrafiere. Obwohl alle den Code kennen, weiß niemand, dass sie besser nicht das aktuelle Datum verwenden sollten. Ich reiße den 4. Mai aus dem Codebuch, falte die Seite viermal, rolle sie fest zusammen und befestige sie mit einer Sicherheitsnadel unter meinem Hemdkragen. Wieder ans Fenster. Der Wagen steht noch da, der Motor läuft im Leerlauf. Die codierte Nachricht steckt in meiner Tasche.

Dann fülle ich das Urlaubsformular aus und lege es Frezl zum Abschicken hin. In die Rubrik Begründung habe ich geschrieben: `Heirat.`

*

»Sie sind das?«

Frezl hat die Telegrafistin gefunden.

Sie ist sehr stark geschminkt, hat aber noch immer ein feines kleines Gesicht.

Der Bluterguss am Kinn ist nicht mehr zu sehen, das Pflaster an der Augenbraue ist ebenfalls verschwunden.

»Ja«, sage ich.

Ich schiebe ein kleines kompaktes Glas mit Kirsch auf die andere Seite des Tischs.

»Sie müssen mir helfen«, füge ich hinzu.

»Warum sollte ich? Sie haben mich geschlagen, weil ich freundlich war.«

Sie greift nach dem Glas und sieht mich mit ihren grauen Augen an, die perfekte Jugend in ihrem Gesicht, die breiten Wangenknochen und der knallrote Mund, als sie die Lippen um den Rand des

Glases kräuselt, die Vogelschwingen des Lippenstifts; jetzt legt sie den Kopf in den Nacken und leert das Glas.

»Warum haben Sie das eigentlich getan?«

Sie legt den Kopf schräg, sie flirtet und ist ein klein wenig nervös.

Plötzlich verspüre ich Lust, sie zu küssen und all das zu vergessen, was jetzt passieren soll. Sie greift quer über den Tisch und schenkt sich noch einen Kirsch ein. Mit einem Mal hasse ich sie wieder. Ich würde ihr gern eine Ohrfeige geben. Noch einmal.

»Hören Sie auf, mich so anzusehen!«, sagt sie.

Ich nehme mein Gesuch zur Hand und reiche es ihr, heiraten bedeutet automatisch drei Tage Urlaub.

»Was ist das?«

»Setzen Sie sich, dann werden Sie sehen.«

Sie setzt sich ganz vorn auf die Stuhlkante, nimmt das Formular, überfliegt es.

»Heirat …«

Sofort bekommt sie einen roten Kopf.

»Mir ist es wichtig, dass Sie es tun«, fahre ich fort.

»Ich?«

»Ja.«

Sie nimmt das Glas, führt es zum Mund, überlegt es sich dann aber anders.

»Und ich dachte, Sie wollten sich entschuldigen.«

Sie zuckt zurück, als ich meine Hand über den Tisch strecke, sie springt auf.

»Fassen Sie mich nicht an. Sie …«

Jetzt liegt ein schimmerndes Häutchen über ihren Augen.

»Ich fühle mich in Ihrer Gegenwart schmutzig … wieso?«

Wieder würde ich sie gern küssen, sie ist so jung.

Ich nehme das Foto von Eline heraus und gebe es ihr.

»Hier«, sage ich, »das ist sie.«

»Zarah Leander? Die wollen Sie heiraten?« Jetzt kichert sie.

»Das ist Eline. Es ist das einzige Foto, das ich von ihr habe … sie hatte sich die Haare gefärbt.«

Sie schaut sich das Foto noch einmal an, sieht mich an, und plötzlich ist ihr Blick ausgelassen, frech.

»Sie sind verrückt, wissen Sie das? Bei Ihnen ist 'ne Schraube locker! Und jetzt wollen Sie drei Tage nach Hamburg und nachsehen, ob Ihre dicke Verlobte nicht eigentlich Zarah Leander ist!«

»So ungefähr.«

»Und warum sollte ich Ihnen helfen?«

»Weil Sie freundlich sind.«

Wieder legt sie ihren Kopf schräg. Die grauen Augen, zum Austrinken.

»Sie *sind* verrückt.«

Ich schenke zwei Kirsch ein und reiche ihr ein Glas.

»Prost«, sage ich. »Ach, ich weiß nicht einmal, wie Sie heißen.«

»Greta«, sagt sie, nimmt das Glas und setzt sich wieder.

»Weisbecker. Und Sie?«

Wir stoßen an.

»Staal. Viktor Staal. Zarah hat Ja gesagt …«

Kurz darauf steht sie auf, streicht mit den Händen über ihre Hüfte und glättet den grauen Rock, richtet sich her.

»Ach, noch eine Kleinigkeit«, sage ich und stehe ebenfalls auf.

»Ja.«

Ich ziehe den kleinen Zettel mit der verschlüsselten Nachricht aus meinem Uniformrock und gebe ihn ihr.

»Würden Sie das für mich senden?«

»Was ist das?«

Sie hält inne, plötzlich skeptisch.

»An die Kripo in Hamburg … Sie bringen mich doch nicht in Schwierigkeiten?«

»Es ist am besten, wenn Sie nichts wissen.«

Ich beuge mich vor, lege eine Hand an ihr Ohr und flüstere: »Zarah hat ein Problem, eine Frauensache, Sie wissen schon … das ist … streng geheim …«

Ich lege den Zeigefinger an den Mund.

»Streng geheim?«

»Streng geheim.«

Eine Weile stehen wir eng beieinander, ich rieche ihr Parfüm und würde sie wieder gern küssen. Dann tritt sie einen Schritt beiseite und steckt den Zettel in die Tasche.

»Ist die ganze Welt eigentlich wahnsinnig geworden?«, fragt sie.

»Ja«, antworte ich.

Er ist groß, der Hauptsturmführer Kindler, mein Ticket nach Hamburg. So groß wie zu Guttenberg, mein Vorgesetzter, der auf Heimaturlaub in Stuttgart ist, auf dem Herrensitz am Neckar mit den gestutzten Pappeln, der alte Baron kommt unter die Erde, aufgefressen vom Knochenkrebs, oder liegt er erst im Sterben? Ich habe es vergessen.

Er trägt Größe 54.

Seine Polizeiuniform hängt in seinem Schrank hinter dem Schreibtisch, drei Büros unter mir.

Als ich den Flur hinuntergehe, raucht Frezl eine lange, rosafarbene Zigarette, er zieht dabei so konzentriert, als hätte er es nie zuvor probiert. Hat er sich die Augenbrauen nachgezogen?

Ich klopfe auf die Taschen von zu Guttenbergs Uniform, keine Papiere. Oder doch. Das Foto eines zehn oder zwölf Jahre alten Mädchens in einem grauen Rock, Söckchen und Lackschuhen, schiefe Fußhaltung. Sie krümmt sich vor der Kamera regelrecht zusammen, ein Gebinde aus Zähnen und Sommersprossen. Im Hintergrund eine unendliche Rasenfläche, ganz hinten eine Reiterin, die ein Sakko trägt.

Ich falte die Uniform zusammen und lege sie zum Stg 44. Werfe die Uniformmütze darauf.

Sie würde einer Öltonne passen. Allerdings ist zu Guttenberg Hauptmann der Polizei.

Doch im Dunkeln wird niemand den Unterschied zwischen einem Hauptmann und einem Oberleutnant erkennen.

Ein paar Minuten später poltert Kindler zur Tür herein, offener Ledermantel, große Stiefel, er wirft sich auf meinen Stuhl, breitet die Arme aus und brüllt: »Verflucht noch mal, weshalb soll ich hierherkommen?«

»Deshalb«, erwidere ich und schiebe ihm die Mappe mit dem Feigl-Bericht zu.

»Und was ist das?«

»Sehen Sie selbst.«

Kindler greift nach der Mappe, lehnt sich zurück, öffnet sie und kneift die Augen zusammen. Er ist kurzsichtig, aber zu eitel, eine Brille zu tragen.

Dann fängt er an zu lachen.

»Ich wusste es! Es war Breker ... dieses verdammte Arschloch ... Nur deshalb?«

»Ja, ich dachte, Sie wüssten es gern.«

»Ja!«

Er erhebt sich, schwankt ein wenig, ein Turm aus Fleisch und einem rollenden, rumpelnden Lachen.

»Und ich dachte schon, Sie wären vor Schreck gestorben, weil dieser Bericht nie kam.«

»Ich hatte einen anderen Fall, Momma, Sie wissen doch ...«

Er führt seine Hand an die Nase, schnäuzt sich.

»Ich lade Sie zum Mittagessen ein. Verflucht noch mal! Sie bestimmen, wo's hingeht.«

*

Die Offiziersmesse, später.

»Es hat niemand meine Juden anzufassen!«

Er zeigt auf mich und gestikuliert mit seiner großen Pranke; der Tisch ist übersät von Schnapsgläsern mit dickem Boden, eine Batterie gelbbrauner Brühe; er greift nach einem Glas, stürzt es hinunter, der Kellner schenkt zehn, fünfzehn Kurze auf einmal ein, jetzt kommt er schon wieder mit der Flasche, schwenkt den Alkohol über die Gläser, bestreicht den Tisch mit Schnaps, eine nach Sprit stinkende Pfütze. Kindler lehnt über dem Tisch, schwimmende Schweinsäuglein, ein feiner Rauchschleier in der Iris, kupferfarbene Flecken, fährt mit einem dicken Finger den Kragen entlang und löst seinen Schlips.

»Das sage ich dir ... verflucht ... verfluchte Scheiße! Weiber, ha!«

Sie können mir nichts tun, so lange ich von ihm beschützt werde. Niemand vergreift sich an Kindler. Verdammt, sie werden ja wohl kaum einen Hauptsturmführer mitten in der Stadt erschießen.

Er fängt an zu sabbern, der Kopf liegt fast auf dem Tisch.

Er fegt die Gläser vom Tisch.

Er schläft.

Als ich meine Jacke an der Garderobe abhole, eine Hand an Kindlers Schulter, ragt ein Umschlag aus der Tasche. Ich reiße ihn mit einem Finger auf, während Kindler sich mit beiden Händen auf den Tresen stützt und die Garderobiere mit den Augen verschlingt, der Unterkiefer hängt herab.

Eine Nachricht von Greta. Auf der letzten Seite steht *Genehmigt.*

Ein Platz im Zug nach Hamburg morgen früh um 06:00 Uhr.

Greta ...

Und es gibt Antwort von meinem Kollegen bei der Kripo in Hamburg.

Ich stecke den Umschlag in die Tasche. Jetzt habe ich alle Dokumente.

Ich muss nur die nächsten vier Stunden überleben, bis der Zug abfährt.

Ich nehme die Tasche mit der Uniform und dem Stg 44 unter den Arm.

»Wir sollten noch ein paar Kurze nehmen«, schlage ich vor und klopfe Kindler auf die Schulter. »Und ein paar Weiber.«

Kindler seufzt.

»Ich habe«, er rülpst, »meine Herztabletten im Büro vergessen.«

Der Himmel ist schreiend lila, als wir das Etablissement verlassen. Der Mercedes biegt auf die Straße und folgt uns langsam.

Das Gelände zwischen Straße und See, ein paar hundert Meter hinter dem Bahnhof, ein grau gesprenkeltes Ödland, ein Haufen Schankbuden und kreischende Nutten, ein Grammofonarm wird von einer Platte gerissen, es ist Tanzmusik, sie scheinen Strippoker oder Reise nach Jerusalem zu spielen.

Ein Mann brüllt.

Muffige Schuppen bis zum Seeufer. Das Mädchen ist vielleicht sechzehn, siebzehn Jahre alt. Wir werden von ihrer Mutter oder Tante empfangen, einer kleinen Frau, die mehrere Lagen übereinander zu tragen scheint. Sie verschwindet, wir sind allein im Raum: Bett, Tisch, Schrank, Samowar.

Kindler prustet, der mächtige Körper.

»Sprichst du Deutsch?«, erkundige ich mich bei dem Mädchen.

Sie nickt, schlägt den Blick nieder. »Tjut, tjut… ein bisschen.«

»Hallo«, sagt Kindler und schielt zu mir herüber. »Du…«

Das Mädchen blickt auf. Sie hat ein blasses Gesicht, rabenschwarzes Haar, einen sommersprossig gelben Mund.

»Kopf oder Zahl?«

Er fummelt in seinem Ledermantel, findet fünfzig Pfennig, dreht die Münze ganz dicht vor den Augen zwischen zwei Fingern und schlägt sie in die offene Hand.

»Kopf«, sage ich.

Er dreht die Hand um, klatscht die Münze auf die andere Hand, der sabbernde Mund.

»Tja«, sagt er. »Bist du ein Glückspilz?«

»Vielleicht«, erwidere ich.

Er kneift die Augen zusammen, schielt wieder zu mir herüber. Was ist das für ein orangefarbener Schimmer in seinen Augäpfeln? Leberkrank, Herzfehler? Er hebt die Hand.

»Ha!«

Die Hand fliegt hoch.

Der kantige Adler, der Kranz mit dem Hakenkreuz, *Deutsches Reich 1943*.

Zahl.

Er geht auf das Mädchen zu, beugt sich über sie, flüstert ihr etwas ins Ohr und richtet sich wieder auf.

»Bist du dabei?«

Der harte Schnapsatem.

Kindlers Schwanz.

Sie lutscht ihn, er ist feuerrot, ein Hundepimmel.

Kindler hält mit einer Hand ihre Knie zusammen, schiebt sie hoch bis ans Brustbein und schlägt seine Mantelschöße auseinander. Seine Stiefel stehen neben dem Bett.

Er faltet sie zusammen, zermalmt sie, wühlt in ihr.

Er versetzt ihr ein paar hastige Ohrfeigen und erhöht das Tempo.

Sie reckt ihren Hals, den Kopf hat sie mir zugedreht, aber sie sieht mich nicht an. Es gibt jetzt nur ihren wackelnden Kopf und das Klatschen der Körper, dann läuft ihr ein wenig Blut aus dem linken Nasenloch. Kindler fängt über ihr an zu quatschen und zu fluchen, dann seufzt er und erstarrt. Er schießt alles in sie ab.

Die Efka ist mir zwischen den Fingern verglüht.

*

Kindler schläft, seine Atmung setzt aus, dann tief aus der Dunkelheit ein plötzliches Prusten, im Schlaf ringt er wie ein Ertrinkender um Atem.

Das Mädchen sitzt auf dem Bett, die Hände zwischen den Knien.

Der Gestank nach Kälte und Samen.

Ich stehe auf und stelle die Reisetasche meines Vaters auf den Tisch. Ich nehme zu Guttenbergs Uniform heraus und halte sie vor mich, um die Größe mit dem schlafenden Kindler zu vergleichen. Das Mädchen verfolgt jede meiner Bewegungen. Ich packe die Waffe ganz unten in die Tasche und stelle sie an die Tür, die Uniform hänge ich über die Stuhllehne, die Schirmmütze lege ich auf den Tisch.

Dann hole ich die Wasserkanne und gieße den Samowar auf.

»Hast du Anzünder?«, frage ich das Mädchen. »Anzünder?«

»Gospodin?«

»Verdammt … für den Samowar?«

Sie steht vom Bett auf, nimmt ihren Pullover vom Bettgestell.

»Hör auf dich anzuziehen.«

Da sie es nicht versteht, gehe ich zu ihr und ziehe ihr den Pullover wieder aus, packe sie im Nacken und führe sie an den Samowar.

»Tee«, sage ich.

Ihre Hände zittern, als sie nach ein paar Zweigen und Anzündern greift. Sie kann das Streichholz nicht in der Hand halten. Ich hocke mich neben sie, jetzt sitzen wir nebeneinander.

Ich zerbrösele die bröckeligen Anzünder und schiebe sie unter den Samowar, zünde sie an und starre ins Feuer. Die Flamme ist blau, sie frisst und saugt und zuckt in der Dunkelheit.

»Frierst du?«

»Nein, Gospodin.«

»Musst du pinkeln?«

»Gospodin?«

»Verstehst du, pinkeln … pissen? Musst du …?«

Ich mache eine Handbewegung.

Sie schüttelt den Kopf. Ich nicke in Richtung Samowar.

»Ich kann warten«, sage ich.

Der Samowar kocht. Ich zapfe Wasser in die kleine Teekanne, gieße einen Becher für sie ein, gebe ihn ihr. Es dampft in der nächtlichen Kälte.

Das Mädchen setzt den Becher an die Lippen.

Sie hat Angst, sie lächelt. Ich lege ihr eine Decke um.

»Wie heißt du?«

Sie antwortet nicht.

»Dein Name? Sjto tebja zovut?«

»Irina.«

»Heinrich. Menja zovut Genrikh.«

Sie leert ihren Becher, sieht mich an.

»Ich glaube, jetzt kann ich«, sagt sie.

»Du musst mehr trinken. Wir warten.«

»Nein, nicht ich. Er …«

Ich zeige auf Kindler. Sein Mund steht offen. Die Brücke im Unterkiefer hat sich verschoben, er kaut darauf herum, ein Gerippe, eine Rolle Stacheldraht quer durchs Maul, er knabbert und kaut an dem Eisen, er saugt und brabbelt, würgt daran, hustet.

»Gospodin?«

»Das ist in Ordnung«, sage ich. »Ich kenne ihn.«

Sie geht zum Bett, schaut sich zu mir um.

Ich nicke, und sie setzt sich quer über Kindlers Kopf und den offenen Mund, zögert noch immer.

»Ja, ja, ja«, sage ich.

Dann zieht sie mit zwei Fingern ihre Schamlippen auseinander, spannt die Bauchmuskeln an und lässt es laufen; es kommt, zunächst ein paar einzelne Spritzer, dann ein fester, nicht regulierbarer Strahl in den Schlund und über sein Gesicht. Ich fasse sie um die Hüfte, lenke sie, und sie überschüttet ihn, bepisst seine Uniform, den Ledermantel, die Hände, seine dreckigen Hände.

Langsam erwacht er, greift ihr mit der Hand zwischen die Beine, schleudert sie krachend gegen die Wand.

»Verdammte Scheiße!«, brüllt er, mit einem Mal auf den Beinen. »Verflucht … pfui Teufel!«

Er wälzt sich aus dem Bett, einen Moment verwirrt, greift nach seiner P 38, lädt durch und dreht sich zu ihr um. Sie hat sich an der Wand zusammengerollt, die Hände im Nacken, gezackte Rückenwirbel, spitze Knie, eine dürre Hündin. Ich bin mit einem Satz bei Kindler und schlage die Waffe herunter. Sein Arm holt aus, ich kann ausweichen, trete dicht an ihn heran, umklammere seinen Bauch.

»Sigmund!«

»Ich … ich werd's dir zeigen!«

»Sigmund! Das hast du gewollt. Das hast du selbst gesagt, erinnerst du dich denn nicht mehr?«

Seine Augen ganz nah vor mir. Er könnte mein Gesicht mit seinen beiden Händen zerquetschen.

Dann fängt er an zu lachen.

»Scheiße! Das habe ich gesagt?«

»Ja.«

»Pfui Teufel. Ich bin total vollgepisst …«

Zu Guttenbergs Polizeiuniform passt ihm perfekt, ich richte ihm den Kragen. Kindler schwankt ein bisschen, als ich ihm die Mütze aufsetze, seine kleine Schachtel nehme und eine Tablette herausschüttele. Er öffnet den Mund, ich lege die kleine runde Oblate auf seine Zunge.

»Du siehst jetzt sehr viel besser aus«, sage ich.

»Ich muss nach Hause«, erwidert er.

»Ja, das musst du. Komm.«

Wir treten in die Gasse vor dem Schuppen. Kindler bleibt einen Augenblick stehen und sieht vollkommen verloren aus, dann führe ich ihn zur Straße, gebe ihm einen Schubs und verschwinde wieder in der Gasse. Ich laufe zum Wasser. Kindler stapft mit unsicheren Schritten die Straße hinunter. Als ich das Seeufer erreiche, nehme ich das Stg 44 und die beiden Magazine, die ich seitlich am Gewehr befestigt habe, aus der Tasche, folge in der Dunkelheit des Wassers den Häusern und schlängele mich zurück zur Straße. Kindler läuft zwanzig, dreißig Meter vor mir in der spärlichen Dunkelheit allein auf der leeren Straße; zu Guttenbergs Polizeiuniform schimmert in der Nacht. Jetzt biegt der Mercedes aus einer Seitengasse und bremst plötzlich neben ihm, die Tür geht auf. Kindler schreit. Ich entsichere meine Waffe und trete auf die Straße.

Ich ziehe den Abzug durch, bis der Schlagstift klickt, wechsele das Magazin und schieße, während ich mich dem Wagen nähere. Der Fahrer bricht über der Hupe zusammen.

Ich werfe das Stg 44 in einen Garten und rufe: »Zu Hilfe! Partisanen!«

Die Hupe ist durchgedrückt.

Im Auto. Die Reste der lila Uniform und der Goldepauletten, Grünfeldts Arm ist gebrochen, der Kopf im Rücksitz begraben. Haber durchzucken Krämpfe, als ich ihn am Kragen packe und von der Hupe wegzerre. Es wird still. Frezl wurde halb aus dem Wagen geschleudert, ein Arm liegt auf Kindler. Ich streiche ihm mit der Hand übers Gesicht, schließe seine Augen, schließe seinen Mund.

Sein letzter Atemzug zerfließt in meine Hand.

Der blonde Junge.

Erst jetzt wird mir klar, dass ich Generalkommissar Kubes Leute getötet habe.

Die ersten Wehrmachtssoldaten kommen angelaufen, die Hosenträger hängen ihnen noch aus der Hose. Entsicherte Mauser, alle schreien durcheinander.

»Ich bin von der Polizei«, sage ich. »Ich hole Hilfe.«

Meine Uhr zeigt 05:49, als ich in die Gasse laufe und meine Tasche hole.

In elf Minuten fährt mein Zug.

Im Zug

Ich sehe, wie der Zug in dem großen Rangierbereich ankommt.

Kubes Leute.

Wenn Kube es herausfindet, bringt er mich um.

Die grellen Scheinwerfer des Lokschuppens, die Türen öffnen sich mit einem Schlag, Soldaten springen auf die Rampe, vor mir führt ein Sandweg durch die Dunkelheit, ein leuchtender Wildwechsel.

Fünf Meter vor mir taucht eine Frau auf, sie kommt direkt auf mich zu, ihr Gesicht ist ein Rauchschleier, der in der grauen Dunkelheit rotiert.

Sie schwankt, taumelt nach rechts, fasst sich an den Hals, fällt mir direkt entgegen.

»Mascha!«, schreie ich.

Ich greife nach ihr. Maschas Hände um meinen Nacken, ich bekomme Blut in den Mund.

»Mascha!«

Ein großer, dünner Mann tritt auf den Weg.

»Sollen wir die Blutung stoppen?«, fragt er ruhig.

»Was?«

»Sie stirbt in Ihren Armen. Wollen Sie, dass Sie stirbt?«

»Verdammt noch mal, tun Sie doch etwas!«

»Wo wollen Sie hin?«

Der dünne Mann packt Mascha und legt sie auf den Boden, eine zweite Person kommt nun aus den Büschen. Er legt die Finger an die Wunde am Hals, er hat eine Kompresse dabei, die er an Maschas Hals drückt. Rote Wangen, untersetzte Statur.

Ich habe ihn schon mal gesehen, wer ist er?

»Wer sind Sie?«

»Ich habe Ihnen eine Frage gestellt«, sagt der Dünne. »Wo wollen Sie hin?«

»Soll ich loslassen?«, fragt der Dicke.

»Nein!«, brülle ich. »Hamburg!«

»Hamburg?«

»Ja, ich fahre zu meiner Hochzeit!«

Jetzt sehe ich Dirlewangers Totenkopfgesicht aus der Dunkelheit kommen. Er drückt die Zungenspitze an die Oberlippe und spuckt ein paar Tabakkrümel aus. Mit einer Waffe in der Hand geht er auf Mascha zu.

»Fickst du sie?«

»Was? ... Nein, verdammt noch mal!«

Er leert die P 38 in ihr Gesicht, Blut spritzt ihm an die Hände.

Der Dicke, der neben ihr hockt, hat die Kompresse losgelassen und steht auf.

»Oskar!«, sagt er. »Ich bin total eingesaut!«

»Du hast gesagt, dass du sie nicht fickst«, sagt Dirlewanger.

»Was?«

»Wir kommen mit«, erklärt er. »Hier«, er will mir ein Taschentuch geben, »Sie sind ja vollkommen verschmiert.«

»Ich will nirgendwohin«, sage ich.

Er wedelt mit seinem Taschentuch.

Der Dicke hat die Finger in meinem Mund und versucht, mir den Kiefer zu brechen. Dirlewanger tritt mich in den Bauch, ich will zubeißen, diese Finger fressen, die meine ganze Mundhöhle ausfüllen, bekomme aber einen Schlag an die Stirn.

»Ich verstehe nicht, was er sagt ... lass ihn los, Klaus.«

Ich setze mich auf, spucke, habe Erde im Mund.

»Was wollt ihr? Kommt ihr von Kube?«

Sie lachen.

»Nein, dessen Leute hast du doch erschießen lassen. Und Kindler ebenfalls. Eigentlich keine schlechte Idee, kleiner Mann«, sagt Dirlewanger. »Es sah gut aus. Sehr gut sogar.«

»Manfred wird euch zur Rechenschaft ziehen. Er …«

»Wir werden uns schon um Manfred kümmern.«

»Michael und Hans … die schwäbischen Brüder …«

»Psst …«, zischt Dirlewanger und legt einen Finger an den Mund. »Sag es bloß niemandem …«

Der andere Mann grinst.

»… sonst sind die auch noch hinter uns her.«

»Sie schmeckte übrigens gut, aber sie wusste nichts.«

»Wer?«

»Deine kleine Telegrafenfotze.«

Dirlewangers verkommenes Gesicht, als er die Hand hebt und der Zug sich in Bewegung setzt.

Die Dunkelheit des Güterwaggons. Meine Hände sind mit Handschellen um die Knie gefesselt. Einer meiner beiden Mitreisenden sitzt mit breiten Oberschenkeln auf dem Rand des Waggons. Er untersucht mein Portemonnaie. Das ist der, den Dirlewanger Klaus genannt hat.

»Na, hier haben wir jemanden, der sich auf Zarah Leander einen runterholt«, sagt er, als er das Foto von Eline sieht.

Der andere sagt nichts, zwei grüne Katzenaugen in der Dunkelheit.

»Und was ist das hier?«

Klaus faltet die Antwort meines Kollegen aus Hamburg auf.

»Ein Code?«

Ich schaue Dirlewanger hinterher, der kleiner und kleiner wird. Dann ist er verschwunden.

»Nein«, sage ich.

»Das werden wir schon noch herauskriegen«, sagt Klaus.

»Ist doch egal«, meint der andere. »Alles, was wir wissen wollen, steckt in seinem Kopf. Und wenn er es uns nicht verraten will, schneiden wir ihm den Kopf einfach ab.«

Klaus steckt mein Portemonnaie in die Tasche.

Jetzt weiß ich, wo ich ihn schon einmal gesehen habe.

Es ist der Bursche aus Dirlewangers Zoo.

Ich habe ihn nie wegen Rassenschande angezeigt.

Der Judenliebhaber mit der Peitsche.

Der lange Blonde heißt Rainer, er schaufelt Labskaus aus seinem Kochgeschirr in sich hinein; er hat den kleinen Aluminiumlöffel aus dem Besteckset herausgeschoben und hält ihn an der Schraube fest; sein strammer magerer Mund hackt geradezu in den Brei.

Wir warten, während auf den Gleisen vor uns Truppentransporte langsam vorbeiziehen.

In Navahrudak wurde eine Kompanie der Wehrmacht in unserem Waggon untergebracht.

Klaus sucht auf dem Rangierbahnhof nach Schnaps.

Jetzt stellt er einen Fuß auf die Kante des Waggons und schwingt sich hinein.

»Hier sind die Kekse, die du haben wolltest.«

Rainer antwortet nicht.

»Wie viel willst du für eine Rolle haben?«, fragt jemand, ein Unteroffizier der Wehrmacht, der in der Ecke raucht.

»Sind nicht zu verkaufen«, erwidert Rainer und reißt sie Klaus aus den Händen.

Klaus sieht, dass ich sein verlegenes Gesicht bemerke.

»Was glotzt du denn so?«

»Ach, nichts«, sage ich. »Könnte ich etwas Wasser bekommen?«

»Du nicht, du Affenarsch«, sagt Klaus und sieht Rainer an, der in die Verpackung der Kekse beißt und die Pappe in kleinen Stücken ausspuckt.

Es ist bereits früher Abend.

Sie müssen sterben. Beide.

Der Blasse und der Blonde.

*

Später, irgendwo in der ostgalizischen Nacht.

»Psst … Klaus …«

»Halt's Maul und schlaf.«
»Ich muss pissen.«
»Still! «
»Ich muss wirklich pissen ...«
»Du hältst jetzt deine verdammte ...«
»Soll ich Rainer wecken?«
»Was?«
»Ich pisse mir gleich in die Hose, soll ich ihn wecken? Ich wecke ... he!«
»Was?«
»Sei still, zum Teufel – schlaf weiter, Rainer ... komm her.«
»Kannst du den Eimer nicht schräg halten?«
»Schräg?«
»Ja. So.«
»So?«
»Ja. Hast du Angst vor Rainer?«
»Was?«
»Du hast schon verstanden, was ich gesagt habe.«
»Pass bloß auf, gleich fängst du dir eine.«
»Schlag zu, aber was machen wir dann mit dem Eimer?«
»Halt die Schnauze. Bist du fertig?«
»Nein. So. Hier.«
»Gieß den gefälligst selbst aus.«
»Hast du keine Angst, dass ich aus dem Zug springe?«
»Los, her damit!«
»Psst, du weckst Rainer.«

»Was ist jetzt schon wieder?«
»Ich hab dich schon mal gesehen«, sage ich. »Du hast dich um Dirlewangers Zoo gekümmert. Du siehst gern, wie die Dinge wachsen.«
»Was?«
»Das hast du gesagt. Du siehst gern, wie die Dinge wachsen.«
»Hm, na und?«

»Ich verstehe das gut.«

Er schlägt einen Funken mit dem Feuerzeug, die Flamme wird in der Dunkelheit plötzlich groß und unkontrollierbar, er schirmt sie mit den Händen ab, als er sich eine Zigarette anzündet, ein glühend rotes Gesicht.

»Ich kann gut verstehen, dass du sie gefickt hast.«

Er steht wie versteinert da. Ich halte seinen Blick fest. Er weiß, dass es einen Moment zu lange war.

»Was?«

»Die mit den roten Haaren … du weißt genau, wen ich meine … die Jüdin.«

Es geschieht plötzlich und instinktiv, als würde sich sein Körper verlängern. Seine Faust fliegt auf mich zu. Ich falle nach links, er zieht den Arm zurück, stürzt sich auf mich und schraubt den Arm um meinen Nacken, schließt meinen Hals in seinem Ellenbogen ein.

»Du hältst jetzt deine Schnauze!«, zischt er. Die Messerklinge ist direkt vor meinem Auge. »Sonst schlachte ich dich wie ein Schwein, ich schneide dir die Kehle durch!«

»Vorsicht«, sage ich. »Denk an … wenn du mich umbringst … lass los.«

Er löst seinen Griff und schubst mich brutal gegen die Wand.

»Du hältst deine beschissene Schnauze … sonst …«

»Sonst was?«

»Verflucht, haltet endlich die Fresse da drüben!«, ruft einer der Soldaten.

Ich krümme mich in der Dunkelheit zusammen, als mich die harten Tritte ins Zwerchfell treffen, ich bekomme keine Luft mehr. Rainer zerrt mir die gefesselten Arme über den Kopf und stellt sich auf meine Handgelenke. Klaus setzt sich auf meine Beine und schlägt mir in den Magen.

»Verflucht noch mal, du hältst jetzt endlich deine Schnauze!«, brüllt Rainer. »Hältst du jetzt das Maul?«

Mein Mund ist blutig, die Zähne wackeln.

»Hmm.«

Rainer tritt einen Schritt zur Seite.

»Wenn du noch einen Ton sagst … hörst du mich?«

»Hmm.«

»Und du auch, Klaus … nicht einen beschissenen Ton.«

»Nein.«

»Oh … ich glaube, ich habe mir eine Rippe gebrochen.«

Keine Antwort. Das Rattern der Räder auf den Schienen. Rainers schwere Atemzüge, er schnarcht. Kein Ton von Klaus. Wieder sehe ich das Aufflammen eines Feuerzeugs, Klaus liegt mit dem Rücken zu mir, er schaut hinaus in die Finsternis.

»Du wurdest angezeigt … au, verflucht … er hat dich verkauft …«

Schweigen, intensives Zuhören.

»Ich habe die Anzeige gestern, bevor ich losfuhr, geschrieben … Ich könnte sie noch zurückziehen.«

Er antwortet nicht, aber man kann es fast riechen, wie in dem hässlichen Kopf nachgedacht wird. Er atmet stoßweise aus, einen Moment lang hängt der pfeffrige Geruch von Rauch in der Luft, der leuchtende Punkt der Kippe, als er sie in die Dunkelheit schnippt.

»Ich könnte mit zu Guttenberg sprechen, meinem Vorgesetzten«, fahre ich fort. »Die Anzeige liegt jetzt bei ihm, aber er hat Urlaub. Er kommt erst in vier Tagen zurück … und wenn ich bis dahin nicht da bin, wird sie weitergeleitet. Rassenschande, was heißt das … Todesstrafe, Strafkompanie, und was geschieht mit dem Mädchen?«

»Scheiße. Warum sollte dir irgendjemand etwas erzählen?«

»Weil die SS-Leute ständig hintereinander her sind.«

»Dann sag, wer mich verpfiffen hat.«

Er saugt die Luft ein, selbstzufrieden.

»Was glaubst du?«

»Sag es, du beschissener Lügner.«

»Wie viel haben sie dir über Hamburg erzählt?«

»Sag es, zum Teufel!«

»Ich habe nicht darüber nachgedacht, als ich am Freitag die Anzeige bekam... Rainer hat dich verkauft, Klaus... Ich soll in Hamburg sterben, und wenn du dann zurückkommst, warten sie auf dich... Hinrichtung, Strafbataillon. Raus zum Minenräumen, Klaus.«

»Halt's Maul. Halt endlich deine verdammte, beschissene Schnauze!«

»Ich habe viele Freunde in Hamburg«, sage ich nach einer Weile. »Wir könnten leicht entkommen. Wenn...«

»Wenn was?«

»Du weißt, was du zu tun hast, Klaus.«

»Was?«

»Ich kenne dich nicht. Woher sollte ich sonst von der Anzeige wissen?«

»Du bluffst!«

»Denk nach. Du kümmerst dich um Dirlewangers kleinen Zoo. Sie geben einen Scheiß auf dich. Du bist verzichtbar. Genau wie ich. Wir sind kleine Fische, Speichen in einem Rad... sie würden dir nie auch nur ein Gramm von dem Gold abgeben.«

»Gold?«

»Ja, Gold. Haben sie dir nichts davon erzählt?«

»...«

»Sie haben dir nichts gesagt!?«

»Was soll ich machen?«

»Bei Brest-Litowsk werden die Wagen gewechselt, wegen der Spurbreite, das dauert eine Stunde. Du fragst, ob Rainer mitkommt, einen Kaffee trinken...«

»Kaffee?«

»Ja, Kaffee... eine gute Tasse Kaffee.«

»Aber ich kann doch nicht...«

»Doch, kannst du... Kaffee.«

»Hör endlich auf mit deinem Kaffee!«

»Sie können das mit dir machen, Klaus … eine schöne dampfende Tasse Kaffee.«

»Und was dann?«

»Denk an seinen Ausweis.«

»Den Ausweis?«

»Ja.«

»…«

»Es geht los, Klaus …«

»Und weshalb solltest du nicht inzwischen abhauen?«

»Schließ mich an den Ofen. Ich bin total am Ende … mein Gott, du hast mich halb totgetrampelt.«

*

Brest-Litowsk, anderthalb Stunden später. Ein gigantischer Bahnhof, sechzehn Gleise, das Herz und die Arterie des Eisenbahnnetzes, alle Waffen nach Osten, die Beute nach Westen, totale Verdunkelung, alles geschieht im Dunkeln, eine Geräuschkulisse wie von fünfzehn Fabriken; ein Kreischen und Jaulen von Waggons, Gleisen und schwer beladenen Zügen mit Kampfpanzern ist zu hören, als wir auf das Abstellgleis geschoben werden und warten, ein kurzes Aufblitzen der Funken der Schweißer, Rufe und nahe Geräusche, als wären wir mehrere Kilometer unter dem Meer, im Marianengraben, aufgesogen von einer Kolonne RSO, die ganz in der Nähe vorüberrumpeln. Die Wehrmachtssoldaten steigen aus.

Klaus streckt sich, schiebt die Stiefelspitze unter Rainers rechte Arschbacke, lässt sie wippen.

»Scheiße, ist das kalt. Komm, lass uns was Warmes trinken gehen.«

»Und was ist mit ihm?«

»Ich hab ihn an den Ofen geschlossen.«

Rainer kommt zu mir, geht in die Hocke und hebt meinen Kopf.

»Wir haben ihn ganz schön fertiggemacht, was?«

»Ja.«

»Fünf Minuten«, sagt Rainer.

Ich zähle die Minuten, ich zähle in der Dunkelheit die Toten, versuche mich an ihre Namen zu erinnern, ihre Gesichter. Etke. Greta Weissbecker, die sterben musste, weil sie zu freundlich war. Steiner, Breker, Momma, Wäspli, die Familie Czapski, das gesamte Ghetto von Zaludok, die schwäbischen Brüder, Kindler, Grünfeldt, Haber, Frezl. Der taube Junge. Die in die Luft Gesprengten. Die Namenlosen. Der verrückte Russe, der mit der Pfirsichdose davonlief. Das jüdische Mädchen, das den Samen in ihre Hand spuckte.

Mascha. Ihr Herz hat aufgehört zu schlagen, aber noch bevor es kalt ist, sackt das Blut in ihrem Körper und bildet schwarze Seen am Grunde ihrer Organe und Muskeln; graue und schwarz unterlaufene Inseln tauchen auf ihrer Haut auf, *Livores*, Leichenflecken, und schon bald, morgen, jetzt, kommen die ersten grünen Schmeißfliegen und legen ihre Eier ab, die fetten Fleischmaden, ein räudiger Fuchs, ein Hund; in einigen Tagen ist sie nicht mehr zu erkennen, ein abgefressenes Ding, ein Sack Knochen, nur noch eine Erinnerung in meinem brennenden Hirn.

Ich höre Schritte im Kies vor dem Waggon. Sie bleiben stehen.

»So«, sagt Klaus und zieht sich in den Wagen. Er schmeißt mir Rainers Portemonnaie zu und zündet sich eine Zigarette an. Er ist ganz weiß im Gesicht. »Und du hältst die Schnauze!«

Der Zug setzt sich in Bewegung.

Doch bevor wir in den eigentlichen Bahnhof einfahren, wo der Waggon Truppenangehörige, Soldaten auf Urlaub, Verletzte, einen Haufen Fremde aufnehmen soll, hält der Zug nochmals.

Ich habe höchstens ein paar Minuten, aber ich habe die Dunkelheit.

»Nimm mir das ab.«

»Als wenn …«

»Komm schon. Ein an einen Eisenbahnwaggon geketteter Polizeioffizier. Wie willst du das erklären?«

Er überlegt einen Moment, dann kommt er zu mir und schließt auf.

»Wenn du auch nur …«

Ich stehe auf, versuche meine Hände zum Leben zu erwecken.

»Bekomme ich keine Waffe?«

»Du zeigst mir, wo das Geld ist, und dann …«

Ich setze mich wieder, seufze.

»Ich habe einen Scheißhunger. Hast du etwas zu essen?«

Er sucht in seiner Feldtasche, lässt eine Konservendose zu mir hinüberrollen.

»Einen Dosenöffner, hast du so etwas auch – oder ist das zu gefährlich?«

Er landet in meinem Schoß. Die Dose stöhnt, als ich die Klinge in den Blechdeckel drücke. Ich pule das feste Gulasch mit den Fingern heraus, verschlinge die Klumpen.

»Danke«, sage ich mit vollem Mund.

Er stellt sich an die Luke, blickt hinaus.

Ich trete mit der Dose hinter ihn, mit dem scharfen, gezackten Deckel.

»Willst du was abhaben?«

»Was?«

Er dreht sich halb um, plötzlich mit einer gewissen Herzlichkeit in der Stimme.

Ich reiße ihm den Kopf in den Nacken und will den Schnitt direkt unter dem Adamsapfel ansetzen, aber die Halsarterie ist mal hier und mal dort, ich erwische sie nicht. Er rudert mit den Armen und trifft mich mit einer Faust am Ohr, meine Brille verschwindet in der Dunkelheit; er versucht sich umzudrehen, hat bereits eine Hand in meinem Nacken, als seine Luftröhre frei liegt. Er erstarrt einen Moment, als ihm die Luft entweicht und ich die Ader durchtrenne.

Und dann kommt es.

Ich halte ihn aufrecht, als das Blut mir auf die Hand schießt.

Er sackt zusammen, ich lasse ihn zu Boden fallen.

Die Pupillen sind bereits starr.

Die wässrigen Augen schimmern noch kurz in der Nacht, dann ist auch das vorbei.

Ich nehme meine PPK, klopfe seine Taschen ab und finde seinen Ausweis, die Soldbücher von ihm und Rainer sowie drei Geldbörsen, dann werfe ich ihn neben die Gleise.

Ich wasche mir die Finger im Pisseimer und schmeiße ihn hinterher.

Meine Hände zittern unkontrolliert.

Beide Hände sind nötig, um die Brille aufzusetzen.

*

»Oh, gut dass ihr kommt! Seit Minsk habe ich hier allein gesessen und verflucht gefroren«, rufe ich, als die ersten Hände nach der Schiebetür greifen und einen Augenblick später Leute in den Waggon drängen.

»Dieter Horn«, stellt sich jemand vor und legt zwei Finger an die Stirn. »Panzergrenadier. Wo willst du hin?«

»Nach Hamburg.«

»Hamburg. Da muss ich auch hin. Wohin dort?«

»Hamm.«

»Das ist nicht wahr, oder?«

»Doch.«

»Wo in Hamm?«

»Rumpffweg.«

»Die Welt ist doch verdammt klein!«

»Er kann über nichts anderes reden als sein Scheiß-Hamm«, sagt irgendjemand aus der Ecke. »Als kämen alle interessanten Leute aus Hamm.«

»So ist es doch auch!«, entgegne ich lachend.

Noch immer kann ich meine Hände nicht stillhalten.

Zu Hause

Wir halten irgendwo in Vorpommern, auf einem Rangiergleis im Schutz eines Birkenhains. Blütenstaub und Sommerhitze sickern herein, über uns ein brüllender Schwarm amerikanischer Bomber, USAAF, Tagesbomber, diese weißen Rümpfe, diese fliegenden Aluminiumfestungen, glänzende Schlangen.

Sind sie auf dem Weg nach Rostock, Berlin?

Ich stehe ein wenig abseits, am Rand eines Schottergrabens.

Die Portemonnaies habe ich geleert, die Papiere zerrissen und verstreut, die beiden Soldbücher, die Ausweise, die Fotos. Ein paar Münzen, eine Sicherheitsnadel. Ich sinniere über einen kleinen geknüpften Schlüsselring mit Tonperlen aus Rainers Portemonnaie.

Klaus Maier, Rainer Fuchs, der Dicke und der Dünne, *im Dienst vermisst*. Das ist die Mitteilung, die Rainers Frau, eine schwammige Frau mit niedrigem Haaransatz und einem mürrischen Zug um den Mund, in einer Woche in irgendeinem Flecken in Westfalen bekommen wird, wenn er nicht nach Navahrudak zurückkehrt. Und das Mädchen, das diesen Schlüsselring geknüpft hat, wird für immer mit diesem großen rauschenden VERMISST leben und Blumen und kleine Tongegenstände auf ein leeres Grab legen, ohne jemals zu erfahren, was für ein Arschloch ihr Vater gewesen ist.

Vielleicht ist es besser so.

Requiescat in pace.

Ich zünde eine Efka für das unbekannte Kind an, spucke ein paar Tabakkrümel aus.

Klaus besaß ein Taschenalbum mit kleinen Fotos von Tieren und Massakern, ein Uhu auf einem Pfahl, die kahl geschorene jüdische Frau aus Dirlewangers Zoo mit einem Fuchs und anderen Tieren, mit Ziegen, sie trägt ein Kopftuch und steckt eine Nuckelflasche in die Schnauze eines Igels. Getarnte Bilder seiner Geliebten, sehr geschickt. Das erschütternde Foto eines Massengrabs, es sieht aus wie gestapeltes Holz, wie Holzscheite in einem lehmigen Graben. Mordtourismus und Sex. Oder hat er sie geliebt? Habe ich auch sie getötet, wenn er nicht zurückkommt und sie beschützt?

In Rainers Münzfach finde ich einen kleinen handgeschriebenen Zettel. Peter 0134, Hamburg. Eine Schrift mit großen kindlichen Schwüngen. Ist Dirlewanger Legastheniker? Es ist eine interne Nummer, SD, Sicherheitsdienst. Dirlewanger muss sie ihm gegeben haben, bevor er sich von uns trennte. Peter muss ihr Kontakt sein. Was wird er unternehmen, wenn sie ihn nicht anrufen und Bericht erstatten?

Wer steht außer Dirlewanger am anderen Ende der Kette? Kube, Gottberg, Bach-Zelewski? Die ganze SS?

Ich falte das Telegramm auseinander, das Greta mir gegeben hat. Von meinem alten Kripo-Kollegen bei der Mordkommission in Hamburg. Die codierte Nachricht lag in Klaus' Portemonnaie, komplettes Volapük. Ich ziehe die zusammengerollte Seite des Codebuchs unter meinem Kragen hervor, rolle sie aus, lege mich auf den Bauch und buchstabiere mich durch die Nachricht.

Keine Spur von M. Schlosser. STOP Mann B. Winther heute tot aufgefunden. STOP. Anzeichen von Folter. STOP. B.W. Lagerleiter bei STREHLING GmbH Maschinenfabrik. STOP. Adresse Peutehafen 4-8. STOP. Kein Zugang. STOP. Gehört zur SS. STOP. Komme nicht weiter. STOP. Leb wohl. Hugo.

Heute ist zwei Tage her.

Die Lösung: Strehling ist kein Mann, es ist eine Firma, kein Wer, sondern ein Was.

Manfred hat diesen B. Winther gezielt aufgesucht, ihn gefoltert, ermordet und die Leiche an einem öffentlichen Ort hinterlassen, wo man sie finden musste. Das ist nicht in Kolozec oder in der Todeszone passiert, sondern in Hamburg. In Deutschland. Vielleicht ist er davon ausgegangen, dass die Kripo in Panik gerät, wenn die SS involviert ist. Trotzdem extrem riskant. Wenn ein großer Goldschatz aus einem internen Lager verschwindet, wird es entdeckt. Man kann sich in den besetzten Gebieten die Taschen füllen, aber wenn die Beute erst einmal nach Deutschland gekommen ist, wird alles gezählt, registriert und notiert, als hätte es schon immer uns gehört. Es sei denn, das Gold war *nicht* registriert. Es sei denn, Manfred *wusste* das.

Ich klemme die Efka zwischen zwei Finger und schnipse sie in den Schottergraben.

Es ist kurz nach zwei.

Allmählich erkenne ich einen Zusammenhang.

Man tötet keinen Mann in Hamburg, nur weil ein Partisan unter der Folter einen Namen genannt hat, um seine eigene Haut zu retten. Manfred muss gewusst haben, dass Steiner das Gold hatte. Und warum? Weil er es selbst mit Steiner zusammengetragen hat! *Er hat mir alles beigebracht*, hat Manfred gesagt. Als er den Goldring in den Fluss warf, war das keine freundschaftliche Geste, sondern weil es dort, wo der Ring herkam, noch viel mehr gibt.

Mommas Aussage: *Steiner hat das Gold versteckt. Er hat gesagt, ich soll es aus ihm herausbekommen.*

Manfred ist nicht nach Hamburg gefahren, um eine Intrige zu enthüllen.

Er selbst ist die Intrige.

Ich wage kaum, diesen Gedanken zu Ende zu denken.

Ich muss an dieses Gold kommen.

Aus den Zähnen der Juden gegraben. Mit einer Zange herausgerissen, in Säure aufgelöst, umgeschmolzen zu Barren.

Non olet. Vielleicht kann ich mich freikaufen? Vielleicht kann ich diese Geschichte überleben.

Ein Stechen im Unterleib.

Was wird Manfred unternehmen, wenn ich ihn finde?
Wenn ich ihn finde, bringt er mich um.

Eline. Warum muss ich jetzt an sie denken? Ist sie eingeweiht?
Sie ist sauber. Sie muss sauber sein.

*

Hamburg besteht aus Rauch. Als wir am späten Abend des 27. von Norden die Stadt erreichen, sehen wir den fetten schwarzen Qualm aus Explosionsbränden, das Gewaber aus Gasen und Partikeln, die der Elbe entlang aufs Meer zutreiben. Es ist keine Stadt mehr. Es ist die Erde, die brennt.

Ein Eisenbahnarbeiter.

Wir rufen ihm etwas zu, er dreht sich zu uns um, stellt seine Schaufel ab und legt eine Hand hinters Ohr.

»Was?!«

»Wurde Wandsbek getroffen?«

»Hamm?«

»St. Pauli?«

»Altona?«

»Was?«

Wir schreien, wir sind ein Hals, er massiert seinen Mund mit seiner dunklen, schwieligen Hand.

»Nein!«, brüllt er, als wir an ihm vorbeifahren. »Es ist …«

»Was hat er gesagt?«

»Die Werften«, sagt jemand.

»Es müssen die Howaldtswerke sein.«

»Es sind die Howaldtswerke.«

»Bestimmt. Die Werften. Er hat gesagt, der Hafen … Die bombardieren doch nicht etwa …«

»Doch, das machen sie. Die Schweine bombardieren alles.«

»Seht's euch doch an … es kommt vom Hafen, nicht aus der Stadt …«

»Du träumst.«

»Nein, sieh doch!«

Wir glauben es einfach nicht, wir sehen Ascheflocken, die wie ein böser Schnee auf uns zukommen, ein flockenleichter, langsamer Sturm, wie Flaumfedern, Papier, ein Spinngewebe aus brennender Wolle.

*

Die Eisenbahnschienen sind intakt, als wir in dem grauen Ascheregen das Zentrum erreichen.

Ich verabschiede mich nicht, als ich am Hauptbahnhof aus dem Wagen springe, Rauch und Gestank in der Nase; in meinem Hirn schreit die Panik, mit einem Mal gibt es nur noch Eline, es ist ein Spießrutenlaufen zwischen müden Gesichtern. Ich stolpere in eine Familie, meine Tasche prallt auf ein Kind, Eline, der Koffer der Mutter springt auf, Kleider, Schuhe, Bürsten quellen heraus, warum trägt sie mitten im Sommer einen Pelz, es ist heiß hier, schwül, trocken, hier war es doch noch nie so unerträglich heiß, ich nicke, lächele und entschuldige mich, wie eine Windhose vor einem Taifun, einem Erdbeben, es ist weiß im Gehirn, Eline, ich trete auf den Steintordamm, die Rauchgürtel sind massiv, schwarze bebende Berge, die in den Lungen brennen, die Feuerwehr ist im Einsatz, überall Soldaten und Kinder, Eline, ich laufe ans Wasser, folge der Eisenbahn in östlicher Richtung, ich sehe nichts, ich laufe und laufe, Nordkanal, Eiffestraße, jetzt bin ich am Mittelkanal, die niedrigen Büsche, die Kieswege, das träge Wasser.

Ich bleibe stehen, die Hände auf den Knien.

Ich ringe nach Atem.

Ich bin in Hamm.

Sehe mich um. Die Bänke. Die Linie der Büsche und Bäume. Die Häuser dahinter, die nach Norden ausgerichteten schmiedeeisernen Balkone. Die Werften, die Mietskasernen im Süden, die Proletarier, die Hinterhöfe meiner Kindheit.

Ein Schnauzer zerrt an seinem Halsband.

Ich klopfe mir auf die Taschen, drehe mich um mich selbst, mein Haar brennt nicht.

Die Hafenanlagen brennen. Nicht Hamm, nicht Hammerbrook!

»Warum lacht der Mann?«

Er ist nicht älter als fünf oder sechs, in kurzen Hosen und langen Strümpfen. Was macht er so spät noch auf der Straße? Seine Hand geht über in Mutters Arm, er trägt eine Schiebermütze. Sie zerrt ihn fort, die andere Hand hat sie an einem Kinderwagen voller Koffer, Habseligkeiten und einem Kind mit einer dreckigen Haube. Wird die Stadt evakuiert?

Der Junge hat recht.

Ich lache lautlos, jetzt ohne Publikum, von einem Ohr zum anderen, ich grimassiere wie ein Wahnsinniger, erst jetzt sind auch Geräusche zu vernehmen.

Es ist Dienstag, der 27. Juli 1943, 23:21 Uhr.

Ich kann bis in das Loch am Himmel sehen.

Nachtblau ist es dort oben.

Ist es so einfach? Liebe ich sie? Ich pfeife.

Ich bin siebenundzwanzig.

Eline Schlosser ist vierundzwanzig.

Bin ich spontan?

Magst du mich jetzt?

*

Jetzt bin ich angekommen. Im Dimpfelweg überall Asche.

Es ist dunkel in Nummer 6, aber es muss auch dunkel sein. *Verdunkeln! Der Feind sieht dein Licht!* Ich gehe die Treppe hinauf, das Messingschild mit *Prof. Schlosser* an der Tür. Sitzen sie dort oben in der Dunkelheit, der Professor, die Frau Professor und ihre blonde Tochter, oder liegen sie bereits im Bett? Sind sie in den Keller gegangen, in den Bunker an der Ecke, haben sie den Notkoffer gepackt, Butterbrote, Zahnbürsten?

Warum klingele ich nicht?

Ich gehe eine Stufe hinunter, stehe wieder auf der Straße, schwinge mich auf das schmiedeeiserne Gitter und versuche, unter den schwarzen Gardinen eine Spur von Licht zu entdecken.

Nichts.

Hat sie meinen Brief bekommen? Sagt sie Ja? Wird sie mich heiraten?

Ich sehe an mir herunter. Der braune Dreck auf meiner Uniform, Klaus Maiers Blut. Schwarze Hände. Scham.

Ich gerate in Panik, als die Tür geöffnet wird.

Ich laufe in die Einfahrt und verstecke mich hinter einer breiten Klematis.

Eine Kurzschlussreaktion, der Puls jault in meinem Kopf.

Es ist eine Falle! Manfred ist in der Wohnung und wartet auf mich.

Stimmen von innen, eine tiefe Frauenstimme. Gerda Schlosser. Und eine hellere, klingelnde, dieser Hauch von Ironie, Eline.

Ein Mann kommt heraus. Ein Zivilist mit gutem Teint. Er trägt einen schwarzen Mantel und einen weichen beigen Hut.

Es ist nicht Manfred.

Eline tritt ebenfalls vor die Tür, stellt sich neben den Mann.

Auch sie hat ihren Mantel an, sie plaudern und gehen gemeinsam die Treppe hinunter!

»Glaubst du, wir schaffen es?«, fragt Eline.

Ich sehe ihre Hand, von den Fingerknöcheln abwärts, ihre langen Finger ragen aus dem Ärmel, sie hält nicht seine Hand.

»Ja, aber es wird nicht …«

Er bleibt direkt vor mir stehen, ich verstehe nicht, dass sie mich hinter der Klematis nicht sehen.

Soll ich herauskommen?

»Ich dachte, ich hätte etwas gehört«, sagt er. »Hörst du das nicht?«

Ihr Gesicht und der schneeweiße Kegel ihres Kinns, als sie den Hals reckt und in den Himmel horcht.

»Nein, Ernst. Da ist nichts. Komm …«

Jetzt legt sie ihre Hand in seine.

Mir stockt der Atem.

Sie zieht ihre Hand wieder zurück, entfernt mit zwei Fingern eine Ascheflocke von seinem Revers, streicht den Stoff glatt.

»Komm jetzt«, sagt sie. »Sonst kommen wir noch zu spät. Und das willst du doch nicht, oder?«

»Nein.«

»Hast du deinen Bunkerausweis dabei?«

Jetzt wenden sie sich ab und gehen den Dimpfelweg hinunter.

»Ja«, er klopft sich auf die Brusttasche. »Hier ist er.«

Sie gehen an der Wagner-Villa mit dem schwarzen Efeu vorbei. Die weißen Bordsteine leuchten in der Dunkelheit.

Vor dem Schaukasten des Kinotheaters bleiben sie einen Augenblick stehen und setzen ihren Weg dann geradeaus fort.

Nein, sie biegen ab.

Als ich zur Ecke des Gebäudes komme, sind sie verschwunden.

Diese dröhnende Dunkelheit der Ölbrände in den Hafenanlagen, die langen Schatten.

Kein Rauch, aber der Gestank nach Rauch.

Dort sind sie, bereits ein Stück auf der Hirtenstraße. Sie sieht ihn beim Gehen an.

Sein weicher beiger Hut.

Jetzt bleiben sie wieder stehen, schauen auf die Litfaßsäule vor der Kirche, sie lacht.

Ich überquere die Straße, dann biegen sie erneut ab.

23:38 Uhr. Kleinalarm, die Lautsprecher an den Straßenecken: *Feindliche Flugzeuge über der Deutschen Bucht* … Ich fange an zu laufen, als ich kurz darauf das dritte Signal höre. Die Straßen füllen sich, mit einem Mal flammt der Himmel auf.

Ich laufe im Licht der Suchscheinwerfer.

Als der Fliegeralarm beginnt, stehe ich mitten auf Hammer Hof. Jetzt höre ich das ferne Brummen der Flugzeuge. Es müssen Hunderte sein, Tausende. Die ersten Flakschläge weit entfernt, und die Scheinwerfer, die durch die Nacht schießen, bereit, suchend. Jeden Moment müssen die ersten Maschinen in dem Lichtermeer ankommen.

Die Acht-Acht hier unten.

Ein schwarzer Schwarm Menschen an der Ecke der Meridianstraße. Dort muss ein Bunkereingang sein, direkt an der Ecke. Niemand sagt etwas, als ich mich in die Schlange quetsche, nur Motorenlärm und dieses massive Schieben und Entgegenstemmen; harte Gesichter, ein Säugling in einen Schal gewickelt, sein Gesicht ist vollkommen ruhig. Ganz Hamburg flieht unter die Erde, in die Katakomben, warum wurde so kurzfristig Alarm gegeben, und dort, zwanzig Meter weiter vor mir in der Schlange, sehe ich seinen schwankenden Hut wieder.

»Kommt schon, zum Teufel!«, brülle ich und zwänge mich vor. »Ich muss dorthin!« Aber ich komme nicht weiter, eine Mauer aus Fleisch, ein summender Menschenmorast, und plötzlich fangen sämtliche Scheinwerfer orientierungslos an zu flackern, zufällig, schwachsinnig, und ich sehe, was die Radaranlagen außer Gefecht setzt: ein glitzernder Schnee aus Lichtflecken über Wandsbek und Hammerbrook, glänzendes, blinkendes Silberpapier, ein Regen aus Folie.

Und dann, hoch oben, gefangen von einem Lichtkegel und den hellroten Explosionen der Flak, der *Masterbomber*, die Leitmaschine, die irgendwelche leuchtenden Dinge ausschüttet, eine Serie von langsamen, grün phosphoreszierenden Stangen.

Weihnachtsbäume.

Die Leute schauen nach oben, hypnotisiert.

Ein Regen aus farbigen Kugeln.

Das Flugzeug bricht nach links aus, der rechte Flügel zersplittert, die Maschine gerät ins Trudeln, der Rumpf wird in einem flackernden Lichtermeer auseinandergerissen.

Plötzlich bricht Panik aus, die Menschen schreien, der Druck wird enorm, ein Beamter schlägt mit seinem Knüppel in die Menge;

ich falle, grabe mich durch einen Haufen Beine, bekomme ein Knie an den Kopf, schubse einen Schenkel beiseite, mit der Schulter gerate ich unter einen Mann, der davonrennen will und fällt, es stinkt nach Angst, ich werde auf die Wange geschlagen, dann habe ich mich aus dem Durcheinander befreit, ringe um Atem und sehe das Grüne langsam auf uns zu segeln.

Das dumpfe Aufschlaggeräusch, als die erste grüne Markierung ein paar Meter von mir landet, dann eine weitere und noch eine.

Dieser glühende und knisternde grüne Phosphor mitten in der Welt.

Schwelende Lichtkreise, die nicht zu löschen sind.

Wir sind das Ziel.

Nun ist sie bereits über uns, die Welle der *heavies*, die Brandung der schweren englischen Bomber, der Avro Lancasters, Halifaxes, Wellingtons.

Das Dröhnen der Motoren, Milliarden von Insekten, knirschende Zahnräder, stampfende Pumpen, die ersten schnellen Sprengbomben fliegen durch die Luft und tauchen ein in die Stadt.

Die schwebenden Stäbe der Brandbomben.

Der Sog der Häuser hinauf zum Lichtermeer.

Ich kann mich nicht bewegen, mit zurückgelegtem Kopf blicke ich hinauf in die Nacht.

Dann bricht ein Stück des Himmels ab, ein Dach wird schwarz zerfetzt, Lichtflecke und glitzerndes Glas.

Mit einem Schlag sämtliche Schwingungen auf einmal.

Ich werde aus der Luft gerissen.

Es vergeht nur ein kurzer Moment, bis ich wieder zu mir komme. Es ist vollkommen still hier. Dort ist der Eingang des Bunkers. Sie schließen gerade die Stahltür. Steine, wankende Gestalten, jetzt dumpfe Geräusche, das Sickern aus den Ohren. Mein Trommelfell muss geplatzt sein. Meine Schulter ist eingeschlafen. Ein Knall, ein Sturm aus Glas. Ich ducke mich, schwanke bei jedem Einschlag.

Die Häuser wackeln. Mit einem Mal bin ich wach, und jetzt renne ich, in einem Regen aus Brandbomben, in ihrem flüssigen Morast aus Gummi und brennendem Benzin. Eine Stichflamme aus Phosphor, als ein Baum sich in einem Gewebe aus brennendem Weiß entzündet. Die Geräusche kommen zurück, als ich an der Tür bin und von einem Polizisten aufgehalten werde. Ich schreie, aber ich kann mich in dem kreischenden Johlen selbst nicht hören. Er hat ein breites Kinn, und ich brülle durch den Lärm: »ICH BIN AUCH POLIZIST!« Er dreht sich zu jemandem um, nickt und sieht mich wieder an. Eine Frau, sie hat ein Mädchen an der Hand, sie laufen auf uns zu, jetzt fliegt die Frau durch die Luft, ein Balken hat sich durch ihren Brustkasten gebohrt, das Mädchen stürzt auf die Straße, dann bin auch ich drinnen. Die Tür wird zugeworfen, der Riegel vorgeschoben. Ich höre einen harten Schlag an der Tür.

Die Frau muss dagegen gestoßen sein.

»Das Mädchen …«, sage ich.

»Sie ist tot, haben Sie das nicht gesehen?«, erwidert der Polizist ruhig.

Er legt die flache Hand auf die Tür. Ich fasse nach seinem Handgelenk.

»Nein, sie ist nur gestolpert … es war die Mutter, die … verdammt, sie muss rein! Sie wurde nicht getroffen! Sie …«

Ich werde die Treppe hinuntergestoßen, überall sind Menschen. Ich bekomme einen Schlag auf den Kiefer, irgendjemand drückt mich zu Boden, eine Hand im Nacken. Ich atme hektisch.

»Es kommt niemand mehr rein!«

Ich schaue in die Mündung der Waffe des Polizisten. Zwei Männer halten mich unter den Achseln fest.

»Verhalten Sie sich ruhig?«

»Ja.«

»Wirklich?«

»Ich … bin … ganz … ruhig.

Auf dem Schild unten an der Treppe: *Luftschutzraum, max. 200 Personen.*

Die grauen, stummen Gesichter, hier drin müssen über tausend Menschen sein.

Alle schauen nach oben, horchen.

Wir können das Dröhnen hören, die dumpfen Einschläge.

Irgendjemand dreht an dem Handgriff des Luftfilters, ein keuchendes Geräusch, wie Steinstaublungen, Eismaschinen.

Ich kann Eline in dieser kompakten Menge nicht erkennen.

Ich kann mich nicht bewegen.

»Ist das hier?«, flüstert jemand direkt hinter mir.

»Nein, es muss in Wandsbek sein.«

»Hier kann uns nichts passieren. Wir haben Gasfilter.«

»Aber sie haben auch hier Markierungen abgeworfen ...«

Nach ein paar Minuten sind sie ruhig.

Es *ist* hier. Die Erde bebt. Putz und Staub rieseln von der Decke.

»Eline ...«, flüstere ich. Dann lauter: »Eline, bist du hier? Eline Schlosser!«

»Halt die Schnauze!«

»Eline! Eline Schlosser ...«

Der Glühfaden flackert, das Licht geht aus.

Diese selbstleuchtenden schwankenden Mauern, diese Wellen aus Licht.

Jetzt kommt es.

Die Erschütterungen. Die Hände auf den Ohren, das Dröhnen geht direkt hindurch. Ich krümme mich zusammen, die Arme um den Körper gelegt. Ich höre nur mein eigenes Herz, das Aufbrüllen des Herzens, die Erschütterungen, jetzt platzt mein Kopf, der Lärm dringt ungeschützt ein, ich *bin* der Lärm, es reißt alles heraus, alles, was ich bin ...

Von weit her findet irgendjemand meine Hand. Die Kälte eines Traurings, es ist eine alte Hand, ich spüre den Pulsschlag in den Fingern. Ich zähle. 93-94-95, ansteigend, das ist das einzige Geräusch in dieser verschwimmenden Welt.

Sie zerquetscht mir fast die Hand.

Sie soll meine Hand zerquetschen.

Hörst du das?

Es ist die Stimme Zarah Leanders, die sich in den wilden Sturm bohrt.

»Was!«

Die Worte werden aus mir herausgerissen, zerpflückt.

Kannst du mein Herz hören?

Ich bewege jetzt nur die Lippen, lautlos.

»Ja.«

Kannst du auch das andere hören?

»Das andere?«

Hör hin.

Das harte Klopfen ihres Herzens. Und nun, von innen: schnellere Schläge, ein zweites Herz.

»Was ist das?«

Das ist deins, du Dummkopf… dein Herz in meinem Herzen.

Die Druckwelle, als die Sprengbombe den Bunker trifft. Die Hand, die aus meiner gerissen wird. Mich trifft ein Sturm aus Körpern, Steinchenhagel, fegendem Staub.

Das Gesicht ist aufgerissen.

Meine Beine lassen sich nicht bewegen.

Die Frau ist verschwunden.

Einen Augenblick später sehe ich Eline am Bunkereingang.

Sie sieht mich nicht, vom Staub umwirbelt, ist sie wie erstarrt.

»Eline!«

Sie blutet aus den Ohren. Sie gelangt auf die Straße und fängt an zu laufen.

»Ich bin's, Heinrich!«

Auch mir gelingt es, den Bunker zu verlassen, ich sehe ihren grauen Schatten in den Feuerkaskaden.

Pfeifende, johlende Sturmwinde.

Ich bleibe dicht an den Mauern, um nicht in den Feuersturm gerissen zu werden. Dächer fliegen durch die Luft. Der Asphalt kocht, blaue Ölflammen. Ein großes Mädchen läuft über die Straße, es ist nicht Eline. Ihre Schuhe bleiben in dem flüssigen Asphalt stecken, sie bückt sich, schlüpft aus den Schuhen, läuft weiter, bleibt am Asphalt hängen, erstarrt, das Feuer erfasst sie.

Dann sehe ich sie. Sie hat einen brennenden Hof durchquert und läuft vornübergebeugt die Mauern entlang, mit der einen Hand hält sie ihr langes blondes Haar, mit der anderen drückt sie sich einen Lappen auf den Mund. Als sie die Ecke von Hammer Hof erreicht, erfasst sie eine Bö, sie lässt ihr Haar los, ein wilder Luftwirbel, plötzlich ein Funkenstoß, ihr Mantel wird in die Luft gefegt, sie ist bereits eine Stichflamme, ein Strich in der Luft, ich schreie, aber die Stimme wird mir aus dem Mund gerissen, ich arbeite mich weiter vor in dem Sturm, ich *will* dorthin, ein Mercedes, der verbogene Kotflügel steckt im kochenden Asphalt, das Heck wird in die Luft gehoben, der Wagen überschlägt sich, er knallt gegen die Mauer links von mir. Fliegende Bäume und Puppen, flackernde Mauern aus Feuer, ich schaffe es mit schlotternden Knien bis zur Ecke, Blitze von Magnesiumbomben; ich bin auf einer freien Fläche, die Hitze trifft mich wie ein Schlag ins Gesicht, ein Schuss, mit einem Mal stirbt die eine Seite des Kopfes, ich taumele zu Boden, den Kopf im Mantel, ich krümme mich zusammen, der Sturm saugt mich mit spiralförmigen Windungen an, mein Mantel fängt an, schwarz zu werden, die Funken, die Hitze, *jetzt* ist es soweit, JETZT …

Ein Knall, irgendetwas explodiert, ein Pfropfen, eine Kapsel, und irgendetwas trifft mich mit einem schweren, heftigen Schmerz, sind meine Rippen gebrochen? Plötzlich schießt Wasser aus dem Boden, ein aufgeplatzter Hydrant, und ich liege mitten in der Fontäne. Der Druck des Wassers spült einen Geysir in den Himmel, trifft auf die Hitze und verdampft; die Eiseskälte, die auf mich hinabtropft, ich stehe auf und bleibe wie in einer im Meer versenkten Sonde stehen, und um mich herum ist überall Feuer.

Als ich erwache, sehe ich in einiger Entfernung eine Durchfahrt, etwas Dunkles, das zu einer Brandstätte führt, es muss bereits gestern niedergebrannt sein. Ich laufe hindurch und stehe auf einem Boulevard, ich kreuze gegen den Sturm an und erreiche die Brücke über den Kanal, meine Schritte sind groß wie die eines Riesen, sie dröhnen auf dem Pflaster.

Die Ertrunkenen dort unten, das Gewirr ihrer Arme.

Ich habe sie bereits wieder vergessen.

Ich stehe im Park, auf der großen Rasenfläche. Die Hände auf die Knie gestützt. Hier ist es bereits kühler. Der Sog kalter, reiner Luft. Das grüne Gras. Ich sehe mich um. Es gibt Menschen, staubig, verbrannt, hustend, gerettet.

Es sind keine zehn Minuten vergangen.

Eine übervolle Insel von Überlebenden mit weißen Augen.

»Ist hier noch Platz?«, frage ich eine junge Frau, die ihre Arme um ihren kleinen Jungen gelegt hat. Ich versuche zu lächeln, aber ich habe die Kontrolle über meine Mimik verloren. Mein Gesicht reagiert nicht, als sie *bitte* sagt und ein Stück zur Seite rückt.

Es sind Dialoge aus einer anderen Welt.

»Wollen Sie mal probieren, Herr … Herr …«

Der kleine Junge stößt mich an. Er ist in den Armen seiner Mutter kaum zu erkennen, in der einen Hand hält er eine Blechdose. Mit der freien Hand zupft er mich am Mantelärmel.

»Was?«

»Hat meine Mama gemacht, es ist Kompott. Pflaumen.«

»Mirabellen«, sagt die Frau und sieht mich mit ihrem rußigen Gesicht und hellen Augen an. Jetzt wache ich auf.

»Ich hab sie die ganze Zeit getragen«, sagt der Junge und reicht mir die Dose. »Auch als ich ins Wasser gefallen bin. Ich hab sie die ganze Zeit festgehalten.«

»Das kann ich nicht annehmen«, sage ich, verschlinge die Dose aber mit den Augen, meine Kehle brennt, mein ganzer Körper ist überhitzt und schreit nach Flüssigkeit.

»Nehmen Sie ruhig«, sagt die Frau. »Sie müssen ja nicht alles essen.«

Ich greife nach der Dose und nicke ihr zu, mit einem Mal verlegen. Ich wiege sie in der Hand, als ich den Deckel aufschraube, die süße, schwere, duftende Flüssigkeit darin. Dann setze ich die Dose an die Lippen und trinke und lutsche die zähe Marmelade, die mir übers Kinn tropft.

»Na, na, mein Herr …«

»Entschuldigung, entschuldigen Sie… ich weiß gar nicht, was mit mir los ist, ich …«

»Emma Biermann«, stellt die Frau sich vor. »Und das ist… sag guten Tag, Wolfie.«

»Guten Tag, Herr?«

»Maier«, sage ich, ohne darüber nachzudenken. »Klaus Maier. Das ist die beste Marmelade, die ich jemals probiert habe… Aber möglicherweise ist es nicht gerade der richtige Zeitpunkt«, füge ich hinzu und lächele dämlich. Ich breite die Arme aus, als wären wir hier in Sicherheit, trotz all der Flammen um uns herum, als würde ich der gesamten Gesellschaft ein Bier ausgeben wollen, unten an der Ecke im Schwarzen Ferkel, das auch verschwunden sein dürfte. Irgendwie ist das komisch, und ich breite die Arme noch einmal aus, um dieses Gefühl zu erleben. Es ist *ganz einfach komisch*, wir sitzen auf dem Gipfel der Welt, die qualmende, brennende Stadt ist so merkwürdig weit weg wie ein Film, ein Varieté, ein Zirkus mit tanzenden Flammen und fliegenden Elefanten.

»Hätten Sie gern eine Zigarette, Frau Biermann? Das wäre doch gemütlich, oder? An so einer Griechischen zu ziehen, glauben Sie mir etwa nicht, die sind doch aus Griechenland, die heißen schließlich *Thessaloniki* – also müssen sie da her sein! Hier!«

Ich reiche ihr meine deutschen Efka, wir schauen beide in die Packung.

Jetzt kichert sie auch albern, beschämt.

»Nein, danke. Kein Rauch mehr für mich. Danke.«

Dann beginnt sie zu schluchzen.

KLAUS MAIER

So geht das

Es wird nicht hell. Der Himmel ist schwarz vor Rauch. Die Sonne ist ein kleiner zorniger Stecknadelkopf. Die Stadt ähnelt jetzt dem Mond, nichts als Minerale. Die Steine sind heiß. Alle anderen im weiteren Umkreis sind tot. So geht das.

Die beiden, Mutter und Sohn, schlafen, eng ineinander vergraben. Ich nehme meinen Mantel, lege ihn um sie und bleibe einen Augenblick stehen. Die Lippen des Jungen sind blau vor Kälte, aber er lebt.

Ich sehe sie mir eine Weile an, dann gehe ich zurück in die Ruinen.

Die langen vorüberziehenden Schatten. Jemand sagt Moorweide. Hinter dem Hauptbahnhof, am Dammtor, die Universität.

»Dort müsste es Wasser geben. Weitere Überlebende.«

Ich muss mit meiner Uhr an eine Hausfassade geschrammt sein, das Glas ist milchigweiß abgeschabt und mit Rissen übersät, aber ich kann die Zeiger erkennen, es ist kurz nach zehn. Ich war in der Hirtenstraße, als ich sie gesehen habe, ich verlasse den rauchenden, qualmenden Park.

Kohlestücke. Porös, verstaubt.

Einige von ihnen atmen noch.

Ich rufe sie.

Es ist später Vormittag, als ich Eline auf einer Treppe an der Hammer Landstraße finde.

Ich weiß, dass sie es ist. Der Schuh aus glänzender Seide auf der Stufe darunter gehört ihr, die diskrete hellrote Spange, diese fließende goldene, hellrote Schönheit, *wo ist der andere Schuh?*, ich schaue mich auf der Treppe um, nur Mauerbrocken, versprengte Steine, Asche, ein ausgebrannter Vogelbauer, rußige, zerstörte Gegenstände, die keine Gegenstände mehr sind, sondern nur noch Reste, unkenntlicher Müll, ein Balkon mit schmiedeeisernem Gitter mitten auf der Straße, verbogen.

Der Schuh ist unbeschädigt. Einhundertzehn Reichsmark, aus Paris, rue Saint-Germain, Balmain, ich habe sie gezwungen, in den Laden hineinzugehen, obwohl wir es uns nicht leisten konnten; der alte Herr mit dem Zopf, den hochhackigen Schuhen und der Seidenjacke führte persönlich ihren kleinen Fuß in den Schuh.

So hübsche kleine Füße, Madame…

Mademoiselle Schlosser.

Ich setze mich neben sie, wage aber nicht, sie zu berühren.

»Ich bin es, Heinrich…«

Ich will *Geliebte* sagen, kann es aber nicht.

Ihr Entsetzen, als sie in den Feuersturm gezogen wurde, als das Feuer ihr Haar erfasste, als ich sie nicht erreichen konnte. Jetzt schreit sie, aber lautlos, denn alles ist bis auf den Grund verbrannt, bis hinein in die Lungen, es gibt keine Schleimhäute mehr, nur diese kohlschwarze Kruste und dieses hohle Raspeln tief in ihr.

Das Zittern der Arme.

Sie ist nicht länger Mann oder Frau.

Sie ist Mineral.

Karbon.

Mit einem Mal hasse ich sie. Rasend. Ohnmächtig.

»Wer war er?«, frage ich. »Der Mann, den du begleitest hast? Der vor eurem Hauseingang? Wer war er?«

Der schwarze Kopf bekommt Risse, als der Mund sich bewegt, an den Mundwinkeln zeigen sich Furchen, *das rosafarbene Gewebe darunter*, die Lippen brechen auseinander, *die hellrote Zunge*, unhörbar, ich lege den Kopf an ihren Mund.

»Niemand. Es war nichts, Liebster…«

Ich sitze neben ihr, die Hände um die Knie gelegt.

Ich habe ihren Schuh vor mich gestellt.

Ich rede mit ihr. Ich weiß nicht, was ich sage.

Ich hebe den Schuh hoch und studiere ihn mit den Fingern, als würde ich sie berühren, die perfekte Kurve der Öffnung, das Klicken der Lackspange, wie eine Liebkosung.

Ich ziehe die Einlage heraus und rieche am Leder, um dem Gestank um mich herum zu entgehen, ein intimer Akt in dieser verwüsteten Welt, ich reiße den Schuh Stück für Stück auseinander, zerteile ihn, küsse ihn.

Ich bemerke, dass ich summe. Was summe ich?

Als ich sie wieder ansehe, ist sie still. Ich lege meine Hand auf ihren Mund. Nichts.

Ich lege mein Ohr an ihr zerstörtes Gesicht.

Da *ist* etwas.

Es rumort.

Jetzt höre ich es. Überall.

Es ist das Summen der Dinge.

Die Gluthitze, die in den Steinen tickt.

Ich stehe auf und schaue auf den glänzenden Haufen aus Lack, Seide und Papier.

Ich hebe ein kleines zusammengefaltetes Stück Papier auf. Wie ist es dorthin gekommen? Hatte sie es in ihrem Schuh versteckt? In einer Falte ihres verkohlten Kleides? Ich klappe ihre Kennkarte des Deutschen Reichs auf, mit dem Adler als Wasserzeichen. Ihr Foto, mit einem Metallauge in den Ausweis genietet. Ihr ernstes Gesicht ist unnatürlich, eine Pose. Die harten Züge weichen bereits auf, sie hält gerade noch die Maske. Genau so ist sie, blond und lebendig … *Veränderliche Kennzeichen: Brillenträger.* Rechter und linker Zeigefingerabdruck. Die Stempel des Polizeipräsidenten. *Unveränderliche Kennzeichen: leichte Deformation des rechten Handgelenks nach Colles-Fraktur, steifer krummer kleiner Finger.* Unsere Schlittschuhfahrt auf der Alster, mein hässliches Mal.

In den drei Wochen, in denen sie den Gips trug, durfte ich nicht zu ihnen kommen; ich schickte ihr kleine Briefchen, auf die ich keine Antwort bekam. Und als ich sie endlich besuchen durfte, saß die ganze Familie in der dritten Etage des Dimpfelweg Nr. 6 in der wilhelminischen Stube mit dem Gurgeln der Heizung, und die fleischfressenden Pflanzen des Professors schienen mir ihre abstehenden Ohren zuzuwenden. Eline las all meine kleinen Briefchen vor und veranstaltete mit ihren Brüdern, Schwestern und Vettern ein Zitatenquiz, und Manfred studierte mit einem kleinen hässlichen Lächeln seine Fingernägel.

Und ich hatte alle zitiert. Goethe, Schiller, Novalis, Morgenstern, Rilke, J. P. Jacobsen. Als es sich mit Tristan und Isolde, einer Erzählung über Liebe und Tod, geradezu überschlug und kurz darauf meine eigenen kleinen Texte an die Reihe kommen würden, rief ich: *Wird mir denn nie vergeben?*

Was sagst du, Eline?, fragte die Frau Professor.

Langes Schweigen.

Danach Pfeifen und Johlen.

Nein!

*

Ich ziehe Klaus Maiers Soldbuch aus der Jackentasche (*Veränderliche Kennzeichen: Tendenz zur Fettleibigkeit. Unveränderliche Kennzeichen: keine)* und starre auf sein breites Kinn. Das Foto hängt an losen Heftklammern, die Stempel sind von der SS. Wieso diese Hierarchie, Metallauge dort und Heftklammern hier? Und so leicht auszuwechseln? Gibt es denn niemanden, der mit seinem Soldbuch betrügt?

Ich drücke die Klammern mit einem Fingernagel auseinander und lockere sie, nehme mein eigenes Soldbuch, löse vorsichtig das Foto heraus, lege es in Klaus Maiers Soldbuch und drücke die Klammern wieder fest. Die Stempelabdrücke stimmen nahezu überein.

Ich blättere in meinem neuen Soldbuch.

Ich bin in Kroatien gewesen, ich habe Auszeichnungen: ein EK II und die Nahkampfspange.

Die Zahnkarte: 1937 wurden mir sämtliche Zähne des Oberkiefers gezogen.

Bei Smolensk bin ich an der Leiste verwundet worden, habe aber offenbar keine sichtbare Narbe.

Auch das Glockenspiel ist noch vorhanden.

Ich sehe auf dem Foto mager aus, ein Echsenhals.

Keinerlei Tendenz zur Fettleibigkeit zu erkennen.

Hallo, Klaus.

Ich stehe auf und gehe.

*

Wieder im Dimpfelweg Nr. 6. Die Klematis ein Häufchen Asche. Die breite Treppe führt nach oben und unten ins Nichts. Ein Haufen Steine, ein schwarzer Garten.

Die Kellertür ist von verkohlten Balken und Steinen blockiert.

Ich drücke mir ein Taschentuch auf den Mund, als ich zusammengekrümmt den Schutzraum betrete.

Sie sind zu identifizieren, es ist eine Gruppe, zwei große und zwei kleine, ganz braunrot, miteinander verwachsen.

Der Professor an der Luftpumpe ist vollkommen zusammengeschnurrt, die Hände um die Knie, den Kopf zwischen den Beinen.

Frau Professor trägt noch immer ihre schweren Ohrringe mit dem massiven lila Kristall und der Silberfassung. Die Haut ist vertrocknet und hat sich über der Hirnschale zusammengezogen, das Gesicht ist dem Schädel zu klein geworden, die Lippen passen nicht mehr zu den Zähnen.

Sie hat die Arme um ihre beiden Enkel geschlungen, allerdings kann ich nur einen von ihnen erkennen.

Bevor ich mich übergebe, liste ich die Toten auf.

An der Leichtathletikabteilung Hamm:

1. Eline Schlosser (24 Jahre)

Im Dimpfelweg Nr. 6:

2. Gerda Schlosser (61 Jahre)
3. Friedrich Schlosser (68 Jahre)
4. Reinhardt Hubertus (13 Jahre)
5. Kind, vermutlich Frida Hubertus (9 Jahre)

Ich gehe wieder hinauf und bleibe im Licht stehen.

Dann breche ich auf in Richtung Hafen, allein auf dieser menschenleeren Welt.

*

Ein paar Minuten später, an der Ecke vom Borstelmannsweg.

Der Mann klettert die losen Brocken des kolossalen Portals herab, noch immer ist NASIUM in imposanten Frakturbuchstaben darauf lesbar; er ist unsicher auf den Beinen, ein kleiner knorriger Mann mit einer großen staubigen Mütze, auch er allein auf der Welt; die Brocken stöhnen, scharren und verschieben sich, das ganze Gebäude wurde durch das Portal ausgespuckt; ein Stein wippt, einen Augenblick steht er ganz schief auf einem Bein, er streckt den Arm aus, in dieser Hand hält er die Flasche, jetzt verliert er vollends das Gleichgewicht, es geht schnell, die Beine schwanken und trippeln unter ihm, er stürzt an mir vorbei.

Er kommt wieder auf die Beine und bleibt einen Moment stehen, dann geht er ein paar Schritte in meine Richtung, bleibt stehen.

Langsam dreht sich der Kopf, dem Geräusch nach. Die Augen sind weiß gefleckt, schimmelig vor Star.

Er massiert seinen Mund.

Dann dreht er sich nach links, starrt in die entgegengesetzte Richtung.

»Warum sagen Sie nichts?«, fragt er. »Sind Sie verletzt? Können Sie nicht reden?«

Er streckt die Flasche in die Richtung, in der er mich vermutet.

»Sie können gern etwas haben. Es gibt noch mehr. Hier …«

Er schüttelt die Flasche, der gelbe Schnaps schwappt ein wenig hin und her.

»Brauchen Sie Hilfe? Oder bist du das, Beate …?«

Er fängt an, die Steine mit den Händen abzusuchen, klopft auf sie, räumt ein paar beiseite, gräbt mit den Nägeln.

»Beate …? Bist du da?«

Ich hole meine Efka aus der Brusttasche, klappe die Kappe meines Feuerzeugs auf, zünde mir eine Zigarette an und stoße den Rauch aus. Er hält inne.

»Warum wollen Sie mir nicht helfen?«, fragt er.

»Wobei soll ich Ihnen helfen, alter Mann?«

»Sie zu finden … ich kann nur … auf der linken Seite etwas sehen.«

Ich trete ein paar Schritte nach rechts.

»So?«

»Ja, so. Da sind Sie! Lothar …«

Ich schaue auf seine ausgestreckte Hand.

»Meine Frau ist … Sie hat meine Hand gehalten … Und dann … Lothar. Ich heiße Lothar.«

»Das haben Sie bereits gesagt.«

Er sitzt da und sieht mich mit seinen weißen Augen an, hin und wieder hebt er die Flasche an den Mund. Ich bin auf den Gipfel des Steinbergs geklettert, vor mir steht der Rest der Brandmauer, die linke Seite meines alten Gymnasiums ist vollkommen ausgebrannt, rechts stehen die Räume noch bis zum dritten Stock, durchschnitten von einem Bombeneinschlag. Pulte, Tafeln, Schränke mit zersplittertem Glas, eine Europakarte in verblassten Farben ist heruntergezogen. Ich grätsche über ein paar Steine, finde einen Balken, balanciere in zehn Metern Höhe und schwinge mich in ein Klassenzimmer.

Manfreds Klassenzimmer.

Er ging in die Klasse über mir.

Die Aula ist verschwunden, die Ecke, in der ich zum ersten Mal mit Manfred gesprochen habe. Er lehnte rauchend an einer der Säulen in der Mitte seiner Clique, *der König*, in perfektem Tweed, und erteilte Befehle. Peter, sein rothaariger, schwerfälliger Laufbursche, kam zu mir und sagte:

Schlosser will gern mit dir reden.

Mit mir, warum?

Deswegen.

Und als ich hinüberging, redeten die anderen einfach weiter, doch Manfred hob nur die Hand, und sie waren still.

Du bist Hoffmann.

Ja.

Ich höre, dass du Hartmann bei der Aeneis in die Enge getrieben hast?

Keine Ahnung.

Er musste dich mitten im siebten Gesang unterbrechen, oder? Du hast ein fotografisches Gedächtnis?

Ja. Es fällt mir leicht, mir etwas zu merken.

Er zog einen Zettel aus der Tasche, hielt ihn mir ein paar Sekunden vors Gesicht, Spalten und Zahlen, knüllte ihn zusammen und warf ihn in den Papierkorb.

Wie stand der Kurs der Howaldtswerke GmbH gestern?

114,2.

Ich hab's doch gesagt, erklärte der dicke Peter.

Manfred streckte die Hand aus.

Manfred. Manfred Schlosser. Kommst du heute Nachmittag mit, Vögel beobachten?

Ich gehe über den schwankenden Boden bis zur Tafel, auf der Kreideablage liegen noch ein paar Stückchen, ich stecke zwei davon ein und beginne den Abstieg.

»Hier«, sage ich und gebe ihm ein Stück Kreide. »Wie heißen Sie?«

»Lothar …«

»Lothar, und weiter?«

»Brylla.«

»Lothar Brylla. Und Ihre Frau?«

»Beate.«

»Gut.«

Ich schreibe *Wo ist Frau Brylla?* an die Mauer. Und darunter *Lothar lebt.*

»Kommen Sie«, sage ich. »Suchen wir etwas zu essen für Sie.«

Wir sind dort, wo einmal die Eiffestraße gewesen ist.

»Meine Enkelkinder, Arno und Wilfried, sind bei meiner Schwester in Neumünster, sie …«

»Müssen wir reden?«

»Was?«

»Können wir nicht einfach nur gehen?«

»Ja, um Himmels willen … ich wollte doch nur …«

»Müssen Sie nicht.«

An der Spaldingstraße über schwelende Steinhaufen, dann hat plötzlich jemand einen kleinen Weg zwischen den Brocken freigeräumt.

»Wollen Sie nicht mit?«, fragt Lothar, als ich stehen bleibe.

»Nein. Gehen Sie einfach geradeaus, in diese Richtung, hundert Meter vielleicht, dort sind Menschen. Polizisten. Vielleicht haben die etwas zu essen. Und vielleicht ist Ihre Frau sogar dort.«

»Und was ist mit Ihnen?«

»Machen Sie sich darüber keine Gedanken.«

»Ich weiß nicht mal, wie Sie heißen.«

Am Kanal, in südlicher Richtung: Gliederloses bleiches Fleisch, wie gekochter Fisch, Körper und weiße Köpfe, die wie Wobbler im Wasser tanzen, Korkpfropfen zwischen Koffern, wie weiches Brot, Suppenklöße, Holzstücke, Abfall, die Ertrunkenen liegen dicht gedrängt unter der Luisenbrücke, sie tauschen die Plätze, sie sind in Bewegung, als würde die Elbe kochen.

Sie müssen freiwillig hinuntergesprungen sein und haben sich dann nicht mehr befreien können.

Nur wenige haben Brandwunden.

Der Rest des Luisenwegs ist verschwunden, die ganze Straße bis Süder und Bille.

Die Hansaburg ganz im Süden steht noch. Türme und Schießscharten.

Es frischt auf.

Ich gehe weiter in Richtung Hafen.

Der Hafen ist leer, nicht eine Menschenseele. Ich klettere auf eine havarierte Fähre, die neben der zerstörten Eisenbahnbrücke quer in der Einfahrt liegt; das Deck fällt schräg ab, die Bordwand ist abgeschält, Laderaum und Salons eingestürzt, schimmerndes Messing und lackiertes Holz, der Einschlag eines Volltreffers. Ich greife nach der Reling, das Schiff ist dabei überzuholen, ich springe übers Deck, halte mich an einem Tau fest, die Leiter ist noch intakt, ich schaffe es auf die andere Seite des Kanals.

Ich stehe im Peutehafen.

Die Hitze ist unerträglich, als ich das Hafengelände absuche.

Ich nehme mein Taschentuch heraus und drücke es vor den Mund.

Die Kohlenberge brennen.

Die STREHLING GMBH ist eine Kathedrale aus Gusseisen und Schutt.

Die Hitzeentwicklung muss enorm gewesen sein, die hohe Halle ist zusammengeschmolzen, die gesamte Konstruktion verbogen.

Ich ziehe mein zerknülltes Päckchen Efka aus der Tasche, drücke das Innere nach außen. Zwei Zigaretten fallen heraus. Ich stecke eine zurück in die Brusttasche und zünde die andere an.

Als ich das Gebäude betrete, löse ich den Knopf an meinem Pistolenholster.

»Ist hier jemand? Hallo …«

Keine Antwort. Hier ist nichts mehr am Leben.

Ich stehe mit offenem Mund da und schaue mich in dieser glasierten Welt um, oben in zehn Metern Höhe das eingeschmolzene Dach.

Lila Glas, wie Stalagmiten, ein einziges Chaos.

Gewaltige explodierte Kessel, Rohre, Müll, noch immer ist es glühend heiß, ich trete irgendwelche Gegenstände beiseite, plötzlich stehe ich vor einem verschlossenen Geldschrank, schimmernd, ohne einen Kratzer, Krupp-Stahl. Auf der Suche nach einem Schlüssel krieche ich im Dreck herum, idiotisch; ich schneide mich an irgendetwas, meine Hände sind schwarz, überzogen von Brandblasen. Ich gehe zu dem Safe, stemme die Beine dagegen, versuche, den massiven Handgriff abzureißen. Die Tür bewegt sich nicht.

Dann sehe ich am Ende der Halle ein Auto, das an die Rückwand gefahren ist, einen offenen Wagen.

Als ich dorthin komme, sehe ich, dass nur die Stahlkarosserie noch unversehrt ist, die Scheiben und sämtliche weicheren Teile haben sich verflüssigt. In diesem seltsamen Meteoriten befinden sich die Reste eines Menschen, auch sie sind lilafarben; Cabriolet und Körper sind miteinander verwachsen, das Skelett besteht lediglich aus lockeren Kohlestrichen in einem zerbrechlichen Gefäß aus Schlacke und buntem Dreck und Splittern von irgendetwas Glitzerndem.

Mir stockt der Atem, als mir klar wird, dass ich das Gold gefunden habe.

Ich kehre mit einer Eisenstange zurück, zerreiße mein Unterhemd und wickele meine Hände in den Stoff.

*

Rekonstruktion: Manfred muss geglaubt haben, er könne mit der Ladung Goldbarren entkommen. Er hat den Wagen gestartet, aber irgendetwas muss ihn veranlasst haben, direkt gegen die Wand zu fahren. Wenn das Gebäude von einer Tausend-Pfund-Sprengbombe getroffen wurde, hat er das gesamte Dach auf den Kopf bekommen.

Im offenen Wagen ein Schlag ins Genick.

Er hat Cabrios geliebt.

Erst später, als Brandbomben durch das Loch im Dach fielen, hat der Wagen Feuer gefangen. Zunächst fingen die Ledersitze, die Polster und seine Kleidung an zu brennen, dann das Gummi der Reifen; die Haut kräuselt sich, das Fett beginnt zu schmelzen, die Muskeln brennen, das Benzin im Tank explodiert, danach geht es schnell, das Holz des Instrumentenbretts, das Bakelit und das Glas schmelzen, dann die Federung und die weicheren Eisenteile. Bei 1063 Grad haben sich die Goldbarren verflüssigt und sind mit dem Rest verschmolzen.

*

Ich steige in den Wagen und fange an, Steine beiseite zu räumen und mit der Stange auf sie einzuhacken, es ist ein Haufen Schutt, Ruß und kleiner schmutziger Goldklumpen, ich reiße mir die Nägel blutig, schneide mich noch einmal, ich schwitze abnorm, stehe in dem fetten Glanz von Gold und Dreck und stinke nach Schwefel und Tod; ich lege Knochen frei, identifiziere den Oberschenkelknochen und die Speiche, die Hüftschale ist zertrümmert, eine Rippe zerbröselt mir unter den Händen, ich folge der Wirbelsäule mit den Fingern. Im vorderen Teil des Wagens, unterhalb der Stelle, an der das Lenkrad gesessen hat, hat das Gold endlich aufgehört zu fließen.

Ich habe Manfreds Kopf gefunden.

Die Nackenwirbel brechen, als ich danach greife. Ich ziehe den Klumpen heraus und halte einen unförmigen Block von vielleicht fünf, sechs Kilo in den Händen, ein schwarzer Knochenrest auf der einen Seite. Als ich den Block umdrehe, ragt ein Stück des Stirnbeins aus der flachen Rückseite des Metalls, nur der oberste Bogen der Augenhöhlen ist zu erkennen. In der Mitte, ungefähr dort, wo der Mund sein müsste, steckt ein langes Metallteil. Es sieht aus wie ein Stück des Bremspedals.

Es stinkt. Ich versuche, den Rest des Bremspedals herauszuziehen, aber es bewegt sich nicht, der Gestank nimmt nur noch zu.

Ich setze mich, ziehe mein Taschentuch aus der Tasche und fange an, den Klumpen zu polieren und darauf zu spucken, bis er glänzt.

Ich halte ihn mit beiden Händen vor mich und lege mein Ohr daran, ich meine, aus seinem Inneren ein leises Brummen zu hören.

»Was sagst du, Manfred? Ich verstehe dich nicht, was? Was? Was sagst du?«

Dann grinse ich blöde und nicke lautlos.

»Ach, so ist das? Ist es lustig, Manfred? Amüsierst du dich da drinnen?«

Als ich merke, dass ich schluchze, werfe ich den Kopf fort.

Schlussbericht

Nach einer Weile hebe ich den Kopf wieder auf und wickele ihn in meine Jacke.

Ich muss weg, raus aus der Stadt, ich muss mich verstecken, bevor sie hinter mir her sind. Kube. Dirlewanger, die SS, die Gestapo, die Wehrmacht, die ganze verfluchte deutsche Kriegsmaschinerie.

Ich setze mich in Bewegung, in Richtung Süden, weg vom Hafen.

Klaus Maier, der Sturmmann, mit einem Schädel aus Gold, Überlebender des Feuersturms.

*

Während ich gehe, memoriere ich meinen Bericht.

1941, Juni: Manfred Schlosser wird Adjutant von Hubert Steiner, der als Leiter der Einsatzgruppe B im Kielwasser der Heeresgruppe Mitte Juden ermordet. Sie plündern die leicht absetzbaren Werte ihrer Opfer: Edelsteine, Bargeld, Gold. Irgendwann bricht Steiner die Absprachen, er wird gierig, stiehlt Beute und versteckt sie bei der Strehling GmbH in einem SS-Lagerhaus in Hamburg.

1943, Frühjahr–Sommer: Manfred entdeckt den Betrug und verlangt seinen Teil der Beute. Möglicherweise wollte Steiner auch seinen ehemaligen Partner loswerden. Vielleicht wäre es nur eine Frage der Zeit gewesen, bis Steiner ihn aus dem Weg geräumt hätte. Manfred hat keine Chance gegenüber einem Obergruppenführer. Er entschließt sich zu einem verzweifelten Zug, nimmt Kontakt zu den Partisanen auf und trifft eine Vereinbarung mit ihnen. Es könnte aber auch sein, dass Momma bei einer Hasenjagd gefangen genommen wurde und Manfred entdeckt hat, dass er ein Überlebender von Steiners Aktionen ist. Manfred entwirft einen Plan. Sie haben gemeinsame Interessen. Momma bekommt seine Rache.

Und Manfred erhält den Schlüssel zum Gold und ist Steiner los. Momma nimmt Kontakt zu seiner Gruppe auf. Manfred lädt seinen alten Freund und Mentor Steiner und seine Frau Gisela, die gerade an der Front auf Tournee ist, nach Lida ein.

1943, 4. Juli: Manfred hat die Eskorte ausgewählt und die Route festgelegt, sein Freund Hauptsturmführer Breker fährt den Wagen. Ich identifiziere ihn später an der Lücke zwischen den Vorderzähnen im Oberkiefer. Bei Belize warten Momma und die Partisanen. Sie töten alle und foltern Steiner. Momma bekommt seine private Rache und den Namen der Strehling GmbH und flieht, ohne sich an die Vereinbarung zu halten. Und nun komme ich ins Bild. Manfreds alter Freund und Vertrauter, der keine falschen Fragen stellt. Ich könnte Momma finden und das Ganze gut aussehen lassen. Doch Kube hat Lunte gerochen und Haber und Grünfeldt auf mich angesetzt.

*

Plötzlich bin ich unter Leuten, ich stehe mitten auf einem Sammelplatz mit Wasserwagen und Verpflegung; so viele Koffer, Hüte und Konservendosen, Menschen in Nachthemden und Pantoffeln, Kinder an den Händen, die sich trotz allem aus den Flammen gerettet haben.

Auf einem Tisch: Butterbrote aus Weißbrot. Schwarzer Kaffee. Limonade, Wasserkannen.

Schlackwurst, Griebenschmalz, schwarze Johannisbeeren.

Das kühle Wasser am Gaumen.

Ich wische mir den Mund mit dem Ärmel ab, halte das Bündel unter dem Arm, fülle mir die Taschen.

Ein kleines Mädchen sieht mich mit großen Augen an, sie hält meinem Blick stand. Mir kommen die Tränen. Einen Moment bleibe ich so stehen, Manfreds Kopf in der Jacke unter dem Arm verborgen. Ich esse, weine und stopfe mir die Taschen voll. Das Mädchen zeigt auf mich. Die Mutter betupft ihre Brandwunden am Kopf mit Salbe. Auch sie schaut zu mir herüber.

Das Schwarze und Hellrote ihres Kopfes.

Ich laufe weiter in Richtung Süden, werde von einem Militärlastwagen mitgenommen.

Diese ernsten Gesichter. Niemand sagt etwas. Ein Junge isst aus einer Dose.

Der Wagen schaukelt.

*

23. Juli. Manfreds Forum Romanum sollte alle in die Irre führen. Der trauernde, sich rächende Hinterbliebene. Momma verrät sein Geheimnis, und ich belohne ihn mit einem panischen *coup de grâce*.

24. Juli, der Schreckenstag, als Manfred nach Hamburg fuhr und Kube auf mich wartete und mir das kleine Billett schickte, um mich in Panik zu versetzen, damit ich alles verriet. Und Dirlewanger, der auf der Lauer lag, bis ich in Aktion trat.

Hat Manfred mich verraten?

Hat er mich den Wölfen vorgeworfen, um selbst zu entkommen?

*

Als wir die Heide erreichen, setzen die Soldaten mich ab.

Irgendjemand wirft mir ein Päckchen Zigaretten und eine Feldflasche zu.

Ich gehe in die Heide. Ich muss nur dem Pfad folgen.

Schon bald bin ich verschwunden.

Ein Punkt in der großen Landschaft.

Wie Konfetti. Die kleinen verbrannten Stückchen Folie liegen überall. Es müssen die sein, die ich gestern gesehen habe, dieser Regen aus Silber, der die Flak störte. Ich hebe eins auf, glänzend auf der einen Seite, schwarz auf der anderen, wie ein Blitz. Es knistert, wenn man darauftritt.

Nicht ein Mensch am Horizont, eine enorme Fläche, von Hügelkämmen und Kiesgruben durchzogen.

Kein Laut, ist es vollkommen leer hier.

Ich bleibe eine Weile stehen und schaue ins Nichts.

Es fehlt nur ein Puzzleteilchen.

Das Billett mit dem Satz: *Wer ist Strehling?*

Warum hat Kube es mir geschickt?

Warum folgte er nicht selbst der Spur, anstatt mir einen Brief zu schreiben?

Er hätte doch einfach nach Hamburg fahren können. Manfreds Adjutant hat es mir doch direkt ins Gesicht gesagt.

Dafür wäre kein großer Detektiv nötig gewesen.

Es passt nicht zusammen.

Der Adjutant hat *mir* gesagt, wo Manfred ist. Vielleicht, weil *ich* gefragt habe.

Plötzlich trifft es mich wie ein Hammer.

Kube wusste gar nichts von Strehling! Er hat mich nur von seinen Männern beschatten lassen …

Es war Manfred. Er hat mir die Nachricht geschickt, nachdem er nach Hamburg aufgebrochen war.

Er wusste, dass ich mit Momma gesprochen hatte. Er wusste, dass ich gelogen hatte, als ich sagte, Momma habe nichts von dem Gold gesagt. Er sagte: *Du weißt, wie sehr ich dich liebe, oder?*

Er hat mir gezeigt, dass er es wusste.

Er konnte mich nicht nach Hamburg mitnehmen, das wäre zu verdächtig gewesen, aber er ging davon aus, dass ich nachkommen würde. Er hat seinem Adjutanten befohlen zu erklären: *Schlosser ist nach Hamburg gefahren.* Der richtige Name, das richtige Ziel, nur der kleine Fehler bei Strehling ….

Ein Kreuzworträtsel für ein Kind.

Hast du um die Hand meiner Schwester angehalten?, hat er mich gefragt.

Ein Weg, nach Hamburg zu kommen, ohne Verdacht zu erregen: Heirat.

Er hat gesagt: *Du bist genau richtig, um dich zu formen. Wie Lehm. Bald bist du genau wie ich.*

Er hat gesagt: *Du bist leicht zum Narren zu halten.*

War das Ganze von vornherein geplant gewesen?

Ein schmutziges kleines Liebeslabyrinth?
Ging es nur darum?

Ich setze mich ins Heidekraut. Stelle den Kopf vor mich, drehe ihn so, dass der Stirnknochen und die Augenhöhlen sich mir zuwenden. Das Bremspedal ragt wie ein obszöner Lutscher aus dem Klumpen. Ich streichele Manfred über die Stirn, der Knochen ist kalt und tot, aber vom Gold geht ein schwaches elektrisches Knistern aus.

Ich lege Maiers Soldbuch daneben.

Ich glotze daraus hervor, die Kassenbrille, der runde Kopf.

Es ist vollkommen ruhig hier.

Selbst jetzt, da ich das Rätsel gelöst habe, geht es nicht auf.

Ein kleiner Glühfaden in dem großen Brand.

All diese Toten.

All die, die ich ermordet habe. Etke, Momma, Greta, Mascha.

Warum sollte ich Leben retten?

Ein Verbrecher, ein Schwein.

Elines Kennkarte ist verknickt.

Sie sieht mich an, in der Perspektive etwas verschoben, kurz davor, in Gelächter auszubrechen.

Ihr Haar, ein Knistern der Flammen.

Fürchte dich nicht

Und dann fangen die Vögel an zu singen.

Ich hocke auf den Knien, mitten in diesem kleinen Fest, das die Natur mit sich selbst veranstaltet. Dieses Piepsen und Mümmeln, Saugen und Picken, dieses Getrippel von kleinen Beinen über den Sand, dieses Herabziehen einer Beere im Laufen, dieses Fressen und Scheißen, Paaren und Brüten, und die PPK liegt gut in der Hand.

Eine Verlängerung der Hand aus Stahl.

Ballistik: Nur zweimal abgeschossen.

In den Nacken eines Kindes. In den Mund eines Juden.

Ich setze die Pistole an die Schläfe, krümme den Finger.

Schließe die Augen und sehe Eline vor mir.

Das Beben ihrer Arme.

Es war nichts, Geliebter…

Das Gefühl, als würde mein Kopf von einem Kuhfuß getroffen.

Pflopp.

Hier bin ich…

Es dröhnt und brennt im Gehirn. Ich komme auf die Beine, schwankend, konfus.

»Hallo?!«

Hier ist niemand, hier ist nichts. Die hügelige Landschaft. Das Rieseln eines Wasserlaufs, das Summen der Heide, etwas weiter entfernt ein Gebüsch, ein Haselstrauch, eine satte und quakende Sommerwildnis, ein brauner Pfad, ein Wildwechsel.

Ich blinzele.

»Ist hier jemand?«

Gleich hier oben. Komm.

Die Kälte des Bluts und die brennende Wunde durch den Schuss aus nächster Nähe.

Das Projektil muss meine Schläfe und Stirn gestreift haben und weitergeflogen sein.

Ich stinke nach Pulverrückständen und qualmenden Wundrändern.

»Wo?«

Glaubst du, du entkommst so leicht?

Es ist die Stimme Zarah Leanders.

Sie ist ganz nah, ich kann sie atmen hören, aber ich sehe sie nicht.

Ich bleibe stehen und horche, aber hier ist niemand.

Doch, dort.

Über den verästelten Haselbüschen ein Zopf, verborgen von einem Baum.

Fürchte dich nicht…

»Fürchte dich nicht?«

Ich hebe den Kopf auf und bin mit zwei Schritten dort, in der Wildnis von Wegen und Pfaden, feucht und dunkel. Ich höre nur das Gluckern des Wassers.

Hier…

Ich gehe der Stimme nach, laufe und laufe.

Hier…

Auch dort ist sie nicht, wo ist sie? Da, ein Ast schnellt zurück, ich schlängle mich über den Waldboden, das Peitschen der Zweige, ich bin hindurchgekrochen, wieder ist sie verschwunden, und plötzlich stehe ich im Licht, vor mir eine Schlucht, die den Horizont abschneidet.

Sie steht ungefähr zehn Meter vor mir und hat mir den Rücken zugedreht.

Jetzt habe ich dich.

Ich stolpere, als sie mir den Kopf zuwenden will.

Ich rappele mich auf, wieder ist sie fort, ich wühle mich eine Böschung hinauf.

Als ich oben ankomme, blicke ich auf die Eisenbahntrasse, die Linienführung beschreibt einen weiten Bogen nach links über Gräben und Heide. Hundert Meter vor mir klafft eine Riesenlücke in den Gleisen. Die Schienen verschwinden in der Luft.

Hinter der Böschung, unten rechts, das Geräusch schwerer Kolben.

Ich laufe die Schienen entlang, jetzt kann ich es erkennen, die Güterwagen sind in einem Gewirr aus Kies und Kratern verkeilt, die Maschinengewehre haben große, schiefe Löcher in die Waggons gerissen, die Lokomotive ist nach dem Luftangriff umgestürzt.

Komm schon …

Sie ist wieder da. Irgendwo vor mir.

Die Stimme ist plötzlich kokett.

… kleiner Mann …

Ich rutsche die Böschung hinab, komme zwischen Disteln wieder auf die Beine.

Ich gehe zwischen den Toten umher.

Den Zerfetzten und den fast Unverletzten. Nackte, denen die Kleidung vom Körper gerissen wurde.

Ich schreite den Zug ab, beuge mich über eine Tote, eine Frau.

Das wächserne Gesicht, der hübsch geschwungene Mund, die teure Prothese.

Sie ist kahl geschoren.

Du sollst sie nicht ansehen … Die Toten sind kein Spaß …

Ich stehe auf, sehe mich nach ihr um, gehe weiter.

… hier …

Ich bleibe vor einem Waggon stehen, der erstaunlicherweise nicht umgestürzt ist.

Kein Ton dringt heraus.

»Hier, oder?«

Hier bin ich …

Ich ziehe an der Waggontür, Vorhängeschlösser an den Riegeln. Stacheldraht vor den Sehschlitzen, Stacheldraht auf dem Dach.

Ich nehme beide Hände zu Hilfe, lege mein ganzes Gewicht hinein.

Lasse los, stehe da und schnaufe.

Komm schon! Ich dachte, du hättest… Kraft… kleines Männlein…

»Ich kann nicht, er ist verschlossen!«

Nein, ist er nicht. Komm schon…

»Sieh doch selbst«, sage ich und lege die Hände auf den Handgriff, der sich plötzlich öffnen lässt, als hätte es nur eines Windhauchs bedurft.

Sie liegen ganz hinten im Dunklen, auf einem Haufen, in Pelzen, ineinander verknäult, bereits stinkend. Starre Kiefer, so viele Münder.

»Was?«

Komm…

Ich schwinge mich in den Waggon, bleibe einen Moment in dem Gestank stehen, versuche mich in der Dunkelheit zu orientieren.

Das Geräusch von Fliegen. Hier gibt es keine Lebenden mehr.

Halt mich fest…

Ich drehe mich um. Sie hat mir den Rücken zugewandt und steht am anderen Ende des Waggons.

Sie trägt einen langen Mantel, ihr Haar ist aufgesteckt.

Ich gehe die wenigen Schritte zu ihr hinüber, lege meine Hand auf ihre Schulter.

Langsam dreht sie mir den Kopf zu.

Das Schwarze in ihren Augen.

Glaubst du, uns wird es wundervoll ergehen?

Irgendetwas trifft meinen Kopf. Alles wird schwarz. Eine Serie Schüsse. Irgendjemand greift nach meinen Füßen. Sonnenflecken. Mein Mund blutet. Dann kehren die Geräusche zurück. Die Lokomotive, deren Kessel noch unter Dampf steht, Menschen.

»Er hat sich eine deutsche Uniform angezogen…«

»Pfui Teufel, was ist denn mit seinem Gesicht passiert?«

Ein Tritt gegen den Kopf.

Ein junger Bursche beugt sich dicht über mich.

Er fummelt an meiner toten Seite, der schrundigen Haut an meiner Schläfe.

»Ist das …?«, sagt der Hockende zu jemandem, der sich ebenfalls in dem Waggon befinden muss. »Ist das geschmolzen… oder hat er… Heinz, ich glaube, er hat sich selbst in den Kopf geschossen!«

Jetzt klopft er mich seitlich ab, die Beine entlang, eine Leibesvisitation.

Lange wird es nicht dauern, bis er Manfreds Kopf entdeckt.

Er ist von der Wehrmacht, ganz jung. Oben an der Böschung steht eine ganze Gruppe.

Dort halten mehrere Kübelwagen, Lastwagen.

»Sie sind alle tot… glaube ich«, ruft jemand aus dem Waggon, die Stimme ist im Stimmbruch. »Soll ich schießen, um sicher zu gehen?«

»Was?«, ruft der Mann an meiner Seite und wendet seinen Kopf einen Moment ab. »Ja, halt einfach noch mal …«

Seine Stimme versagt, als ich ihm den Ellenbogen auf den Kehlkopf schlage. Er bekommt einen Schock, schwankt einen Moment wie ein Kreisel, wie eine dumme Schlange, er hat seine Knie nicht mehr unter Kontrolle und starrt mich mit offenem Mund an. Ich gebe ihm zwei rasche Ohrfeigen, damit er nicht ohnmächtig wird, stehe bereits mit seiner Mauser in den Händen auf den Beinen, sichere die Pistole und knalle sie ihm mit dem Schaft an den Wangenknochen – ein Schwall Blut aus der Nase und der Augenbraue, und noch immer ist ihm nicht klar, was geschieht.

Jetzt ist er ein Kind, das schnieft und zu mir aufsieht.

Blutige Rotzstreifen unter der Nase.

»Ich will die Frau«, sage ich, ohne die Stimme zu heben.

Der Mann im Wagen tritt ins Licht und zielt mit seiner Waffe auf mich.

»Welche Frau …?«, sagt er langsam.

»Na, sie… verflucht… *sie*!«

Er sieht erschrocken aus, als ich plötzlich schreie: »Ich erschieße ihn!«

Ich ramme meinen Stiefel in den Schritt des Sitzenden, seine Augen flackern, ich wedele mit der Waffe. Der andere starrt mich an, verwirrt. Ganz junge Burschen.

Ausrasierte Nacken.

Dürr.

»Scheiße, ich war in dem Zug! SS!«, brülle ich. »Klaus …«

Ein Schrei, der tief aus der Kehle kommt, SS-Jargon, das ist nicht meine Stimme, dieser fette Rhein-Akzent.

»Klaus Maier … Idioten! Wenn ihr …«

Psst …

Ich halte mitten im Satz inne, als ich ihre Stimme wieder höre.

Ich sehe mich um, kann die Frau aber nirgendwo entdecken.

Psst … hier drüben …

Die Frau aus dem Waggon steht mit den Händen in der Tasche ein wenig abseits und blickt zu Boden.

Sie trägt noch immer den langen Mantel.

Jetzt kommt ein Offizier mit langen, schnellen Schritten auf mich zu.

Auch er ist zu dünn für seine Uniform.

»Ich kann doch nicht einfach …«, sagt er, ein Leutnant mit ausgeblichenem Haar; er hält mein Soldbuch in der Hand und kann sich nicht entscheiden, er mustert mich von oben bis unten.

»Ich brauche den Scheiß-Kübelwagen. Ich sollte schon heute Morgen in Neuengamme sein.«

Ich weise mit der Hand auf das Chaos an Toten.

»Zum Teufel«, füge ich hinzu. »Sehen Sie sich diesen Mist doch an … zweitausend Gefangene …«

»Ich weiß nicht recht …«

Ich gehe zu ihr, packe die Frau am Arm und zerre sie zum Wagen. Die Soldaten bleiben stehen und sehen zu, treten für uns zur Seite.

Als ich den eingepackten Kopf auf den Rücksitz lege, ist er wärmer geworden, er murrt ein wenig. Die Frau sagt nichts, als ich den Wagen anlasse.

Wer ist sie?

Der Leutnant steht da und glotzt, als ich Gas gebe und den Hügel hinauffahre. Einen Moment später sind wir auf einem breiteren Schotterweg. Ich lege den Arm auf den Sitz und drehe mich um. Die Soldaten sind verschwunden.

Neuengamme liegt zwanzig Kilometer östlich.

»Sag etwas«, fordere ich sie auf.

Keine Antwort.

Ich lege zwei Finger an ihr Kinn und drehe ihren Kopf herüber zu mir, entscheide mich aber anders.

An der nächsten Kreuzung fahre ich rechts, in Richtung Süden.

Kurz darauf biege ich von der Straße ab.

Es ist still im Auto, das Heidekraut klatscht an den Unterboden.

Ich höre ihre Atemzüge.

Im Haus

Wir erreichen das Ferienhaus der Familie Schlosser am frühen Abend.

Ich stelle den Wagen ein paar hundert Meter entfernt ab, geschützt von der Dunkelheit des Nadelwalds.

Die Frau erwacht, als ich aussteige und die Tür zuwerfe.

»Komm«, sage ich.

Nach wenigen Minuten stehen wir auf dem Hügel hinter dem Haus. Sie hat die Hände in die Taschen gesteckt, schüttelt sich. Ich lege mich mit dem Fernglas vor den Augen ins Gras: der weiße Giebel, die Hälfte des Haupthauses, der Lattenzaun, der größte Teil des Gartens, das Treibhaus mit den weißen Sprossen. Die Türläden sind geschlossen. Das Haus wurde diesen Sommer nicht bewohnt.

*

Das Netz hatten wir damals direkt zwischen den beiden Apfelbäumen gespannt.

Badminton und Limonade, klirrende Eiswürfel.

Eline saß mit *Malte Laurids Brigge* in der Gartenschaukel, und ich schmetterte ständig in ihre Richtung, damit ich dorthin laufen musste, um den Federball zu holen. Sie las weiter, hob die Beine und guckte in die andere Richtung, einen Finger zwischen den Seiten.

Manfreds Freund müsste besser Badminton spielen lernen.

Heinrich… ich, wir… das ist, ha!

Manfred? Manfreeed…

Ja.

Du musst ihm helfen, er kann überhaupt nicht sprechen… das ist doch schade, vielleicht hat er ja was Interessantes zu sagen.

*

Ich wechsele die Position, krieche nach unten. Jetzt kann ich den Rest des Hauses übersehen, den Schuppen dahinter.

Keine Bewegung. In den Fenstern spiegeln sich die letzten Sonnenstrahlen.

»Wir sind da«, sage ich zu ihr.

Ich öffne den Laden der Gartentür, bleibe einen Moment auf der Holzveranda stehen und horche, dann schlage ich eine der kleinen eingefassten Scheiben ein und rüttele den Riegel auf. Ich nicke, sie geht hinein.

Nacheinander zünde ich die Karbidlampen auf den Tischen und Fensterbänken an.

Ich stelle das Bündel mit dem Kopf auf den Kamin und setze mich an den Schreibtisch, den Arbeitsplatz des Professors. Meine PPK lege ich auf den Tisch.

»Sieh mich an …«

»Wer bist du?«

Sie ist dürr wie ein Hund.

Sie hält die Hände vor sich verschränkt, blickt zu Boden.

Sie trägt einen Herrenmantel, einen dieser Mäntel mit englischem Schnitt und Gürtel aus der Zeit vor dem Krieg, einen Trenchcoat. Der Gürtel ist fest zugezogen, sie hat ihn verknotet, ihre Taille ist nicht viel dicker als eine geballte Faust; der Hunger schnürt sie ein, aber sie verbirgt es nicht, sie zeigt es, will sie mich, den Reichsdeutschen, verhöhnen?

Sie beantwortet meine Frage nicht.

»Komm her.«

»…«

»Komm hierher, verdammt!«

»…«

»Setz dich.«

»…«

»Also verstehst du, was ich sage.«

»…«

»Leg deine Hände auf den Tisch.«

Sie sind rot, hungrig. Dreckige Nägel.

»Sieh mich an. Lass die Hände auf dem Tisch und dreh sie um.«

Deutliche Narben an beiden Handgelenken. Die Schnitte sind am rechten Handgelenk kräftiger, sie ist Linkshänderin. Ich befeuchte meinen Finger und fahre über ihre Herzlinie, die Schicksalslinie, das raue Narbengewebe.

»Dreh den Kopf.

Sieh mich noch einmal an.

Steh auf.

Zeig mir deine Zunge.

So.

Sag mal aahh.«

Die ganze Zeit muss ich auf die Schleife an ihrem Gürtel schauen. Jetzt blickt sie auch dorthin.

Ich stehe auf.

»Warum hast du mit mir gesprochen? Warum hast du mich nicht einfach sterben lassen?«

Sie hebt den Kopf, ihre Augen sind ganz schwarz, sie scheinen nur aus den Pupillen zu bestehen.

»Verflucht, sieh mich an!«

Ich mache eine hastige Bewegung mit der Schulter, sie wirft den Kopf herum, ist zu Tode erschrocken.

»Du hast keine Ahnung, worüber ich rede, oder?«

Sie schweigt.

»Du willst einfach nur leben?«

»... ja.«

Ein Anflug von Akzent. Was ist es, Italienisch, Französisch?

»Egal, wie?«

»Ja.«

Wir sind im Keller. Ihre Kleider liegen auf dem Boden neben der Badewanne.

Sie sitzt in dem grauen Wasser, während ich ihr Haar einseife, dieses furchtbar dünne Haar; ich wühle darin herum, verteile den Schaum, knete es und glätte es zwischen meinen Fingern.

Ihre Haut ist nicht gesund, ausgehungert und gelb. Die Brüste sind klein, mit großen dunklen Brustwarzen.

Ich nicke ihr zu, sie steht auf, das Wasser tropft von ihr ab. Ihr Schamhaar ist tiefschwarz, sämtliche Gelenke zeichnen sich deutlich ab, die Muskeln spannen sich unter der Haut.

Als ich das Handtuch nehme und anfange, sie abzutrocknen, erkenne ich keinerlei Ausdruck in ihren Augen.

Sie sitzt im Bademantel auf einem Stuhl, die Hände zwischen den Knien, ein Handtuch um die Haare gebunden, als ich die Tür zum Lagerraum des Professors mit den Präparaten und Chemikalien öffne.

Ich finde das Wasserstoffperoxid in dem Haufen von Flaschen. Der Kanister ist mehr als halb voll. Eine einfache Formel: H_2O_2.

Elines langer, widerspenstiger, strohblonder Zopf.

Auf der Kennkarte trägt sie kurze Haare, fast einen Pagenschnitt. Der Kopf ist gedreht. Sie muss sich das Haar zu einem Knoten gebunden haben.

Diese Frau hat dünnes schwarzes Haar. Es liegt in Strähnen auf dem Boden, ich kann es mit der Schere nicht gleichmäßig schneiden.

Ich bessere nach und spüre meine Zungenspitze zwischen den Lippen, als ich um die Ohren schneide.

Der Stirnpony ist eine Höllenarbeit.

Unsere Augen sind zwei, drei Zentimeter voneinander entfernt.

Etwas Eigelbfarbenes durchzieht ihre Augäpfel, doch die Augenfarbe wird auf der Kennkarte nicht erwähnt.

Unveränderliche Kennzeichen: leichte Deformation des rechten Handgelenks nach Colles-Fraktur, steifer krummer kleiner Finger.

Ich hebe ihren Kopf mit zwei Fingern.

»Sprich mir nach: Ich heiße Eline Schlosser.«

»Ich heiße Eline Schloss*er.*«

Der Akzent ist französisch.

»Schlosser«, sage ich.

»Schlosser ... Ich heiße Eline Schlosser.«

»Dies ist mein Haus.«

»Dies ist mein Haus.«

»Ich habe hier im Garten geschaukelt, als ich klein war.«

»Ich habe hier im Garten geschaukelt, als ich klein war.«

»Ich bin aus Hamburg geflohen.«

»Ich bin aus Hamburg geflohen.«

»Ich bin die einzige Überlebende meiner Familie.«

»Ich bin die einzige Überlebende meiner Familie.«

»Ich bin ganz allein auf der Welt.«

»Ich bin ganz allein auf der Welt.«

Die Haarsträhnen reagieren sofort auf das Wasserstoffperoxid und fressen die Farbe aus dem Haar.

Ich gieße es ihr über die Kopfhaut, massiere die scharfe Chemikalie mit Handschuhen ein.

Als ich fertig bin, hat das Haar einen künstlichen weißen Schimmer.

Wie falscher Schnee.

Flitterwerk.

Ich gehe in die Hocke und sehe ihr in die Augen.

»Tapferes Mädchen.«

Ich bin wieder im Keller bei den Chemikalien. Blechbehälter, Apothekergläser, Malereimer. Die zierliche Schrift des Professors auf den Schildern. Buchstaben und kleine Zahlen. Ich habe die Formel vergessen.

*

Damals, als wir in Kronprinzenkoog spazieren gingen, der Professor mit den Händen auf dem Rücken, trotz des heißen Sommers in einem langen Mantel, zeigte er mit einem Kopfnicken auf die sandigen Felder. *Kalk ist eine Katastrophe, das habe ich immer gesagt.*

Sie brauchen Kalk, aber sie können hier keinen Kalk verwenden. Und warum nicht?

Eline war mit Absicht irgendwo in den Dünen verschwunden.

Meine erste Begegnung mit dem Professor.

Weil… das. Das…

Er blieb stehen, als würde er mich zum ersten Mal sehen. Der Blick über die Brille, die buschigen Augenbrauen.

Sie wissen es nicht, oder?

Nein. Aber ich wüsste es gern, Herr Professor.

Wirklich? Das glaube ich nicht.

Doch, bestimmt…

Kalk lässt den Boden sauer werden, tja. Er tötet die Erde, die ohnehin schon salzhaltig ist. Also, was braucht die Erde?

*

Verflucht, ich kann mich nicht daran erinnern. Die Formel, irgendwas mit C. Ich gehe die Gefäße durch, die Bezeichnungen sagen mir nichts, es könnten Autonummernschilder sein. Oder war es L? Und P als viertes? Komm schon…

*

Eline tauchte hinter mir auf und drückte meine Hand, dann schlug sie mit ihrem perfekten kleinen Finger auf meine Handfläche und flatterte wieder davon.

Nun lass doch, Vater…

Sag deinem jungen Freund, wie das heißt…

$CaSO_4 2H_2O$.

Und wie heißt das auf Deutsch?

Gips…

Gips, genau! Die Bauern sollten hier Gips verwenden. Der gibt auch noch Schwefel ab.

*

Das ist es! In einem Rieseneimer, $CaSO_4 2H_2O$. Genug, um einen kleinen weißen Elefanten damit zu gießen.

Im Flur des Kellers lehnt ein kalkverschmierter Vorschlaghammer an einem Malereimer mit zwei steifen, verdreckten Baumwollhandschuhen. Ich probiere den Hammer aus, er ist zu schwer, ich bekomme ihn nicht unter Kontrolle. Ich nehme die Handschuhe mit.

Der Werkzeugkasten unter der Drehbank ist ein einziges Durcheinander. Eine Überraschung. Ich hatte gedacht, der Professor würde Ordnung halten, ein Brett mit Nägeln für jede Zange, vielleicht sogar mit den Schattenrissen der Werkzeuge.

Ich finde ein Messer, rostige Schrauben und Nägel, einen Schraubenzieher, eine Laubsäge, einen alten Hammer.

Damit müsste es gehen. Obwohl der Hammerkopf lose ist.

Zurück in die Küche.

Der Verbandskasten im Schrank ist fast leer.

Eine Flasche Jod, eine rostige Schere. Eine dünne Rolle Pflaster. Keine Morphiumspritze.

In Streifen gerissene alte Unterhosen des Professors.

»Leg etwas Musik auf!«, rufe ich ins Wohnzimmer.

Ein Knistern. Dann Beethoven, *Diabelli-Variationen*, während ich den rechten Handschuh auskoche und von jedem dampfenden Finger ein paar Zentimeter abschneide.

»Wer spielt?«

»Kempff.«

Ich lege die Streifen aus dem Verbandskasten neben den Handschuh, mische den Gips in einem Behälter, ziehe den Handschuh langsam durch die Mischung.

»Komm her!«, rufe ich sie.

Ihr Handgelenk zittert, als ich ihren Arm auf den Küchentisch lege und herunterdrücke.

Ich markiere die Stelle mit einem Klecks Jod, genau zwischen den beiden äußeren Knochen.

Ich hebe den Hammer.

Der rote, feuchte, zitternde Punkt.

Die Gelenkkapsel platzt mit einem Knall, die Hand bricht zwischen Ringfinger und kleinem Finger.

Sie blickt auf ihre schiefe Hand, als hätte sie sie nie zuvor gesehen.

Dann fängt sie an zu schreien.

Ihre aufgerissenen Augen, als ich mit zwei Fingern an ihrem Gelenk hantiere, den Bruch fixiere, Stoffstreifen um die Finger wickele und den Baumwollhandschuh über ihre Hand ziehe. Ich bandagiere und pinsele den Stoff mit Gips ein, ich schmiere ihn in großen glänzenden Klumpen auf.

»So«, sage ich, als ich fertig bin.

Sie nimmt das Glas Apfelschnaps, das ich ihr reiche.

»Das nennt sich Colles-Fraktur ...«

»Such dir was aus ...«, fordere ich sie auf und zeige mit dem Kopf auf den Esstisch mit Elines Kleidern.

Ich habe sie im ersten Stock gefunden, die Mottenkugeln entfernt und den Staub abgebürstet. Alte verblichene Sommerkleider. Als sie in einem weißen Kleid mit kleinen roten Punkten vor mich tritt, wende ich mich ab.

Ich ziehe das Grammofon mit der Handkurbel auf und gieße zwei Apfelschnäpse in die dicken Gläser aus dem Barschrank.

Sie sieht Eline überhaupt nicht ähnlich. Eine abgemagerte, gelbsüchtige Frau mit schreiend weißen Haaren und einer Hand in Gips.

»Probier mal das Blaue ...«

Wir trinken Schnaps. Beethoven knistert.

Ich schminke ihr Gesicht mit der Puderquaste weiß. Und dann die kleine Bürste mit Kajal.

Es ist ein Hohn, ein Rausch.

»Tanz mit mir ...«

Zurück zum Stuhl. Sie sitzt am Tisch und lackiert sich die Nägel der Gipshand.

Rote Flecken von den Wangen bis zum Hals.

Ich setze ihr einen großen Hut auf den Kopf, mit einer unechten Weintraube und einer Art Schleppe aus Tüll, Nadeln und verblichenen Samtbändern.

Er muss der Frau Professor gehört haben.

Ich bin betrunken, es ist plötzlich passiert, verzweifelt.

Ich besprühe sie mit dem Parfümflakon aus dem Badezimmer im ersten Stock.

Es ist *ihr* Duft.

Elines.

Mit drei Fingern greife ich nach ihrem Kinn.

»Sag Schmetterling …«

»Schmetterling …«

Das Französische, das die Konsonanten nicht klar herausbringt.

Meine Worte, die sich mit ihren Atemzügen mischen, meine Worte durch ihre Stimmritze, die beiden durchsichtigen Lippen im Adamsapfel, ihr kleiner französischer Mund.

Es wächst in meiner Hose.

Sie zu besitzen.

Kleiner, hungriger Schmetterling.

Der Alkohol schüttelt meinen Körper.

All die hübschen deutschen Worte, die mich so erregen, wenn sie von ihr ausgesprochen werden: Hagebutte, Alpenrose, Edelweiß, Dickmilch, Ruhe.

Ich: Im Sessel, mit Cognac und der Halbautomatischen, mit der Waffe schlage ich den Takt auf dem Schenkel.

Sie: Im Bademantel, nackt.

Ich reiße am Knoten des Gürtels, stehe auf.

Ihr verhungertes Gesicht, Schatten und Striche.

Die Rippen lassen sich zählen, die schrundigen Füße.

Auf dem Grammofon: Noch immer knistern die *Diabelli-Variationen* aus einer anderen Welt.

Ich schließe die Hand um ihre Brust.

Das weiße weiche Fleisch, die Brustwarze bebt an meiner Handfläche.

Der Duft nach Parfüm.

Jetzt lege ich zwei Finger zwischen ihre Beine.

»Umarm mich!«, schreie ich sie an.

»So?«

»Ja, so.«

Ich begrabe mein Gesicht in ihrer Halsgrube, küsse, beiße und schnappe nach ihr, meine Hände sind jetzt überall auf ihr. Sie bewegt sich nicht.

Kurz darauf höre auch ich auf.

Auf dem Kaminsims ist die Jacke von Manfreds Kopf gerutscht. Das Stirnbein und die Augenhöhlen glotzen. Wieder dieses tanzende summende Flimmern über dem Gold.

Wir stehen da und haben die Arme umeinander gelegt, ungelenk.

Ich reiße mich los.

»Zieh dich an«, sage ich zu der Frau.

»Komm her.«

Sie hält mitten in der Bewegung inne, ein Bein in einem von Elines Kleidern.

»Entschuldigung, mach dich erst fertig.«

Ich gehe zu ihr und knöpfe das Kleid am Rücken zu.

»So, jetzt bist du schön.«

Sie dreht sich um, wagt aber nicht, mir in die Augen zu schauen. Ich ziehe Elines Kennkarte aus meiner Hosentasche.

»Hier, nimm sie.«

»Was ist das?«, fragt sie.

»Nimm. Sie. Schon.«

Ich lege sie in ihre Hand. Sie klappt sie auf und sieht mich an. Schaut wieder auf die Kennkarte.

»Ist sie das?«

»Ja. Das ist Eline. Ich will, dass du es machst.«

Ich reiche ihr die PPK. Sie nimmt sie, zögernd. Zielt damit auf den Boden.

Ich greife mit beiden Händen nach der Waffe und stecke sie mir in den Mund. Lege ihren Zeigefinger an den Abzugsbügel.

»Wenn du das getan hast, kannst du gehen«, sage ich zu ihr.

»Ich verstehe nicht, wozu du mich brauchst«, sagt sie.

»Ich habe ein Kind getötet. Mit der hier. Komm schon!«

Sie zuckt zusammen.

»Komm schon!«

Ich schiebe mir den Lauf in den Mund.

Ich schließe die Augen.

»Nein«, sagt sie und zieht die Waffe zurück.

Sie lässt die PPK fallen, die Pistole poltert über den Boden, wirbelt herum und stößt gegen ein Stuhlbein.

Beide schauen wir auf die Pistole.

»Ich werde Ihnen nicht helfen«, sagt sie. »Ich werde Sie nicht anrühren.«

»Komm«, sage ich zu ihr.

»Was ist?«

Ich gehe zum Kaminaufsatz und nehme den Goldklumpen herunter.

»Du musst mir helfen.«

»Wobei?«

»Komm einfach mit. Ich tue dir nichts.«

Wieder im Keller, im Lagerraum des Professors. Regale mit großen Kolben und zylindrischen Gläsern.

»Kannst du das HNO und das 3HCI suchen?«, frage ich.

»H-was?«

»HNO ... Ist das alles?«

»Ja.«

»Und das HCI … wie viel gibt's davon noch?«

Sie schüttelt die Flasche, die sie in der Hand hält. So wie es aussieht, etwas mehr als ein Liter.

Ich nehme den großen Kolben mit sechs Litern Inhalt und zwei zylindrische Gläser, die jeweils einen Liter fassen.

Ich kann keine Zange finden, als ich mich in der Werkstatt umsehe.

Im Garten feuere ich den Räucherofen des Professors mit kleinen Zweigen an.

Ich habe einen Gartentisch aufgestellt, darauf steht mein Instrumentarium: der große Kolben, die zylindrischen Gläser, die beiden Flaschen mit Salpetersäure und Salzsäure und ein Messbecher.

Im Schuppen habe ich ein Paar Gartenhandschuhe gefunden. Sie sind steif, aber es geht.

Sie sitzt auf der Holzveranda, die Gipshand liegt im Schoß.

Ich messe vier Deziliter Salpetersäure und zwölf Deziliter Salzsäure ab und vermische sie in einem der zylindrischen Gläser, die Flüssigkeit färbt sich sofort gelb. Ich stecke den Goldschädel in den großen Kolben, stelle den Kolben auf die heißen Steine des Räucherofens und gieße die Flüssigkeit hinein.

»Komm, sieh es dir an«, sage ich.

»Was ist das?«

»Das ist Königswasser. Das Einzige, das den König der Metalle auflösen kann: Gold.«

Ich gehe in die Hocke. Sie hockt sich daneben.

Wir sehen den im Gold versenkten Schädel und das in Königswasser getauchte Gold. Einen Moment später färbt sich das Königswasser dunkellila und entwickelt einen quälenden Rauch.

»Pass auf, das ist glühend heiß.«

»Was ist das da ganz oben?«

»Die Schädelkalotte.«

»Kalotte?«

»Der oberste Teil der Hirnschale, die Kalotte.«

Wir sehen, wie das Gold getrennt wird und das Bremspedal sich aus dem Metall löst, oxidiert und in schreiend grünen Flocken auseinanderfällt, die auf den Boden des Kolbens sinken.

Grün und schwarz und Gold und Feuer.

»Wie Alchemie«, sagt sie.

Und nun teilt sich der Schädel, die Kiefer fallen herab, die Zähne im Untermund sind bereits pulverisiert, chemischer Schnee; die Stirn sinkt auf den Boden des Kolbens, die Knochennähte und Augenhöhlen schäumen.

»So, Manfred«, sage ich, als sich nur noch Bodensatz im Kolben befindet, »jetzt ist Schluss.«

»Kannten Sie ihn?«

»Ja, er war mein Freund. Mein einziger, glaube ich.«

»Wieso endete er so?«

»Das ist eine lange Geschichte. Lass uns filtern.«

Goldchlorid – Hunderte matte, gesprenkelte Späne in dem zylindrischen Glas.

Mir steht der Schweiß auf der Stirn, als ich den Spaten neben dem Meiler, den ich gegraben habe, in die Erde stoße. Ich fülle den Meiler mit Brennholz, gieße Benzin darüber und hole die Kaminzange und einen Blasebalg. Im Keller finde ich einen kleinen Tontiegel, aber nichts, um die Barren zu formen. Nach einigem Suchen entdecke ich im Gartenschuppen Backsteine mit Löchern.

Ich reiße ein Streichholz an meinem Stiefel an; mit einem Schlag lodert ein Feuer hinauf in die Nacht.

Aus vierundzwanzig waagerecht stehenden Backsteinen baue ich ein Viereck und stelle die Hohlziegel senkrecht mit den Löchern nach oben darauf.

Dann fülle ich den Tiegel mit Goldspänen, ziehe die Handschuhe aus und helfe ihr, sich einen der Handschuhe anzuziehen; ich zeige ihr, wie sie die Zange mit dem Tiegel mitten ins Feuer halten soll, dorthin, wo die Hitze am größten ist.

Ich füttere den Meiler mit Brennholz und feuere die Glut mit dem Blasebalg an.

Nach einigen Minuten wird das Chlorid glühend orangefarben, verliert die Konturen, sinkt zusammen und schmilzt.

»Jetzt«, sage ich. Sie nimmt den Tiegel aus dem Feuer, bleibt einen Moment schwankend stehen, führt ihn dann an die Backsteine und gießt das Gold in die Löcher.

»Noch einmal«, sage ich, während uns Schweiß übers Gesicht läuft, »noch einmal.«

Sie schafft Brennholz für den Meiler heran, sie ist behindert durch ihre Gipshand und ihre Füße, die ständig auf den Rand ihres Kleides treten, ihr Gesicht ist vollkommen verrußt, ich halte die Temperatur und die Flammen aufrecht, fülle den letzten Ziegel mit flüssigem Gold, wir schwitzen, sind blind von der Arbeit.

Ich gehe ins Haus und hole den Schnaps, während die Steine abkühlen. Wir sitzen im feuchten Gras, schweigend.

Jetzt gibt es nur noch das Schwanken der Fichten und das Knistern des Feuers. Ich reiche ihr die Flasche, sie trinkt und wischt sich den Mund mit dem Ärmel ab. Ich verfolge die Streifen von Schminke und Ruß quer durch ihr Gesicht. Sie sieht nicht aus wie Zarah Leander. Sie sieht nicht aus wie Eline. Sie hat schlechte Zähne.

Mir wird klar, dass ich das nicht bedacht habe.

Ich habe keinen Plan.

Ich habe keine Ahnung, was jetzt passieren soll.

Ich komme auf die Beine, nehme den Hammer, zerschlage die Backsteine, ziehe die kleinen geriffelten Stangen aus Gold heraus und lege sie auf einen Haufen.

Es sind einhundertzwölf Stück.

»Ich habe Hunger«, sagt sie und steht ebenfalls auf. »Haben Sie etwas zu essen?«

Sie sitzt im Wohnzimmer. Ich leere in der Küche meine Taschen, zwei zerdrückte Butterbrote, eine Speckschwarte, Griebenschmalz und zerquetschte schwarze Johannisbeeren in einer Serviette. Im Keller finde ich über der Tür zur Speisekammer den Schlüssel, hier stehen das Eingemachte, kleine Gurken, Marmelade, eine verbogene, rostige Dose mit Fischfrikadellen, ein paar weiche Kekse. Ich habe die Hände voll, unter dem Kinn klemmt ein Glas mit Senfgurken.

Als ich zurück ins Wohnzimmer komme, hat sie den Trenchcoat wieder angezogen und den Gürtel straff verknotet, Schminke und Ruß sind mit einem Lappen aus dem Gesicht gewischt.

Sie raucht.

Ich stelle die Lebensmittel auf den Tisch, lege noch einmal Diabelli auf und setze mich.

Als ich nicke und die Hände ausbreite, nimmt sie sich eines der Butterbrote, hebt es vorsichtig hoch.

Es ist mit Ei, Butter und Kresse belegt.

»Du brauchst keine Angst zu haben«, sage ich und lächele, als sie noch immer zögert. »Es ist nicht giftig.«

Sie erwidert mein Lächeln nicht.

Beethovens Variationen füllen den Raum, Kempffs subtile Phrasierungen.

Sie isst hastig, schlingt das Essen in sich hinein. Geräuschvoll.

»War es Zufall, dass du Diabelli ausgesucht hast?«, erkundige ich mich nach einer Weile.

»Was?«

»Na ja. Die Musik vorhin ... Diabelli.«

»... vorhin?«

»Ja, vorhin. Als ...«

»Nein«, sagt sie, leckt sich die Finger ab und sieht mich zum ersten Mal an. »Es war eins der ersten Stücke, die ich gelernt habe.«

Ich nehme mir ein Stück Brot mit Griebenschmalz.

»Wusstest du«, sage ich mit einem Mal munter, während mir das Schmalz im Mund zergeht, »dass Schönberg es in seiner Harmonielehre als Beethovens abenteuerlustigstes Werk bezeichnet?«

»Nein« erwidert sie. »Aber Diabelli lag gerade dort. Ich habe gehofft, dass Sie zögern würden, wenn ich etwas auflege, was Ihnen gefällt.«

Ich höre auf zu kauen.

»Hast du geglaubt, dass ich … dich umbringen würde?«

»Ja. Das wollten Sie doch auch.«

Sie hält meinem Blick stand, als sie das sagt, sie spricht die Worte ganz ruhig aus, dreht sich auf dem Stuhl ein bisschen nach links und fasst in ihre Manteltasche.

Sie knallt meine PPK auf den Tisch.

»Erzählen Sie mir, wie ich sie werde … Eline.«

»Und wenn ich nicht will?«

»Sie werden es gern tun. Denn Sie möchten, dass Ihnen vergeben wird.«

Ihre Finger an der Waffe.

Jetzt sehe ich, dass die Hand, die auf dem Magazin liegt, hübsch ist.

Ein undeutliches Licht leuchtet jetzt in ihren Augen.

Lächelt sie, als die Nadel das Ende der Rillen erreicht und in einer Endlosschleife über den Schellack kratzt?

Sie steht auf und hebt den Tonarm ab.

Ich spreche zu ihrem Rücken.

»Sie war meine Verlobte. Dies hier ist ihr Haus.«

»Sagen Sie mir einfach, was ich zu tun habe«, sagt sie und dreht sich zu mir um; noch immer hält sie die Waffe in der Hand. »Geburtsdatum, Ausbildung … Dinge, die mich durch die Kontrollen bringen.«

»Willst du nichts über sie erfahren?«

»Nein. Wollen Sie etwas von meiner toten Schwester oder meiner Tochter hören … Elsa und Marion … nein, oder?«

»Nein.«

»Oder, als Sie meine Hand zerschlagen haben, ob es wehgetan hat?«

»Nein.«

»Und vorhin … als Sie versucht haben, mich zu vergewaltigen? Wie sich das anfühlte?«

»Nein.«

»Mochten Sie es?«

»Nein.«

»Mochten Sie, dass ich Angst hatte?«

»… ja.«

Sie kommentiert meine Antwort nicht. Setzt sich wieder, sichert die Pistole und steckt sie zurück in die Manteltasche.

Ich greife zur Schnapsflasche und trinke einen ordentlichen Schluck, ich schaudere vor Scham.

»Ganz Hamburg steht kurz davor, evakuiert zu werden«, sage ich und stelle die Flasche wieder auf den Tisch, bereue es aber sofort und trinke noch einen großen Schluck. »Es geht um mehrere hunderttausend Menschen. Niemand wird ordentlich hinsehen. Nur nach leicht identifizierbaren Kennzeichen …«

»Colles-Fraktur?«

»Colles-Fraktur, kurze Haare … und wenn du Probleme bekommen solltest, sagst du, wer dein Bruder ist: Manfred Schlosser.«

»Der aus dem Gold?«

»Der aus dem Gold, ja. Er war Hauptsturmführer, ein SS-Mann. Hier muss irgendwo ein Foto von ihm sein. Warte.«

Ich stehe auf und gehe ins Nebenzimmer, um nach den Fotoalben zu suchen, aber ich finde nichts; doch dann fällt mir ein, dass ein Foto von ihm in Uniform im Schlafzimmer der Frau Professor im ersten Stock steht.

Als ich die Tür zum Schlafzimmer öffne, höre ich, wie unten eine Platte aufgelegt wird. Es sind nicht die *Diabelli-Variationen*, ich kenne das Stück, kann mich aber nicht erinnern, wie es heißt. Ich ziehe die Gardinen vor dem Fenster zum Garten beiseite, während ich die Melodie mitsumme. Oben in den Bäumen zeigt sich jetzt ein dünner Streifen Licht, und dort, auf der Kommode neben dem Bett und der Vase mit dem getrockneten Lavendel, steht das Foto.

Ich klappe die Klammern an der Pappe auf der Rückseite des Bildes auseinander und halte Manfred in den Händen. Ich hatte vergessen, dass auch ich auf dem Foto bin. Es wurde gemacht, kurz bevor wir aufbrachen, draußen bei den Rosen; man kann gerade noch einen gedeckten Tisch mit dem Teeservice und einer Platte voller Kuchen hinter uns erkennen. Manfred in seiner schwarzen Uniform und den langen Stiefeln; er krümmt sich vor Lachen und grinst mich an, und ich schaue auf die Fotografin, Eline.

Kurz darauf sind wir über den Kuchen hergefallen, Sahne und Zucker im Überfluss.

Eline wischte mit dem Zeigefinger ein bisschen Sahne von meiner Oberlippe und stupste sie mir auf die Nase.

Ihre vorgeschobene Oberlippe, sie wäre vor Lachen beinahe geplatzt.

Und dann dieses leise Juchzen.

Ich liebe dich, hat sie gesagt und dabei noch immer gekichert.

Ich hatte meine Zunge ganz oben an der Nasenspitze und nuschelte mit Kuchen im Mund.

Bis dass der Toood ons scheidöt?

Hmm.

Als ich zurück ins Wohnzimmer komme, ist die Schallplatte beim Andante von Mendelssohns Konzert für Violine und Orchester angelangt. Die Frau liegt auf dem Sofa.

Sie hat den Trenchcoat fest um sich geschlungen, eine Hand auf dem Bauch, die Finger um die Waffe verkrampft.

Mit der anderen streicht sie über den Stoff ihres Mantels.

Sie schläft.

Ich gehe zum Grammofon und will die Platte herunternehmen, die Hörner sind gerade sehr laut – stattdessen bleibe ich stehen und sehe sie mir an. Ich habe das Gefühl, in ihren Schlaf sehen zu können, doch das ist zu intim, ich lege eine Decke über sie. Sie bewegt sich ein wenig, seufzt und dreht sich um. Ich kann die Pistole gerade noch auffangen, bevor sie zu Boden fällt.

Ich gehe wieder in den ersten Stock, finde in Elines Zimmer einen Reisekoffer und packe ein wenig von ihren Kleidern, die Bürste, einen Spiegel, Zahncreme und ein Pillendöschen ein. Als ich in den Garten gehe und das Gold im Koffer verteile, schläft sie noch immer. Ich stelle den Koffer ans Sofa, lege die PPK auf den Tisch daneben und setze mich in den Korbsessel an der Terrassentür.

Als der Morgen dämmert, sehe ich mir ihr Gesicht an.

Ich kann nicht damit aufhören.

Einen Moment bin ich konfus, als ich mich mit einem Ruck aufsetze, hellwach.

Ich weiß nicht, wie lange ich geschlafen habe. Es muss später Vormittag sein.

Sie steht vor mir und schaut auf mich hinunter. Der Koffer steht auf dem Boden neben ihr.

Sie hat den Arm gehoben, in der Hand hält sie meine PPK.

Nun nimmt sie den anderen Arm hoch und zieht mit der Gipshand den Verschluss zurück.

Ich habe ihr den Gips zu eng angelegt, die Fingerspitzen haben sich lila verfärbt.

Ich bin noch nie so ruhig gewesen.

»Brichst du auf?«, frage ich und nicke in Richtung Koffer.

»Ja«, sagt sie. »Es müssen über hundert Millionen Franc sein …«

»Und was ist mit mir? Soll ich sterben?«

»Das möchten Sie doch am liebsten, oder?«

»Ja.«

»…«

»Mach schon …«

»… hören Sie auf zu lächeln.«

»Lächele ich?«

»Ja.«

»Entschuldige.«

Sie wendet den Kopf ab, ihr Arm zittert.

Ich schließe die Augen, horche. Nichts geschieht.

»Ich kann nicht!«

»Doch, du kannst!«

»Nein!«

»Hasst du mich?«

»Nein, nicht mehr.«

»Komm«, sage ich, fasse mit beiden Händen um die Waffe und führe sie an meine Stirn, halte sie dort, bis ihre Hand ruhig ist. »Komm schon, meine Freundin …«

Ich kneife die Augen fest zusammen, und diesmal öffne ich sie nicht wieder.

Ich spüre das Zittern in ihrer Hand, den kalten Druck des Pistolenlaufs auf der Haut, jetzt bin ich es, der zittert, oder ist sie es, die kreischende Dunkelheit der Nerven, *komm schon, mach es*, das langsame Sausen der Blutbahn, *wie eine Liebkosung* …

Geliebter …

Ja.

Komm, nimm meine Hand.

Als ich mich erhebe, ist die Welt durchsichtig geworden.

Der Ton ist voll aufgedreht. Ich kann alles hören.

Und dort steht sie, am Ende des Gartens, an der Gartenschaukel bei den Rosen.

Sie schiebt die Schaukel an, die Scharniere knirschen.

Als ich näher komme, sehe ich, dass der Gartentisch gedeckt ist.

Eine große Platte mit Kuchen steht darauf.

Sie trägt das schwarze Kleid mit den Stäbchen und den großen Puffärmeln.

Außerdem einen Hut und lange schwarze Handschuhe.

Sie winkt mich zu sich.

Es ist Zarah Leander.

Sie sagt, es wird uns wundervoll ergehen.

Liste der real existierenden Personen und Ereignisse

Erich von dem Bach-Zelewski (1899–1972), SS-Obergruppenführer und General der Polizei, höherer SS- und Polizeiführer der Heeresgruppe Mitte 1941–43, Leiter der Partisanenbekämpfung in Weißrussland seit 1941 und für die gesamte Ostfront ab Juli 1943. Oberbefehlshaber der Niederschlagung des Aufstandes von Warschau 1944. Bach-Zelewski trat als Zeuge bei den Nürnberger Prozessen auf und entging der Todesstrafe.

Oskar Dirlewanger (1895–1945), Obersturmführer der Waffen-SS, Leiter des Sonderbataillon Dirlewanger; nahm an der Partisanenbekämpfung in Weißrussland und der Niederschlagung des Aufstandes von Warschau 1944 teil. Wurde vermutlich im Juni 1945 in einem französischen Gefangenenlager von Überlebenden des Holocaust erschlagen.

Curt von Gottberg (1896–1945), SS-Gruppenführer und SS-Polizeiführer (SSPF), Stellvertreter von Bach-Zelewski; ab September 1943 Generalkommissar in »Weißruthenien«, ab Oktober Leiter der Partisanenbekämpfung in der Heeresgruppe Mitte. Leiter der Kampfgruppe Gottberg, die an den meisten Partisanenaktionen von 1941 bis 1944 teilnahm. Beging im Mai 1945 Selbstmord.

Wilhelm Kube (1887–1943), eines der ersten Mitglieder der NSDAP. Gauleiter von Brandenburg, Generalkommissar für »Weißruthenien« 1941–43. Wurde bei einem Bombenattentat im September 1943 getötet.

Zarah Leander (1907–1981), schwedische Schauspielerin, unterschrieb 1936 einen Vertrag mit den UFA-Filmstudios in Berlin. Sie wurde einer der größten Stars des deutschen Films, u. a. 1942 mit *Die große Liebe*, und trat in mehreren nationalsozialistischen Propagandafilmen auf. Sie verließ Deutschland 1943.

Operation Hermann: Säuberungsaktion in den Naliboki-Wäldern zwischen Lida und Minsk vom 13. Juli bis zum 8. August 1943; eine Aktion, die sich gegen Partisanen richtete und gleichzeitig Zwangsarbeiter rekrutieren sollte. Laut deutschen Berichten wurden 4280 »Banditen« getötet und als Arbeitskräfte »20 954 ins Reich importiert«, darunter 9065 Männer, 7701 Frauen und 4178 Kinder. Dieses Gebiet wurde zu einer sogenannten »toten Zone« erklärt, es wurde nie Kok-sagys angebaut.

Operation Gomorra: nächtliche Bombardierungen Hamburgs durch die RAF vom 24. Juli bis 3. August 1943. Es gibt keine genauen Zahlen über die Verluste, man geht aber davon aus, dass das elftägige Bombardement über 40 000 Deutsche das Leben gekostet hat. 30 000 Menschen starben allein in der Nacht vom 27. auf den 28. Juli, als die Brände sich zu einem Feuersturm ausweiteten. Erst Anfang der fünfziger Jahre konnte mit dem Wiederaufbau des Stadtteils Hamm begonnen werden.

Nachweise

Es wurden Motive und Zitate aus folgende Texten verwendet: Curt von Gottbergs Befehl zur Evakuierung von 01.08.1943; Hugo von Hofmannsthal, *Ballade des äußeren Lebens*; Carl Schmitt, *Das gute Recht der deutschen Revolution*; Die Bibel, *Das Buch der Richter*; Georg Trakl, *Am Rand eines alten Brunnens* und *Psalm*; Deutsche Wochenschau, 07.07.1943; Wilhelm Müller, *Der Müller und der Bach*; Johann Wolfgang von Goethe, *Faust*; Bernward Vesper, *Die Reise*; Hermann Rauschning, *Wenn Hitler siegt! Politische Gespräche mit Hitler über seine eigentlichen Ziele*; Kaing Guek Eav (Duch), *Forhørsmanualet fra S-21*; Aischylos, *Die Eumeniden*; Heinrich Himmlers Tagesbefehl Nr. 160/43/10.07.1943; Ernst Jünger, *Das abenteuerliche Herz*; Deutsche Wochenschau, 21.07.1943; Wolf Biermann, *Die Lebensuhr blieb stehen*; Erich Andres' Fotografien nach dem Bombardement Hamburgs; Kurt Vonnegut jr., *Schlachthof 5 oder Der Kinderkreuzzug*; Erich Nossack, *Der Untergang. Hamburg 1943.*